KB220800

청평조
淸平調詞

구름 닮은 옷차림 꽃과 같은 생김새
봄바람 난간을 스쳐 가고 이슬 맺힌 꽃 짙어만 가네
만약 군옥산 머리에서 만나지 않았다면
꼭 요대의 달빛 아래서 만날 수 있으리

雲想衣裳花想容
春風拂檻露華濃
若非群玉山頭見
會向瑤臺月下逢

송백

송백 1

백준 新무협 판타지 소설

초판 1쇄 찍은 날 § 2005년 1월 10일
초판 1쇄 펴낸 날 § 2005년 1월 20일

지은이 § 백준
펴낸이 § 서경석

편집장 § 문혜영
편집책임 § 장상수
편집 § 유경화 · 서지현
마케팅 § 정필 · 강양원 · 이선구 · 홍현경

펴낸곳 § 도서출판 청어람
등록번호 § 제1081-1-89호
등록일자 § 1999. 5. 31
어람번호 § 제2-0505호

주소 § 경기도 부천시 원미구 심곡1동 350-1 남성B/D 3F (우) 420-011
전화 § 032-656-4452 팩스 § 032-656-4453
http://www.chungeoram.com
E-mail § eoram99@chollian.net

ISBN 89-5831-384-6 04810
ISBN 89-5831-383-8 (세트)

송백
松百

1부
魔道傳說
(마도전설)

1

Fantastic Oriental Heroes
백준 新무협 판타지 소설

도서출판
청어람

〈작가 서문〉

나는 아직도 강호를 꿈꾼다.

—백준

|목차|

작가 서문 5

序 9

제1장 처음이었다 11

제2장 그녀는 내게 웃음을 주었다 37

제3장 아무것도 몰랐다 67

제4장 현실이 싫었다 95

제5장 그저… 살아갈 뿐이다 133

제6장 머리카락은 흘러내리고……. 163

제7장 어울리지 않을 것 같은 사람들 189

제8장 안개꽃 사이로……. 221

제9장 웃는 자와 우는 자 261

序

꽤 적막한 바람과 나무들의 울음소리가 산중을 울리고 있었다. 하늘에는 해가 비추고 있었으며 나무들 사이로는 새들이 노래하고 있었다. 그렇지만 그가 앉아 있는 곳만은 적막한 기운이 흘렀다.

흑의에 검은 머리를 늘어뜨린 청년은 가만히 앉아 멍하니 하늘을 올려다보고 있었다. 푸른 하늘 사이로 구름들이 지나가는 모습이 청년의 눈을 어지럽히고 있었다. 청년은 공허한 눈동자로 멍하니 하늘만 바라볼 뿐이었다. 무슨 생각을 하는 것일까? 아무것도 읽을 수 없는 공허한 눈동자였다.

청년의 옆으로 반 장도 떨어지지 않은 거리에 막 땅을 파 덮은 듯 작은 봉분이 짙은 흙 냄새를 흘리며 청년의 적막감과 함께하고 있었으며, 봉분의 앞에는 꽤 평평한 돌이 하나 세워져 있었다. 돌에 쓰여진 글귀마저도 적막한지 단 두 개의 짧은 글이었다.

송영(松影).

청년의 시선이 무감각하게 비석을 바라보았다. 그냥 산속에 흩어져 있는 돌들 중에 고르고 고른 것이다. 청년은 가만히 손을 뻗어 뒹굴고 있던 하나의 백색 유엽도를 손에 들었다. 백색의 도집에 수놓아진 푸른 소나무가 굉장히 인상적인 도였다.

청년은 무심한 눈으로 도의 손잡이를 잡고 서서히 도를 꺼내 보았다. 백색의 투명한 도신이 햇살에 반사되어 두 눈을 따갑게 만들었지만 청년은 여전히 공허한 눈동자였다. 한눈에 보아도 보도라고 느껴질 만큼 얇고 날카로우며 살기가 풍기는 도신, 청년은 무심하게 도를 도집에 넣으며 왼손에 쥐었다.

청년은 오른편에 놓였던 작고 긴 검은 상자를 어깨에 메며 자리에서 일어섰다. 청년의 시선이 봉분을 향하고 있었다. 적막한 공기가 여전히 그곳을 맴돌고 있었다. 청년도, 그리고 그 앞에 놓여진 작고 초라한 봉분도 그 공기를 느낀 듯 가라앉아 있었다. 그의 투명하고 공허한 눈동자에 처음으로 빛이 맴돌았다.

"형……."

청년은 잠시 봉분을 바라보았다. 그리고 울리는 작고 낮은 음성 하나.

"언젠가… 스승님이 내게 말했지. 모든 걸 버리라고. 하지만……."

청년은 잠시 동안 그렇게 무심히 흘러가는 바람에 몸을 기대며 서 있었다. 그러던 어느 순간 몸을 돌렸다. 그러자 짧은 음성이 주변에 울렸다.

"갔다 올게."

■제1장■

처음이었다

북경(北京).

수많은 변천을 거친 고도이자 현 명 황실의 수도이며 많은 역사와 신화가 살아 숨 쉬는 곳. 광대한 화북(華北)평야의 북부에 자리했으며 그 지형이 동, 서, 북 삼면에 둘러싸인 분지의 중앙에 자리한다. 역사적으로 중요한 곳이기에 진, 한, 당대에는 북방을 대비한 군사와 정치, 교통의 요지로 이름을 알렸다. 지금도 북경은 수도로 그 명성을 이어가고 있다. 그런 북경의 허름한 골목길에 두 명의 소년이 마주 앉아 있었다. 둘 다 며칠은 굶은 듯한 인상을 주는 지저분하고 마른 얼굴을 가진 소년들이었다. 그래도 둘 다 초롱한 눈빛을 가진 것이 총명하게 보였다. 하지만 지금의 모습은 그저 거지와 다를 바가 없었다.

"배가… 배가 고파."

"참아."

약간 작은 체구의 칠 세 정도로 보이는 소년이 말하자 십여 세 먹은 옆의 소년이 그런 소년을 달래며 말했다. 말하는 것으로 보아 형제임을 알 수 있었다. 동생은 배고픔을 참을 수 없었는지 연신 형을 보채고 있었다.

"나, 나 배고파 미치겠어, 형."

"알았어. 잠깐만 기다려 봐."

형으로 보이는 소년이 그런 동생의 머리를 어루만지며 말했다. 동생의 배고픔을 더 이상 바라보는 것이 힘들었기 때문이다. 형으로 보이는 소년이 밖을 향해 걸어나갔다. 뒤에 남은 소년은 그저 형의 뒷모습을 바라보고 있을 뿐이었다.

밖으로 나가자 새벽의 공기가 차갑게 소년의 코로 들어왔다. 그리고 곧 있으면 겨울이라는 것을 반영하듯 서리가 끼어 있었다. 배고픔보다 앞으로 다가올 추위가 더욱 걱정이었다. 소년이 몸을 돌려 동생이 있는 낡디낡은 판잣집을 바라보았다. 저것만이라도 있다는 것이 다행이라고 생각했다.

"금방 올게."

소년은 그렇게 중얼거리며 새벽의 공기를 헤치고 걸어나갔다. 그 소년이 가는 곳은 성내의 시장이었다. 구걸을 하기 위해서이다.

형이 나가고 나자 동생인 작은 체구의 소년은 흙바닥에 작은 돌멩이를 주워 글씨를 쓰기 시작했다. 배고픔을 달래기 위함인지 아니면 형이 없다는 허전함을 달래기 위함인지 소년은 웅크리고 앉아 바닥에 무언가를 쓰기 시작했다.

"형."

송영(松影).

"나."

송백(松百).

그렇게 글씨를 쓴 소년의 이름은 송백이다. 그리고 형인 약간 큰 소년은 송영이란 이름을 가지고 있었다.

"엄마……."

가만히 중얼거린 소년은 돌멩이를 땅에 던지곤 고개를 무릎에 파묻었다.

"하늘에 간 거야?"

그렇게 중얼거린 소년은 곧 울기 시작했다. 아직 어리지만 죽음이 무엇인지 잘 알고 있었다. 불과 몇 주 전만 하더라도 송영과 송백은 이렇게 거지꼴이 될 거란 생각조차 하지 못했다. 하지만 지금은 고아로 이곳 북경까지 오게 되었다.

*　*　*

송가장(松家莊).

산서성 제공촌(提供村)의 송가장은 그리 큰 곳은 아니나 이름이 없는 곳도 아니었다. 근 백 년 동안 산서에서 그래도 명성을 떨치고 있었으며 송가장에 대한 민심 또한 좋았다. 가주인 협도(俠刀) 송부정은 별호처럼 굉장히 호협한 인물이었다. 또한 송가도법은 뛰어나진 않지만 그래도 산서에서는 다섯 손가락에 들어갈 만큼 위명이 있는 도법이었고, 송부정의 무공 또한 일류라고 말할 수 있었다.

송부정은 주위의 같은 마을에 살고 있던 평범한 아낙인 유소현과 혼인하여 다음 해 아들을 한 명 낳았다. 태몽에 호랑이 한 마리가 산에 올라 길게 포효를 하였으나 곧 검은 그림자가 나타나 그 호랑이를 잡았다고 한다.

그래서 송영(松影)이라는 이름을 지었다. 모두 태몽이 흉몽(凶夢) 같아 많이 걱정했으나 그런 걱정과는 달리 송영은 대단히 뛰어난 아이였다. 어릴 때부터 글과 무공에 아버지인 송부정과는 그 격이 다르게 빠르게 무공을 습득했으며, 글 또한 남들보다 일찍 깨우치고 익혔다. 송부정과 유소현은 그런 송영을 보고 대단히 자랑스러워했으며 주위에서도 기재(奇才)라는 말이 나돌았다.

송영이 태어나고 다섯 살이 되었을 때 임신한 유소현은 이듬해 아이를 낳았다. 태몽은 송부정과 유소현, 그리고 송영이 길을 가는데 한 명의 노인이 하나의 계란이 들어 있는 바구니를 건네는 꿈이었다.

그 아이가 송백으로 송백은 송영과는 달리 평범한 아이였다. 태몽이 현묘해 많은 기대를 했지만 부모인 송부정과 유소현은 실망도 했었다. 송백은 그런 부모들과는 달리 보통의 아이처럼 그렇게 자라게 되었다. 송영과 송백은 우애가 좋아 송영은 어릴 때부터 송백을 업고 다녔으며 함께 동네를 돌아다니곤 했다.

어느덧 송백의 나이 일곱 살이 되고 송영은 열세 살이 되었다. 송영은 뛰어난 재질로 송가도법을 사성 가까이 익혔으며 앞으로 송가장을 산서성뿐만 아니라 전 중원에 드높일 인재로 온 가족의 사랑을 듬뿍 받게 되었다. 하지만 송백은 여전히 그대로였으며 별다르게 특이한 점을 발견하지 못했다.

송백과 송영은 서로 굉장히 비슷하면서도 다른 용모였다. 송영은 어머니의 얼굴을 닮아 굉장히 섬세하고 여성스러운 용모였으며, 송백은 아버지를 닮아 굵은 선에 남자다운 강인한 인상이었다. 둘은 어디를 보더라도 용모는 준수했다. 여전히 화목한 집안이었으며 어디를 보더라도 걱정은 없어 보였다.

그런 송가장에 큰 이변이 닥쳐왔다. 가을로 접어들 때의 일이다. 송영은 급하게 들리는 비명성과 사람들의 고함 소리에 놀라 잠자리에서 일어나 송백에게 달려갔다. 송백은 여전히 잠을 자고 있었다. 송영은 그런 송백을 업고 재빠르게 아버지를 찾아갔다.

“이걸 들고 어서 뒷문으로 달아나거라.”

송부정은 들어오는 아들을 보자 재빠르게 하나의 비급과 송가장의 신물을 나타내는 쌍두룡(雙頭龍)의 환을 건네주었다. 환은 두 마리의 용이 구름 속에서 하늘로 승천하는 모양이 새겨져 있었다. 그리고 송가장의 장주만이 사용하는 흰색의 유엽도가 송영의 앞에 떨어졌다.

“백옥도(白玉刀)…….”

송영의 입에서 침울한 목소리가 흘러나왔다. 송영은 백옥도를 잘 알고 있었다. 할아버지 때부터 송가장의 장주가 쓰는 최고의 보도였다. 손잡이의 재질은 묵철로 만들었으며 도신은 흰색의 스산한 한기를 품고 있는 보도였다. 도신이 너무 희어 백색의 옥(玉) 같다 하여 백옥이라 불린 것이다. 송영의 눈에 눈물이 고이기 시작했다.

송영은 이미 비명을 들을 때부터 집안에 일이 생긴 것을 알았다. 그리고 송부정의 확고한 모습에서 큰일이라는 것도 알게 되었다. 송영은 걱정스러움과 떨어지지 않는 발걸음으로 그렇게 서 있었다. 그런 송영에게 송부정은 다시 말했다.

“어서 가거라. 송가장이 사라지면 네가 이 아비와 어미의 복수를 해다오. 마정회(魔情會)를 잊지 말거라.”

그렇게 말한 송부정이 도를 집어 들었다. 송영도 떨어진 도를 들었다. 그리고 아직 잠에서 깨어나지 않은 송백을 그대로 업고 빠르게 뒷문으로 달려갔다.

뒷문에 당도하자 유소현이 봇짐을 들고 서 있었다. 집안에서 무공을 익힌 사람은 송부정과 송영 단둘뿐이었다. 몇 명의 무사들도 있었지만 가능성은 없어 보였다. 거기다 송백은 너무 어려 무공을 이제 시작하려고 하는 나이였기에 보통의 어린애였다.

“어머니…….”

“어서 가자.”

송영과 유소현의 눈동자는 흔들리고 있었지만 침착했다. 특히 유소현은 모든 것을 감지했는지 아니면 송부정에게 어떤 말을 들었는지 평소보다 더욱 침착했다. 유소현이 앞장서서 뛰기 시작하자 그 뒤로 송영이 따라 달려갔다.

“크아악!”

누구인지 모를 커다란 비명성이 멀리서 들려왔다. 송영의 눈에 한스러운 눈물방울이 채워졌다.

유소현은 산의 중턱쯤 왔을 때 숨을 몰아쉬며 들고 있던 봇짐을 풀어헤치고 너덜거리는 옷을 꺼내 들었다.

“갈아입거라.”

송영은 곧 송백을 내려놓고 옷을 갈아입었다. 유소현은 송백에게 다가와 옷을 갈아 입혔다.

"엄마, 여긴 어디야?"

아무것도 모르는 송백은 그저 울먹이는 표정의 유소현을 바라보며 물었다. 그러다 유소현의 눈이 붉다는 것을 알았는지 곧 침울한 표정으로 변하였다.

"울면 안 된다."

유소현이 그런 송백의 표정에서 곧 일어날 울음소리를 알았는지 성난 말투로 낮게 말했다. 그 말에 송백은 정신을 차리고 울려던 마음을 잡으며 고개를 끄덕였다. 유소현은 그런 송백을 끌어안았다.

"잘살 수 있을 거야. 울지 말고 앞으로 형 말을 잘 들어야 한다. 알았지, 우리 백아."

유소현의 목소리는 떨리고 있었다. 곧 유소현의 시선이 가만히 서 있는 송영에게 향했다.

"멀리 가게 되었구나. 요동까지 영아는 갈 수 있지?"

송영은 묵묵히 고개를 끄덕였다. 곧 유소현은 고개를 끄덕이며 송백을 한 번 더 끌어안았다. 송영은 가만히 유소현에게 다가와 안겼다. 더욱 깊이 유소현의 품에서 떨어지지 않으려는 듯 그렇게 체온을 느끼고 있었다.

"정말 오랜만에 너희 둘을 안아보는구나."

유소현은 가만히 중얼거리고 송영과 송백을 떼어내며 그들을 얼굴을 한 번씩 바라보았다.

"어, 어서… 가거라."

유소현은 모질게 마음을 먹으며 애써 말하려고 입을 열었다. 그런 유소현의 마음을 송영은 알고 있었다. 그리고 송백은 그저 유소현의 품에 다시 안기려고 다가갈 뿐이다. 하지만 송영은 송백의 몸을 끌어

안으며 고개를 들었다. 유소현을 바라보는 송영의 눈은 복잡한 표정이었다. 수많은 말들을 하고 있었지만 입이 열리지 않았다. 송영은 고개를 돌리며 송백을 끌어안고 달리기 시작했다.

그런 형제의 모습을 유소현은 멍하니 바라보았다. 한 번만이라도 더 안아보고 싶다는 생각이 들었다. 유소현의 눈에서 물기가 샘물처럼 솟아나며 흘러내렸다. 유소현은 그리고 그 자리에 쓰러지듯 주저앉았다.

이제 이곳에서 기다리면 되는 것이다. 유소현은 모질게 마음을 먹고 멀리 장원 쪽을 바라보았다. 싸늘한 찬바람이 그런 유소현을 스치고 지나갈 때, 검은 그림자들이 거짓말처럼 유소현의 주위에 나타났다. 유소현은 고개를 들어 그들을 바라보았다. 짧은 소리가 울리며 흰색의 섬광이 피어났다.

서걱!

*　　　*　　　*

후두둑!

작은 빗방울이 하나둘씩 떨어지기 시작했다. 초겨울을 알리는 차가운 빗방울이 송영의 머리를 적시고 있었다. 추웠지만 기다리는 동생을 생각하자 어떻게 해서라도 먹을 것을 구해야겠다는 마음이 생겼다.

시장통으로 들어서자 수많은 사람들이 각자의 분주한 발걸음을 옮기며 이리저리 움직이고 있었다. 그 사이로 송영의 발걸음이 움직이고 있었다. 배고픔과 갈증을 느끼며 걷고 있는 그의 입술은 이미 말라비틀어진 채 갈라져 있었다.

꿀꺽!

포자가 김을 내며 허름한 주막 앞에 놓여진 것이 눈에 들어오자 절로 침이 목을 타고 넘어갔다. 하지만 막상 그 앞으로 다가갈 수가 없었다. 지금까지 자라오면서 한 번도 남의 물건에 손을 댄 적이 없었기에 지금처럼 돈이 없다는 것이 서럽기만 했다. 그저 바라보면서 눈으로 그것을 먹어야만 했다. 그때였다, 한 명의 너저분한 소년이 나타나 포자를 손에 쥐고 재빠르게 반대편으로 달려가는 것이 눈에 들어온 것은.

"네 이 녀석! 거기 안 서!"

순식간에 주인인 듯한 중년의 아주머니가 나타나 반대편을 향해 소리치기 시작했다. 삽시간에 시장의 사람들이 사라져 가는 소년을 향해 시선을 모았다. 주인 아주머니는 속을 긁으며 계속해서 소리쳤다. 그들의 시선이 모두 반대편으로 향하는 것을 송영은 알고 있었다. 포자를 가지고 간다면 지금이 기회라는 생각도 들었다. 하지만 송영은 몇 번이고 침을 삼키며 그런 자신의 마음을 잡아야 했다.

'안 된다.'

결국 송영은 그곳을 빠져나와 시장을 벗어나기 시작했다.

부슬비가 옷을 적시고 피부를 적시기까지 그리 오랜 시간이 걸리지는 않았다. 한참 동안 걸음을 옮기던 송영은 사람들이 하나둘씩 사라져 가는 것을 느꼈다. 어느새 대궐 같은 거대한 집들이 늘어선 곳에 자신이 서 있다는 것을 알게 된 것이다. 송영은 이렇게 큰집들이라면 당연히 나눠줄 것이라고 여겼다. 하지만 세상은 가진 자의 대다수가 더 가지려 한다는 것을 송영은 모르고 있었다.

탁탁!

송영은 옆에 보이는 거대한 문 앞에 다가가 문을 두드렸다. 하지만 시간이 조금 흘러도 사람의 반응이 없자 송영은 여러 번 다시 두드렸다. 그제야 사람의 발소리가 들리며 문이 조금 열렸다.

"뉘시오? 응?"

얼굴을 내민 건장한 청년은 문 앞에 웬 거지처럼 생긴 꼬마 아이가 서 있자 눈살을 찌푸렸다.

"뭐 하러 왔냐?"

대번에 말투가 싸늘하게 바뀐 청년은 송영을 노려보았다. 비도 오는데 이렇게 나온 것이 기분 나쁜 듯 표정도 굳어졌다. 송영은 몇 번이고 망설이다 입을 열었다.

"저, 배가 고파서 그러는데… 먹을 거라도 좀… 나눠주실 수 없겠습니까?"

송영은 나름대로 정중하게 부탁하기 위해 애를 쓰며 말했다. 하지만 청년의 반응은 송영의 생각과는 반대로 냉정했다.

"별 미친놈 다 보겠네. 맞기 싫으면 저리 썩 꺼져라."

청년은 싸늘하게 말하며 문을 닫으려 했다. 순간 송영의 손이 빠르게 들어가며 문과 문 사이에 몸을 들이밀었다.

"제발 부탁인데 조금만이라도 먹을 걸 주십시오."

"이 녀석이!"

송영이 다급하게 말하며 애원하자 청년의 표정이 순식간에 험악하게 일그러졌다.

퍽!

순간적으로 다리를 들어 송영을 걷어찬 청년이 화난 표정으로 바닥을 구르는 송영을 바라보며 다가왔다.

"이런 개자식을 봤나! 비도 오는데 사람 불러놓고 이제는 생떼를 쓰네. 너 같은 거지새끼 줄 밥이면 우리 마님 강아지에게 준다, 이 녀석아!"

청년은 쓰러진 송영을 노려본 뒤 빠르게 안으로 들어갔다.

"부탁드립니다. 조금이라도 주시기 바랍니다."

청년의 발이 문안으로 사라지려는 순간 송영의 몸이 빠르게 달려와 청년의 발을 잡았다.

"이놈 보게!"

청년은 송영의 행동에 매우 놀란 듯 고개를 돌려 송영을 바라보았다. 하지만 표정은 곱지 않았다. 굉장히 귀찮은 듯 인상을 쓴 청년의 발이 송영의 얼굴로 삽시간에 날아들었다.

"망할 새끼를 봤나!"

퍽!

"큭!"

송영이 힘없이 나뒹굴었다.

"뭐야?"

"무슨 일이야?"

청년의 외침과 실랑이에 집 안에서 몇 명의 청년이 문밖으로 고개를 내밀었다. 쓰러진 송영과 청년의 씩씩거리는 숨소리를 본 청년들이 상황을 빠르게 이해했다.

"저 미친놈이 밥 달라고 떼를 쓰잖아. 어이가 없어서."

"뭐야?"

"저 새끼가 미쳤나!"

송영은 입술이 터져 나가 흘러내리는 핏물을 닦아내며 일어섰다. 그러자 청년들이 송영에게 다가왔다. 그들의 표정은 그저 재미있을 것 같다는 표정뿐이었다.

"제발 부탁입니다. 동생이 며칠을 굶어서……."

"지랄을 해라!"

퍼퍽!

"니놈 동생이 우리와 무슨 관계가 있는데?"

빡!

"컥!"

발이 날아듦과 동시에 주먹이 날아들었다. 송영의 작은 육신이 뒤로 날아가 바닥에 굴렀다. 점점 빗방울들이 굵어지고 있었다.

"안 그래도 오늘 아침 늦게 일어났다고 꾸중 들어 기분이 꿀꿀했는데 마침 잘되었다. 오늘 비 오는데 먼지 나게 맞아봐라, 이 자식아!"

정신을 차릴 새도 없이 송영의 눈앞에 수많은 그림자들이 스치고 지나갔다.

쏴아아아!

빗줄기가 강하게 내리며 온 천지에 물줄기를 뿌리고 있었다. 흙바닥에 생긴 여러 웅덩이에서 하늘의 그림자를 비추며 수많은 파장을 만들었다. 그 웅덩이 위로 말발굽이 지나가고 마차의 바퀴가 소리를 내며 지나가고 있었다.

"워어!"

잘 굴러가던 마차의 두 마리 말이 발을 멈추자 마차도 멈춰 섰다.

"무슨 일이에요?"

마차의 문이 열리며 작고 귀여운 얼굴 하나가 고개를 내밀었다. 마차가 멈춘 것이 궁금해서 나온 것이다.

"앞에 웬 아이가 쓰러져 있습니다."

"어머!"

십 세도 안 되어 보이는 소녀가 말 바로 앞에 쓰러져 있는 소년을 확인하고 놀란 표정을 지었다. 반쯤 웅덩이에 얼굴을 묻고 있는 소년의 모습보다 웅덩이에 고여 있는 핏물이 소녀의 마음에 더욱 크게 다가왔다. 소녀는 마차에서 내려 소년에게 다가갔다.

"아씨, 춥습니다."

중년인으로 보이는 건장한 마부가 우의를 씌워주며 옆에 섰다.

"살아 있나요?"

"그런 것 같습니다."

소년의 가슴이 높낮이를 표시하며 변화하는 모습을 본 마부가 고개를 끄덕였다.

"춥긴 춥구나, 비도 많이 오고."

"할아버지."

소녀의 목소리에 마차에서 나온 반백의 인상 좋은 노인이 천천히 걸음을 옮기며 소녀의 옆에 섰다. 비를 맞고 있지만 노인은 신경을 쓰는 듯한 표정이 아니었다.

"무슨 사연이 있을꼬……."

노인은 가만히 중얼거리며 소년을 살피기 위해 다가갔다. 순간 소년의 눈이 떠졌다. 소년은 반쯤 풀어진 듯한 시선을 소녀에게 향하는 듯하더니 감겨졌다.

"꽃… 신……."

노인은 눈을 감은 소년을 품에 안았다. 흙탕물이 소매를 적시고 들어왔지만 노인은 소년의 생명이 소중한지 가만히 소년의 얼굴을 바라보았다.

"좋은 얼굴이다."

가만히 중얼거린 노인은 소년을 품에 안은 채 마차에 올라탔다. 그 뒤로 소녀가 따라 들어갔다.

"같이 가는 건가요?"

소녀가 마차에 올라타며 작은 입으로 말하자 노인은 미소 지었다.

"앞으로 사형이라 불러라."

마차의 문이 닫히며 마부의 손짓에 말들이 앞으로 달려가고 있었다.

후두두둑!

얼마만큼 잠들었던 것일까. 새벽에 밀려오는 추위에 더 이상 견디지 못한 송백은 천천히 눈을 뜨기 시작했다.

"추워, 형."

무심결에 옆을 돌아보던 송백의 얼굴에 큰 파동이 일어났다.

"혀… 엉."

아무도 없었던 것이다. 놀란 송백이 일어나 밖을 바라보았다. 푸르스름한 하늘과 빗물에 젖은 전경이 들어왔지만 그 어디에도 송영의 그림자는 보이지 않고 있었다. 송백의 발이 놀란 듯 밖으로 뛰쳐나왔다. 송백은 사방을 둘러보기 시작했다. 그렇지만 송백의 눈에 들어오는 것은 사람의 그림자가 아닌 새벽의 차가움이었다. 송백은 자신도 모르게 발걸음을 옮기기 시작했다.

찬바람은 피부를 지나 뼛속까지 스며드는 듯했다. 그렇지만 그것을 느낄 여유도, 시간도, 마음도 준비가 되어 있지 않았다. 시장의 북적거리는 사람들 속으로 걸음을 옮기는 송백은 연신 사방을 둘러보고 있을 뿐이다.

퍽!

쿵!

송백은 주변을 둘러보다 물건을 나르는 사람의 어깨와 부딪치며 바닥에 쓰러졌다. 덩치가 큰 장한은 송백을 한번 보더니 옆으로 비켜갔다. 그렇게 복잡한 시장의 아침이 시작되었다.

"꼬마야, 조심하거라."

장한이 지나가자 송백은 자리에서 일어섰다. 순간 코끝으로 이어지는 진한 냄새에 고개가 돌려졌다. 배고픔 때문이다. 입술은 이미 틀 만큼 텄으며 손끝도 갈라져 가고 있었다. 배고픔 때문에 견디기 힘들었지만 송백의 머리에는 배고픔보다 더 절실한 것이 있었다. 그의 눈은 사방을 두리번거리며 누군가를 찾고 있을 뿐이었다.

"형……."

한낮의 태양이 아무리 밝게 빛나도 겨울의 차가움은 그것으로 달구어지지 않았다. 차갑게 가라앉은 공기들과 그곳을 지나가는 수많은 사람들의 바쁜 움직임 속에서 송백은 천천히 걷고 있었다. 어디를 가는지도 몰랐다. 그저 앞으로 걷기만 할 뿐이었다. 사람들의 말소리가 귀를 울렸지만 송백의 귀에는 아무것도 들리지 않았다.

시장을 지나갔지만 사람들의 수는 줄지 않았다. 오히려 더 많아지는 듯했다. 어른들의 다리에 치이며 송백은 걷고 있었다.

"문……."

송백은 거대한 성문에 맞닥뜨리자 고개를 들었다. 끝없이 하늘로 올라간 거대한 문의 크기에 잠시 위축되는 기분이 들었다. 그곳으로 수많은 사람들이 들어오고 나가고 있었다. 주변으로 늘어선 난전의 모습도 송백은 보고 있었다. 그렇지만 그 어디에도 자신이 찾고 있는 사람은 없었다. 송백은 성문 옆으로 다가가 벽면에 쪼그리고 앉았다. 햇빛이 들기 때문에 약간의 추위는 녹일 수 있었다. 벌써 한낮이 되어가고 있는 것이다.

입술은 갈라지고 다리를 모으고 있는 손은 갈라질 대로 갈라지고 있었다. 무릎에 얼굴을 묻은 송백의 눈은 연신 지나가는 사람들을 바라보고 있었다. 사람들의 말소리와 얼굴들이 송백의 눈을 스치고 지나갔다. 송백은 어느 순간 사람들을 살피고 있던 것을 멈추며 한곳을 바라보았다. 어머니인 듯한 여인의 손을 잡고 걸어가고 있는 소년의 모습이 보인 것이다. 웃고 있는 얼굴과 그것을 바라보는 여인의 얼굴 또한 웃고 있었다.

"엄마……."

송백은 고개를 무릎에 파묻으며 몸을 더욱 웅크렸다. 수많은 사람들의 발걸음 소리와 말소리가 울리고 있었지만 아무것도 들리지 않았다. 누구 하나 쳐다보는 사람이 없고 누구 하나 동정을 보이는 사람도 없었다. 그렇게 해가 지고 있었다.

송백은 여전히 사람들을 보고 있었다. 불안함은 점점 커져 가고 있었다. 사람들의 수가 줄어들기 때문이다. 그리고 난전의 상인들도 사라져 가고 있었다. 점점 다가오는 어둠은 더욱 불안함을 크게 만들고 있었다. 알 수 없는 불안함과 가슴속에 남겨지는 심장 소리는 더욱더 커져 가고 있었다.

송백의 육체는 다가오는 추위에 조금씩 떨기 시작했다. 해가 떨어지고 사람들의 그림자가 사라지고 있었다. 하나둘씩 성내로 사라지는 모습을 송백은 지켜보기만 했다. 고개를 파묻는 송백의 눈동자는 아무런 감정도 없는 듯 말라 있었다. 하지만 육체의 떨림은 참고 싶어도 참을 수 없기에 보여지고 있었다. 이빨이 부딪치는 소리 역시 커져 가고 있었다.

배고픔도 추위도 마음속에 남아 있는 얼굴 하나에 참을 수가 있었다. 참고 또 참았지만 불안함은 여전히 커져만 갔다.

"으……."

살의 떨림과 입에서 흘러나오는 입김, 그리고 이가 부딪치며 생기는 소리가 정적 속에서 맴돌고 있었다. 벌레의 소리도 사람들의 발소리도 이제는 남아 있지 않았다. 아무도 없는 것이다. 입술이 터지며 핏물이 흘러내렸다. 갈라진 손끝은 동상에라도 걸린 듯 점점 감각을 잃어가고 있었지만 송백은 여전히 그 자리에 쭈그리고 앉아 있을 뿐이었다.

"형……."

몇 번이고 그렇게 불러보고 아무도 없는 어둠 속으로 고개를 돌렸다. 고개를 돌리면 저쪽에서 형이 나타나 다가올 것만 같았기 때문이다.

점점 밀려오는 졸음은 참기 힘들어지고 있었다. 하지만 잠을 잘 수는 없었다. 혹시라도 잠이 들어 고개를 묻고 있으면 송영이 지나치다 못 볼 것만 같았기 때문이다. 그것 때문에 잠들 수가 없었다. 그것만큼 불안한 것은 없었기 때문이다. 송백은 허기진 배를 눌러가며 졸음을 잊기 위해 노력하고 있었다.

떨리는 어깨 위로 따뜻한 손 하나가 나타나 송백의 등을 따뜻하게 끌어안았다. 송백은 자신도 모르게 고개를 돌려 바라보았다.

"엄마……."

송백은 가만히 미소 짓는 얼굴을 바라보며 포근해지는 것을 느꼈다. 그 옆으로 나타나는 아버지의 모습도 보였다. 송백의 신형이 조금씩 옆으로 기울어지기 시작했다.

"엄마……."

송백은 따뜻해지는 기분에 조금씩 눈을 감아가기 시작했다.

짤랑!

송백의 눈동자가 무언가 떨어지는 기분에 눈을 떴다. 순간 따뜻함이 사라지며 차가운 바닥의 느낌이 등줄기를 타고 올라왔다. 하지만 송백의 신형은 더 이상 떨지 않았다. 눈이 향한 곳에 놓여진 반이 잘린 듯 보인 승룡패(乘龍牌) 때문이다. 원래는 두 마리의 용이 승천하는 모습을 한 것이었다.

깡!

바위 위에 올려진 쌍두룡의 승룡패가 두 조각 나며 송영의 손이 한 조각을 들어 소매의 천을 잘라 묶어 송백의 목에 걸어주었다.

"우리가 만약 헤어진다면 남게 되는 것은 이것뿐이다."

"형……."

송백은 불안한 눈으로 송영을 바라보고 있었다. 송영은 가만히 손을 들어 송백을 끌어안았다.

"난 널 절대 버리지 않아."

"형……."

송백은 중얼거리며 손을 뻗어 승룡패를 잡아갔다. 차가운 쇳조각의 느낌이 피부를 타고 흘러들어 왔다. 그제야 송백의 몸이 다시 떨리기 시작하며 마른 입술에서 침과 함께 핏물이 흘러내렸다.

"형이……."

굳게 다문 입술과 꼭 쥐어진 주먹은 떨림 속에서 더욱 강하게 굳어졌다. 송백의 눈동자에서 흘러내린 눈물은 땅바닥을 적시고 있었다.

"나를… 버렸어."

'덜컹' 거리는 소리가 울리며 마차는 황톳길을 달리고 있었다. 며칠 동안 달렸는지 모르게 마차의 지붕은 먼지로 쌓여 있었다. 마차 안에는 한 명의 노인과 한 명의 소녀가 앉아 있었다.

소녀는 고개를 가끔씩 밖으로 내밀어 지나가는 경물을 재미있다는 표정으로 바라보았다. 고개를 돌린 소녀는 눈을 빛냈다. 맑고 고운 눈매가 귀여움을 느끼게 해주었다. 그 앞으로 소년이 누워 있었다. 너덜해진 옷자락과 헝클어진 머리가 너저분하게 보였지만 소녀는 그런 것에 신경 쓰지 않는다는 표정으로 바라보았다.

"으음……."

신음성이 소년의 입에서 흘러나오자 소녀의 눈동자가 커졌다.

"할아버지!"

소녀는 옆에 앉은 노인의 소매를 잡아가며 웃음을 보였다.

"나도 들었다. 곧 깨어날 것 같구나."

노인은 인자하게 웃으며 고개를 끄덕이곤 소녀의 머리를 쓰다듬어 주었다.

노인의 말처럼 얼마 지나지 않아 소년은 눈을 떴다. 그러자 놀란 표정으로 소녀가 자리에서 벌떡 일어섰다.

"눈 떴어요!"

소녀의 목소리가 마차 안에 크게 울렸다.

송영은 몸에 힘이 들어가지 않는 것을 느끼며 희미하게 눈을 떴다. 덜컹거리는 소리가 귓가를 울리며 누워 있는 몸이 가끔씩 흔들리고 있는 것을 느꼈다. 송영은 눈꺼풀을 몇 번 움직이다 자신을 바라보고 있는 소녀를 발견하곤 순간적으로 놀라 벌떡 일어섰다.

"헉!"

"어머!"

소녀도 놀란 듯 뒤로 물러서며 노인의 팔에 매달리 듯 기대었다. 송영은 멍한 눈으로 소녀와 노인을 바라보았다. 잠시의 시간 동안 정지한 듯 그렇게 송영의 머리는 무엇을 이해하기 위해 노력하고 있었다.

"정신이 좀 들었느냐?"

노인의 목소리가 부드럽게 멍한 송영의 귀를 울리며 정신을 차리게 해주었다.

"여, 여긴 어디입니까?"

"보는 대로 마차 안이네. 그리고 쓰러져 있는 것을 태운 것도 우리고, 몸에 있는 상처를 보살핀 것도 우리네. 이 녀석이 참 많이 애썼지."

노인은 팔에 매달린 소녀를 가리키며 말하자 소녀는 창피한지 얼굴을 노인의 소매에 묻었다. 그 모습이 보기 좋은지 노인은 미소 지었다. 하지만 송영의 신색은 여전히 어두웠다. 그리고 상황도 이해가 되었다.

"저는 송영이라고 합니다. 구해주신 것은 참으로 감사합니다. 대명(大名)을 가르쳐 주신다면 훗날 갚겠습니다."

"담오라고 하네."

노인이 고개를 돌려 소녀를 바라보자 소녀가 머뭇거리며 송영을 바라보았다.

"기… 수령이라고 해요."

소녀의 말을 들은 송영은 가볍게 웃어 보였다. 머뭇거리는 모습이 귀여웠기 때문이다. 하지만 머리에 무언가 소녀의 얼굴 옆으로 지나갔다.

"동생!"

송영은 놀란 듯 소리치며 마차 밖을 바라보려 했다.

"여기가 어디입니까?"

"하남성(河南省)에 들어온 지 하루 지났네."

담오의 말에 송영은 매우 놀란 듯 자리에 주저앉았다.

"동생이… 동생이 있습니다."

"동생?"

담오는 말을 하다 놀란 듯 송영을 바라보며 깊게 숨을 내쉬었다. 보통 길거리에 버려진 아이라면 혼자일 경우가 대다수였기 때문이다. 설마 하니 송영에게 형제가 있을 거라곤 생각지 못한 것이다.

"동생이 있었느냐?"

"그렇습니다."

송영의 목소리가 낮게 울리자 담오는 씁쓸히 고개를 저으며 다시 말했다.

"너무 걱정하지 말거라. 내가 사람을 풀어서 찾아볼 테니 말이다."

고개를 숙이고 있던 송영은 무언가 생각난 듯 고개를 들어 담오를 바라보았다.

"제가 누운 지 며칠이 지났습니까?"

"…삼 일째이다."

담오는 송영의 염려스러운 표정을 보곤 말했다. 하지만 거짓말을 해야 했다. 송영이 누운 지 칠 일은 지났기 때문이다. 송영은 말을 들으며 고개를 숙였다. 그 모습이 안쓰러운지 기수령이 다가갔다.

"사형, 너무 걱정하지 마."

기수령의 말에 송영은 놀란 눈으로 기수령을 바라보았다.

"사… 형?"

송영은 기수령을 보다 담오를 바라보았다. 담오는 가만히 웃으며 송영에게 말했다.

"갈 데가 없다면 나와 함께 지내지 않겠느냐?"

"……."

송영은 고개를 숙였다.

"동생은 내가 기필코 찾아주마."

담오의 말을 들은 송영은 여전히 고개를 숙이고 있었다.

'이분은 나의 생명을 구해준 은인이시다. 갚아야 하지 않겠는가. 하지만 동생은…….'

송영은 한참 동안 생각하며 가만히 고개만 숙이고 있었다. 그러다 고개를 들어 담오를 바라보았다.

"나아 보이는 것이라곤 없는 저를 거두어주신다면 저는 더없이 고마울 뿐입니다. 하지만 동생은… 동생을 찾고 싶습니다."

"참으로 기특한 아이로구나. 너의 마음처럼 내가 최선을 다할 터이니 크게 걱정하지 말거라."

"우리 할아버지는 거짓말을 안 해."

기수령이 웃으며 말하자 송영은 가만히 웃어 보였다. 기수령의 목소리가 안정을 주었기 때문이다. 담오는 기분이 좋은지 미소를 그리고 있었다. 송영을 만난 것이 자신에게는 행운이라고 여겼던 것이다.

"나는 강호의 인물이지만 지금까지 덕(德)에 어긋나는 일을 한 적이 없었다. 어떻게 하겠느냐? 나의 제자가 되겠느냐? 나는 네 생명을 구해 준 은인이기도 하다. 사람의 도리는 다 해야 하지 않겠느냐?"

담오의 목소리에 송영은 잠시 망설였으나 대답은 정해져 있었다.

"산서(山西) 송가장(松家莊)의 송영, 어르신의 가르침을 받겠습니다."

"송가장……."

담오는 송가장의 송영이란 말에 약간 놀란 듯 송영을 바라보았다.

"송가장의 자식이었느냐?"

"그렇습니다."

담오의 목소리가 굳어 있자 송영은 약간 놀란 표정으로 담오를 바라보았다. 혹시라도 자신의 적이라면 큰일이기 때문이다. 송영은 입술이 타 들어가는 것을 느꼈다. 담오는 잠시 동안 송영을 바라보다 천천히 입을 열었다.

"송가장의 자식이었다니… 오히려 우리는 잘 만난 것인지도 모르겠구나."

담오는 미소 지으며 송영의 머리를 쓰다듬었다. 송영은 순간적으로 풀린 긴장감에 깊은 숨을 내쉬었다. 그 모습을 바라본 담오는 인자한 목소리로 다시 말했다.

"며칠 전 송가장의 일을 듣고 참으로 안타깝게 생각하고 있었다. 그런데 송가장의 후인이 남아 있었다니 참으로 다행한 일이 아닐 수 없구나. 정말 다행이다."

"복수를… 하고 싶습니다."

송영은 자신도 모르게 마음속에 담아두었던 말을 꺼냈다. 그러자 담오가 고개를 끄덕였다.

"그렇게 될 것이다."

담오의 말에 송영은 놀란 듯 그를 바라보았다. 여러 가지 생각들이 송영의 머리를 스치고 지나갔다. 자신이 아는 것은 마정회라는 이름뿐이었다. 그런데 담오는 그들이 누구인지 아는 듯한 모습이었다. 그리고 복수를 할 수 있다고 했다. 송영은 순간적으로 심장이 튀어나올 것 같은 두근거림을 느껴야 했다.

송영은 자리에서 일어나 담오에게 절을 올리기 시작했다. 좁은 마차 안이었지만 담오는 그런 송영을 바라보며 미소 지었다.

■ 제2장 ■

그녀는 내게 웃음을 주었다

■그녀는 내게 웃음을 주었다

송영은 멍하니 창밖을 바라보며 앉아 있었다. 탁자에는 간단하게 차려진 밥상이 놓여 있었지만 송영은 입에 대지도 않았다. 송영은 조심스럽게 목에 걸고 있는 승룡패를 꺼내보았다. 이제는 반쪽인 승룡패였고 남은 반쪽은 어디 있는지조차 모르게 되어버렸다. 벌써 한 달이 다 되어가고 있었다.

"또 안 먹었어요?"

방 안으로 들어온 기수령이 양손을 허리에 걸치고 따지듯 말하자 송영은 그제야 고개를 돌렸다.

"먹어야지……."

가만히 중얼거렸지만 몸은 움직이지 않고 있었다. 기수령은 밥그릇을 들어 올렸다.

"안 먹으면 제가 먹일 거예요."

송영은 기수령의 기세에 눌린 것인지 무거운 몸을 천천히 움직여 의자에 앉았다. 그러자 기수령이 송영의 앞에 밥그릇을 놓았다. 송영은 한참 동안 밥을 입에 넣었다. 그 모습을 기수령은 끝까지 지켜보았다. 마치 신기한 동물을 보듯 그렇게 지켜보기만 했다.

잠시 후 송영은 밥그릇을 비우고 자리에서 일어섰다. 열세 살인 송영은 아홉 살의 기수령이 보기에 대단히 듬직했다. 기수령이 옆에 서자 송영이 고개를 돌렸다.

"스승님은?"

"아직 밖에서 안 돌아왔어요."

송영은 혹시라도 이번에 돌아오면 송백의 소식을 들을지 모른다고 생각했다.

"사형."

송영이 기수령을 바라보자 기수령이 송영의 손을 잡았다.

"우리 놀아요."

송영은 미소 지으며 고개를 저었다.

"아니야."

"놀아요! 놀아요!"

송백이 거절했지만 기수령은 송백의 손을 잡고 막무가내로 끌고 후원으로 갔다. 송영은 어쩔 수 없이 따라가게 되었다.

"벌써부터 조그마한 것들이… 쯧쯧."

후원의 문을 막 넘을 때 뒤쪽에서 들리는 말소리에 기수령과 송영은 놀라 몸을 돌렸다.

"앗! 사숙!"

기수령이 놀라 외치자 송영은 허리를 숙였다.

"호 사숙님을 뵙습니다."

키는 송영의 키 정도로 작았으나 등에 멘 대감도는 거대해서 도에 꼭 사람이 매달려 있는 것 같아 보이는 짧은 수염의 중년인이었다. 중년인은 이제 칠팔 세로 보이는 소년의 손을 잡고 있었다. 송영은 이곳에 와서 가장 먼저 본 사람이 저 중년인이었고, 자신의 사숙이라는 사실과 이름이 호삼곡이라는 것을 알게 되었다. 어울리지 않는 도를 들고 있었지만 왠지 어울리는 것도 같았다.

호삼곡은 손을 잡고 있는 아이에게 말했다.

"인사해라. 너의 사저와 대사형이다."

"안… 안녕하세요. 설산(雪山)입니다."

설산이라고 말한 소년이 인사하자 송영은 왠지 모르게 동생을 보는 듯한 착각이 들었다. 저 정도의 나이였기 때문이다.

"호 사숙님, 설산은 산 이름이지 않습니까?"

송영이 묻자 호삼곡은 크게 웃으며 말했다.

"이름도 모르고 해서 마침 설산을 지나던 차라 그렇게 부르기로 했다."

송영은 고개를 끄덕였다. 기수령은 왠지 모르게 싸늘한 표정으로 설산을 바라보았다. 송영은 왜 그런가 궁금했지만 그 답을 금방 알게 되었다. 설산의 코에서 콧물이 줄줄 흘러나왔기 때문이다.

"으이구! 가서 좀 씻고 와!"

기수령이 소리치자 설산은 고개를 숙이며 약간 겁먹은 표정을 지었다. 곧 호삼곡이 대소했다. 기수령은 그런 호삼곡의 손에서 설산의 손을 빼내 잡아끌었다. 그러자 놀란 설산이 호삼곡의 소매를 강하게 부여잡았다.

"이리 와!"

"으아앙!"

기수령이 팔에 힘을 주며 끌고 가려 하자 설산이 놀라 울음을 터뜨렸다.

"빨리 따라와!"

기수령은 울고 있는 설산에게 소리치며 끌고 갔다. 설산의 대성통곡하는 소리가 계속해서 울려 나오며 점차 멀어져 갔다. 그 모습을 웃으며 잠시 지켜보던 호삼곡이 송영에게 입을 열었다.

"형님은 계시느냐?"

"아직 안 오셨다고 합니다."

호삼곡은 송영의 말을 듣자 곧 고개를 끄덕이며 안쪽으로 걸어 들어갔다. 굉장히 큰 장원이기 때문에 송영도 한 달이 되어서야 어디가 어디인지 알게 된 곳이었다. 호삼곡이 들어간 곳은 또 다른 사숙님이 있는 집이었다. 그곳에 또 한 명의 사제가 있었다. 그리고 지금 온 설산이란 아이는 호삼곡의 제자가 될 것이다.

송영은 오후가 되자 사제들을 찾기 위해 후원으로 걸음을 옮겼다. 후원은 그들의 놀이터였기 때문이다. 막 후원의 문을 넘어 안으로 들어갈 때였다. 송영의 귀에 큰 소리가 들려왔다.

"으아아앙!"

"우어어엉!"

송영은 놀라 소리가 들리는 연못 쪽으로 달려갔다. 그곳에 도착하자 설산은 땅바닥에 앉아서 양손으로 눈을 비비며 울고 있었고, 설산과 비슷한 또래의 다른 한 명은 땅바닥에 엎드려 오열하고 있었다. 그 앞에 기수령이 양손을 허리에 얹은 채 그들을 노려보고 있었다.

"무슨 일이니?"

송영이 놀라 묻자 엎드려 있던 소년과 설산이 벌떡 일어나며 송영에게 안겨들었다.

"우어어엉! 누나가… 누나가… 때렸어!"

설산과 함께 안겨든 큰 눈의 여자 같은 아이가 기수령을 손가락으로 가리키며 말했다. 이름이 장지명(張智明)으로 굉장히 여린 아이였다. 그래서 그런지 울음소리도 매우 컸다.

기수령은 땅을 발로 차며 투덜거렸다.

"사내자식들이 눈물만 많아 가지고 만날 울어."

기수령이 투덜거리자 두 아이가 송영의 품에 얼굴을 박았다. 무서웠기 때문이다. 보통 여자가 남자보다 빨리 크기 때문에 기수령은 송백보다 약간 작은 키였다. 거기다 힘도 세니 힘으로 이길 상대가 아니었다.

송영은 울고 있는 설산과 장지명의 머리를 쓰다듬어 주었다.

"그만… 이제 그만 울어. 사형이 있으니 걱정하지 말고."

"핏!"

기수령은 입을 내밀며 송영을 스치고 지나갔다. 그러자 두 아이가 송영의 품에서 얼굴을 들어 기수령의 뒷모습을 가만히 바라보았다.

"사숙님들이 부르신다. 어서 가자."

송영은 기수령과 아이들에게 말하며 설산과 장지명의 손을 잡았다. 그들은 송영의 손을 굳게 잡으며 옆에서 따라갔다. 그 앞으로 기수령이 가고 있었다.

"누나 미워."

장지명의 말에 기수령이 쌍심지를 사납게 세우며 뒤돌아보았다.

"으억!"

장지명과 설산이 놀라 송영의 뒤에 숨었다. 그리곤 아까의 울음은 어디 갔는지 아니면 송영이 있어서 그런지 그들은 용기있게 기수령에게 혀를 내밀었다. 기수령이 가만히 주먹을 쥐어 보였다.

"사형 없을 때 죽었어."

기수령의 싸늘한 말도 설산과 장지명에게는 송영이 있을 때는 먹히지 않았다.

"마음대로."

"베에."

장지명과 설산이 그렇게 나오는 모습에 기수령은 전신을 떨었다. 송영은 그저 미소 지었다.

안으로 들어가자 호삼곡을 제외하고 두 명이 더 있었는데 그중 한 명은 이십대 중반의 아름답게 생긴 여인이었다. 그녀는 송영과 아이들을 돌봐주며 글공부를 가르치는 연서린이었다. 기수령에게는 어머니와도 같은 존재였다. 그들이 들어가자 연서린이 부드럽게 미소 지었다.

송영은 시선을 돌려 중앙에 앉아 있는 삼십대 초반의 강인한 인상의 사내를 바라보았다. 어깨에 메고 있는 각기 다른 세 개의 검과 허리에 찬 서로 다른 세 개의 도가 눈에 들어왔다. 송영은 그가 누구인지 이미 아버지의 입을 통해 몇 번 들어 잘 알고 있었다. 그만큼 대단한 인물이었고 유명한 인물이었다.

현 강호의 천하제일인이라 불리는 인물, 한현이었다.

"이런… 또 싸웠구나."

연서린이 다가와 설산과 장지명의 눈가에 묻어 있는 눈물 자국을 소매로 닦아주며 다독거렸다. 기수령은 고개를 돌리고 있었다. 중앙에 앉은 송영은 고개를 숙였다. 그러자 호삼곡이 미소 지었다.

"애들은 그저 싸우면서 크는 거야."

호삼곡의 말에 연서린이 곱게 눈을 들어 올렸다. 그러자 호삼곡이 입을 닫았다. 곧 한현의 목소리가 흘러나왔다.

"모두 모였으니 이제부터 내가 하는 말을 잘 들어라."

한현이 말하자 기수령도 고개를 숙였다. 설산과 장지명은 아예 엎드렸다. 무서웠기 때문이다. 그들을 향해 한현은 조용히 말했다.

"앞으로의 강호는 너희들의 몫이다."

송영은 한현의 말이 무엇을 말하는 것인지 어떤 뜻을 담고 있는지 그때는 알 수 없었다.

땅! 땅!

새벽의 아침을 깨우는 쇳소리가 집 안에 울려 퍼지고 있었다. 허름한 집 안의 한쪽 침상에 누운 소년은 아침을 알리는 경쾌한 소리에 눈을 비비며 상체를 일으켰다. 동상이라도 걸린 듯한 푸르스름한 손가락으로 소년은 눈을 비비고 있었다.

"……."

소년은 사방을 살피며 자신이 이곳에 왜 있는지 생각했다. 아니, 그런 생각보다 먼저 자신이 있는 이곳이 어떤 곳인지가 궁금했다. 이제 칠팔 세쯤 되어 보이는 소년은 소리가 들리는 쪽으로 걸어갔다.

땅!

불타고 있는 뜨거운 화로와 마치 여름의 뜨거운 태양이 비추는 듯한 새빨간 불길이 소년의 눈을 자극했다. 소년은 기둥에 몸을 반쯤 내민 채 그곳의 중앙에 앉아 무언가를 두드리고 있는 노인을 바라보았다. 소년은 그것이 생전 처음 보는 장면이었기에 생소하기만 했다.

땅!

붉게 달구어진 철을 망치로 치던 노인은 소년을 발견했는지 망치를 내려놓고 소년을 바라보았다.

"이리 오너라."

소년은 잠시 망설이다 미소 띤 노인의 얼굴에 마음이 동했는지 주춤거리며 노인의 앞으로 다가가 쭈그리고 앉았다.

"혼자냐?"

소년은 노인의 말에 무언가를 생각하다 목에 걸린 반쪽의 승룡패를 손으로 잡았다.

"난 널 절대 버리지 않아."

아직도 귓가에 울리는 목소리가 들려왔지만 소년은 고개를 아래위로 끄덕였다. 노인은 웃으며 다시 말했다.

"가족은? 누구 없느냐?"

"…네."

소년은 또다시 생각하다 조그마한 입을 열어 대답했다. 노인은 혀를 몇 번 차더니 소년의 모습이 귀여웠는지 아니면 친손자가 그리웠는지 소년의 머리를 몇 번 쓰다듬어 주었다.

"이름이 무엇이냐?"

"송백……."

송백은 조그마한 입을 움직였다. 그러자 노인은 고개를 끄덕이며 자리에서 일어섰다. 송백의 고개가 절로 올라갔다.

"배고프지 않느냐? 밥이라도 먹자꾸나."

노인의 말에 송백은 자리에서 벌떡 일어서며 고개를 끄덕였다.

오정동(吳正董)은 북경성의 외곽 작은 마을인 편자촌(遍資村)에 살고 있는 대장장이였다. 보통 농기구를 만들어 북경성에 들어가 상인에게 넘겨주며 대금을 받던 그가 송백을 본 것은 우연이었다. 아침에 외성에 들어간 그가 쓰러진 아이를 안아 들었을 때는 죽은 줄 알았다. 겨울에 동사하는 아이들을 한둘 본 것이 아니기에 그냥 지나칠 수도 있었지만 왠지 모르게 마음이 동했던 것일까, 아니면 그냥 지나치기에 눈에 띄었던 것일까. 오정동은 송백을 안아 들고 농기구 상인에게 들렀다. 그곳에서 의원을 불러 진맥시키고 그날의 대금은 모두 약값과 진맥비로 버리고 나온 것이다.

"버려진 아이를 왜 그렇게 돌보는 것이오? 저쪽 기루에 일손도 없던데 그곳에 파는 것은 어떻소?"

보통 버려진 아이나 집을 나온 아이는 팔리는 것이 그래도 어찌 보면 아사하는 것보다 나은 것일 수도 있었다.

대금을 의원에게 건네주는 오정동을 보며 상인이 하던 말을 오정동은 그냥 흘려 들었다.

오정동은 하루하루가 생각보다 즐겁다고 여겼다. 백발이 성성한 나이와 이제 얼마 남은 삶에 송백은 즐거움이었다. 비록 말은 없었지만 가만히 옆에 앉아서 자신이 하는 일을 지켜보고 있는 송백을 발견할 때면 허전함이 사라지는 기분이었다.

"날씨가 많이 따뜻하구나."

한낮의 해가 비춰오자 오정동은 허리를 펴며 일어섰다. 그리곤 몇 번 두드리고 앉아 다시 어깨를 두드리던 오정동은 작은 손이 어깨 위로 올라오자 손을 멈추고 고개를 돌렸다. 송백은 미소를 보임과 동시에 오정동의 어깨를 주무르기 시작했다. 절로 웃음이 맴돌았다.

"정말 시원하구나."

오정동은 정말 시원한지 어깨를 으쓱거리며 송백의 머리를 쓰다듬어 주었다.

한 달이란 시간이 흘러간 것은 순식간이었다. 그동안 송백은 좀처럼 입을 열지 않았다. 오정동은 그것이 못내 아쉬웠지만 그 나름대로 좋다고 여겼다.

"오늘은 성에 다녀올 터이니 집 잘 보고 있거라."

"예."

송백은 머리를 조아리며 대답했다. 오정동은 만족한 듯 호미와 곡괭이를 챙겨 수레에 싣고 집을 빠져나가기 시작했다. 아침의 차가운 공기가 울렸지만 송백은 한참 동안 그 자리에 서서 수레가 사라질 때가지 바라보고 있었다. 멀리 언덕 너머로 그림자를 만들어내며 사라지는 수레의 모습이 두 눈에 선명하게 남아 송백은 문턱에 서서 움직이지 않고 있었다.

바람이 선선하게 불어왔지만 차가운 기운은 여전했다. 절로 춥다는 말이 입에서 나올 정도의 추위였지만 송백은 움직이지 않고 아무것도 없는 앞쪽을 바라보고 있을 뿐이었다. 무엇이 그렇게 움직일 수 없게 만드는 것인지 송백은 계속해서 서 있었다.

꼬르륵.

태양이 머리 위에 올라가도, 배에서 밥을 달라고 해도 송백은 움직이지 않았다. 벌써 얼마나 많은 시간 동안 그렇게 서 있었던 것인지 몰랐다. 하지만 송백은 집 안으로 들어갈 수가 없었다. 집으로 들어갔다 나간 사이 오정동이 올 것만 같았다.

스윽.

송백은 다리가 아픈 듯 자리에 쪼그리고 앉았다. 손을 비비며 입 앞에 올려 입김을 불기도 했다. 가끔씩 부는 바람이 머리카락과 귀를 얼려갔지만 안으로 들어가려는 생각은 없었다. 초조함의 눈동자였고, 시간이 갈수록 마음의 두근거림은 커져 갔다. 얼마나 앉아 있었던 것일까. 그림자가 서서히 옆으로 기울고 해도 조금씩 서산을 바라보며 내려갈 때까지 송백은 그 자리에 앉아 있었다.

"나는 널 절대 버리지 않아."

누군가의 말소리가 귓가를 계속 맴돌고 있었다.

"버리지 않아……."

송백은 자신도 모르게 중얼거리며 마음속의 알 수 없는 기이한 열기를 떨치려 했다. 그것은 불안감이었다. 또다시 자신은 혼자가 될 거라는 불안감이 온몸을 지배하고 있었던 것이다. 그것으로 인해 송백은 움직일 수 없었다.

딱딱!

또다시 이가 서로를 부딪치며 소리를 냈다. 햇빛으로 인해 가끔은 따뜻했지만 점점 추워지는 느낌이었다. 날이 추운 것보다 마음이 더욱 추운 듯 온몸이 떨려왔다.

"버리지 않아……."

송백은 고개를 숙이며 앞쪽을 보지 않으려 했다. 앞을 보면 왠지 모르게 실망할 것 같았기 때문이다. 해는 이미 서산에 고개만을 남기고 있었다. 점점 하늘은 붉어지고 차가움은 더욱 강해지기 시작했다.

"……."

송백은 고개를 숙인 채 하염없이 무언가를 중얼거리며 손을 비비고 온몸을 비벼댔다. 입김이 점점 선명하게 나타나기 시작했다.

덜그럭! 덜그럭!

순간 송백의 고개가 벼락같이 들려지며 몸이 벌떡 일으켜졌다. 저 멀리 붉은 하늘을 등진 채 나타난 검은 그림자가 송백의 눈을 크게 만들어갔다. 익숙한 소리, 익숙한 그림자.

송백은 자리에서 일어나 수레가 점점 다가오는 모습을 바라보았다. 조금씩 선명하게 윤곽이 잡혀가자 그 위에 타고 있는 오정동의 모습이 보였다. 몸을 얼게 만들었던 추위도 그 순간 사라진 듯 송백의 눈이 붉게 물들었다.

"이런이런, 왜 나와 있느냐? 날씨도 추운데 감기에 걸리지 않았나 모르겠다."

문을 들어서는 오정동의 입에서 걱정스런 목소리가 흘러나오며 수레가 멈추었다. 송백은 그저 오정동을 바라보기만 했다.

"어서 들어가자꾸나."

오정동은 수레에서 내려 송백 앞으로 다가섰다. 순간 송백의 눈동자에 고인 물방울이 볼을 타고 흘러내렸다. 참을 수 없었던 것인지 아니면 참았던 것이 한꺼번에 터진 것인지 송백의 몸이 떨리며 양손이 눈가로 올라갔다.

"으아아아앙!"

송백의 입에서 울음소리가 터져 나오며 오정동의 품에 안겨들었다.

또다시 한 달이라는 시간이 흐른 것은 순간이었다. 송백은 전보다는 그래도 말을 좀 하는 편이었지만 여전히 입을 잘 열지 않았다. 오정동도 송백의 성격이 그렇다고 생각하자 그 부분에 대해서는 별말을 하지 않았다. 단지 동네의 아이들처럼 뛰어놀지 않는다는 게 약간의 불만이었다. 동네 아이들과 어울리지도 않았다.

송백은 언제나 대문 앞에 앉아 지나다니는 동네 아이들이 노는 모습을 바라보거나 나뭇가지로 땅바닥에다 뭔가를 끄적거리기만 했다. 타지에서 온 아이라 그런지 동네 아이들은 송백을 같은 무리에 넣어주려 하지 않았던 것이다. 송백은 오늘도 그냥 문 앞에 앉아 바닥에다 무엇인가를 쓰고 있었다.

"성에 좀 다녀오마."

오정동이 수레를 끌고 나오며 앉아 있는 송백을 발견하곤 말했다. 송백은 자리에서 일어나며 바닥에 적은 무언가를 발로 지웠다.

"글이로구나."

송백은 가만히 고개를 끄덕였다. 창피한지 고개를 숙인 채 들지 못하고 있었다.

'올 때 책이라도 좀 사 와야겠구나. 글을 아는 것으로 보아 귀한 집

자식인 것도 같은데… 한데 어쩌다가 그렇게 쓰러져 있었는지…….'

오정동은 송백을 안타깝게 바라보다 고개를 끄덕이며 미소 지었다.

'이제는 가족이다. 줄 것은 아무것도 없지만 나 같은 늙은이를 기억해 준다면야 무엇인들 못하겠느냐.'

오정동은 수레를 천천히 몰아 문을 빠져나가며 말했다.

"조금 늦을 것 같구나. 저녁은 먼저 챙겨먹고 해가 지면 추우니 일찍 자거라. 해가 져도 내 걱정은 말고 전처럼 밖에 나와 기다리지도 말고 일찍 쉬거라."

"예……."

송백은 고개를 끄덕이며 대답했다. 오정동은 그런 송백의 머리를 한 번 쓰다듬어 준 후 수레를 몰기 시작했다. 송백은 한참 동안 서서 그 모습을 바라보고 있었다. 그리고 저편으로 수레의 모습이 완전하게 사라지고 나자 다시 자리에 앉아 나뭇가지로 무언가를 쓰기 시작했다.

"엄마… 아빠… 형……."

형이라고 말하면서 송영이란 이름을 적던 송백은 화가 난 듯 송영의 이름을 발로 지워 버렸다.

한참 동안 숨을 씩씩거리던 송백은 또다시 엄마와 아빠의 이름을 적어갔다. 지우고 또 쓰고 그렇게 몇 번이나 반복했다. 아는 것이라곤 엄마와 아빠, 형인 송영의 이름, 그리고 몇 개 정도의 글자들뿐이었다. 그렇지만 이제는 송영의 이름을 잊어버린 듯 적지 않았다. 그 글 자체를 기억에서 지우려는 듯 노력하고 있었다.

"글을 아는구나."

송백은 자신의 머리 위로 드리워진 그림자에 고개를 들었다. 등 뒤로 강한 햇빛이 반사되어 얼굴은 자세하게 보이지 않았지만 비단옷과 가죽신, 그리고 알 수 없게 흘러나오는 기품이 어린 송백의 눈에도 어렵지 않게 보였다. 송백은 재빨리 글을 지우며 자리에서 일어섰다.

검은 수염이 목젖까지 내려와 있는 장년인이 인상 좋은 미소를 그리며 송백을 보고 있었다. 하지만 송백은 장년인을 보는 것이 아니라 그의 손을 잡고 서 있는 백의소녀를 보고 있었다. 작은 키에 여섯 살 정도로 보이는 흰색의 인영이 송백의 눈앞에 서 있었다. 백색의 작은 인영도 송백을 보고 약간 놀란 듯 장년인의 다리 뒤로 몸을 반쯤 숨기며 송백을 바라보았다.

"이 집에 사느냐?"

송백은 장년인의 목소리에 저절로 고개를 끄덕였다.

"집에 어른은 계시느냐?"

정중하면서도 몸에 배인 듯한 절도있는 음성이었다. 송백은 소녀를 바라보다 목소리에 고개들 들어 장년인을 바라보다 눈이 마주치자 고개를 돌렸다.

"안 계십니다."

장년인은 살며시 미소 지으며 다시 물었다.

"언제 오는지 알고 있느냐?"

부드러운 목소리였다. 송백은 고개를 옆으로 돌린 채 조용히 말했다.

"해가 지면 오실 겁니다."

목소리가 저절로 떨렸다. 어쩔 수 없는 것이 소녀의 시선이 계속해서 느껴졌기 때문이다. 송백은 처음이었다, 이렇게 멍한 정신을 가지게 된 것은. 하지만 그렇다고 해서 소녀를 바라볼 수는 없었다. 용기가 없었기 때문이다.

"기다려야겠지."

장년인은 아쉬운 듯 중얼거리며 몸을 돌렸다. 그러자 소녀 역시 그의 손에 이끌려 몸을 돌렸다. 하지만 고개는 송백을 바라보고 있었다.

송백은 자신도 모르게 고개를 돌리다 소녀와 눈이 마주치자 또다시 고개를 돌렸다. 잠깐이었지만 한쪽에 서 있는 큰 마차가 보였었다. 장년인과 소녀가 마차 안으로 들어가자 그제야 송백은 그쪽을 바라볼 수 있었다. 꽤 많은 어른들이 마차 주변에 서 있었으며 모두 갑옷을 입고 손에는 창을 들고 있는 것이 관군(官軍) 같아 보였다.

마차 주위로 호기심이 동한 동네 아이들이 어슬렁거렸다. 그러자 그곳에 서 있는 관군들이 아이들을 혼내며 돌려보냈다.

"우리 집도 마차는 있었는데……."

송백은 아주 작게 중얼거리며 어렴풋이 기억나는 마차와 그 속에 좋아했던 자신을 떠올렸다. 그것을 떠올리자 몸은 더욱 움츠러들었다. 그렇게 한참 동안 초봄의 서늘한 바람을 맞고 앉아 있었다.

스윽!

송백은 또다시 검은 그림자가 얼굴을 가리자 고개를 들었다. 그곳에는 백색의 털옷을 입고 있는 소녀가 서 있었다. 송백의 눈이 커졌다. 소녀도 송백을 바라보다 옆에 앉았다. 송백은 옆에서 흘러나오는 맑은 사향에 얼굴을 붉히며 무릎에 얼굴을 파묻었다. 소녀도 말이 없는 편인지 송백의 옆에 앉아 가만히 무릎에 얼굴을 묻고 있을 뿐이었다. 송백은 자신도 모르게 커져 가는 심장의 고동 소리가 혹시라도 소녀에게 들릴까 봐 안간힘을 쓰며 죽이기 위해 노력했다. 이렇게 살이 떨리고 긴장되는 날은 오늘이 처음이었다. 그렇게 시간이 조금씩 흘러가고 있었다.

한참 동안 아무 말도 없이 그렇게 앉아 있던 소녀가 옆에 놓인 나뭇

가지에 손을 뻗었다. 송백의 눈이 절로 소녀의 손을 따라 움직였다.

스슥.

송백은 소녀가 땅바닥에 뭔가를 그리는 걸 가만히 바라보았다. 그리고 소녀의 손이 멈추자 송백이 입을 열었다.

"동방(東方)… 리(里)."

송백이 소녀를 바라보자 소녀가 밝게 웃으며 고개를 끄덕였다. 순간 송백의 눈이 멍하니 소녀의 얼굴에 고정되었다. 해맑은 미소였고 송백의 마음속에 순식간에 들어와 앉은 미소였다. 송백은 멍하니 그 얼굴을 바라보다 소녀의 눈에 의문이 깃들자 놀란 듯 고개를 재빨리 돌리며 나뭇가지를 들었다. 송백의 손이 빠르게 움직이며 소녀의 이름 옆에 두 개의 글자를 적었다.

"송(松)… 백(百)."

소녀의 맑은 목소리가 조용히 흘러나왔다. 송백은 이곳에 온 이후 처음으로 기분 좋게 미소 지었다. 소녀도 함께 미소 지었다. 송백은 정말 기분이 좋았다. 이런 날들이 계속되었으면 좋겠다고 마음속으로 생각했다.

송백은 가만히 문 앞에 서서 멀어지는 마차를 바라보고 있었다. 좌우로 늘어선 관군들이 느릿하게 걷고 있었고 마차도 느릿하게 가고 있었지만, 송백의 눈에는 굉장히 빠르게 달리는 모습처럼 보였다. 이미 해는 지고 날은 어둑어둑해졌다.

"왜 그러느냐?"

송백은 고개를 들어 자신의 옆에 서 있는 오정동을 바라보았다. 송백은 고개를 흔들었다.

"해가 지니 날이 춥다. 어서 들어가자."

오정동은 살며시 미소 지으며 송백의 어깨를 잡고 집 안으로 끌어들였다. 송백은 무엇이 그렇게 아쉬운지 계속해서 고개를 돌려 멀어지는 마차를 응시했다. 하지만 얼마 못 가 마차는 사라졌기에 송백은 힘없이 안으로 들어와야 했다. 오정동은 그 모습을 안쓰럽게 바라보았다.

밥을 먹는 내내 송백은 힘이 없어 보였다. 오정동은 밥그릇을 일찍 내려놓는 송백의 모습에 가만히 웃었다. 무엇 때문에 그런지 대충은 알 것도 같았다.

좀 전에 들어온 장년인과 대화를 나눌 때 송백이 소녀와 함께 마당에 앉아 있던 것을 보았기 때문이다. 어떤 이야기를 나누었는지 알지는 못했지만 송백의 성격상 아무 말도 못했을 것이라고 생각했다.

"또 올 테니 그때 다시 보면 재미있게 놀거라."

오정동이 말하자 송백은 고개를 들었다. 약간 들뜬 눈동자였다. 오정동은 미소 지으며 송백의 등을 두드려 주었다.

"보름 후에 올 테니 걱정하지 말고 일찍 자거라."

"예."

송백은 힘있게 대답했다. 자신도 모르게 그려진 미소가 오정동을 기쁘게 해주었다.

침상에 몸을 누이는 송백을 바라본 오정동은 아쉬운 눈으로 바라보았다.

'책을 사주고 싶었으나 내가 아는 글이 없으니… 미안하기만 하구나.'

오정동은 자신이 글을 몰라 책을 못 산 것이 아쉬웠다.

땅!

인시(寅時)가 되면 시작되는 금속성은 한 번 날 때와 두 번 날 때의 소리가 별 차이가 없었다. 같은 소리였고 같은 간격을 두고 울렸다. 오랜만에 검을 두드렸다. 낮에 왔던 중년인이 검을 맡겼기 때문이다.

새벽의 공기가 차갑기도 했지만 오정동은 추위를 못 느꼈다. 뜨거운 화로와 몸에서 일어나는 열기 때문이다. 구슬땀을 흘리던 오정동은 잠시 손을 멈추고 물을 찾기 위해 옆으로 손을 움직였다. 하지만 물을 담은 박은 잡히지 않았다.

"여기……."

오정동은 작은 말소리에 고개를 돌렸다. 어느새 일어났는지 송백이 옆에 서 있었다. 그리고 손을 내밀어 물이 담긴 박을 건넸다.

"일어났느냐?"

"네."

오정동은 물을 마시며 송백의 대답을 듣고 고개를 끄덕였다. 박을 받은 송백은 가만히 옆에 쪼그리고 앉았다.

"잠에 취한 것 같은데… 졸리지는 않느냐?"

"예."

오정동은 송백의 눈이 초롱한 것을 보곤 자신이 잠을 깨게 만들었다는 걸 알았다. 앞으로 한 달간은 계속 인시에 망치질을 해야 한다. 왠지 모르게 미안한 생각이 들었다.

"검(劍)……."

송백은 자주 본 검의 형태를 알기 때문에 자신도 모르게 중얼거린 것이다. 하지만 검을 바라보는 송백의 시선은 가라앉아 있었다. 얼마 전만 해도 장의 호위 무사들이 허리에 차고 다니던 검을 보고 있었다.

하지만 지금은 오정동이 두드리는 검을 보고 있었다. 달라진 것은 그것뿐이었지만 송백에겐 너무도 큰 변화였다.

땅!

가벼운 금속음이 진동했다.

"오늘은 무슨 이야기를 해주면 좋을까?"

오정동은 다시 한 번 망치질을 하며 미소 지었다. 그러다 무언가 생각난 듯 말했다.

"그렇지. 강호 이야기를 해주마."

"강… 호?"

송백의 표정에 의문이 들어서자 오정동은 고개를 끄덕였다. 지금까지 한 달 가까이 강호에 대한 이야기는 없었기 때문이다. 주로 전설이나 무서운 이야기가 많았다.

"강호 이야기라 그러면 아이들은 좋아한단다. 왜냐하면 강호인들은 실제로 존재하기 때문이다. 무슨 말인지 아느냐? 지금도 강호인은 살고 있다, 우리가 모를 뿐이지."

오정동이 손으로 입을 가리며 주변을 유심히 살피듯 말하자 송백은 저도 모르게 웅크리고 앉아 주변을 두리번거렸다. 마치 누가 있는 것 같은 느낌이 들었기 때문이다. 그러자 재미있는지 오정동이 웃으며 말했다.

"강호에는 수많은 전설이 있고 또 사람들의 이야기가 있다. 나는 강호인이 되고 싶었지. 하지만 이렇게 늙어갈 뿐이다."

"할아버지는 안 늙었어요."

송백의 말에 오정동은 송백의 머리를 쓰다듬었다. 오정동은 다시 한 번 망치질을 하며 말했다.

"지금도 강호인들은 천하제일인이 되기 위해 무공을 익힌다. 무공이 무엇인지 아느냐?"

송백이 고개를 흔들자 오정동이 다시 말했다.

"무공은 하늘도 날고, 산도 허물고, 집도 부술 수 있고, 구름 위를 걷는 방법을 말한다. 무슨 말인지 이해되느냐?"

"예."

호기심 어린 표정으로 송백이 고개를 끄덕이자 오정동은 다시 말했다.

"그런 사람들이 모여 사는 세계를 강호라 부른다. 강호에서는 지금도 천하제일을 가리기 위해 이십 년마다 한 번씩 화산에서 무술대회를 연다고 한다. 그곳에서 이긴 자가 천하제일인이라 불리며 모든 사람들의 존경을 받게 되는 것이지. 언제 시간이 나면 같이 화산에 가서 무술대회를 구경해 보자꾸나."

송백은 저도 모르게 고개를 끄덕였다. 왠지 심장이 크게 뛰었기 때문이다.

"하늘을 나는 사람들을 볼 수 있을 것이다."

오정동의 말에 송백은 가만히 웃음을 지어 보였다. 그러자 오정동은 송백의 머리를 다시 쓰다듬어 주며 말했다.

"밖에 나가서 박에 이슬을 담아 오너라. 주먹만큼 담을 때까지 모은 다음에 가지고 와야 한다. 이슬은 새벽의 생명을 말해 주는 귀중한 물이다. 행여 귀찮아서 우물에 있는 물을 떠온다면 나는 너를 다시는 안 볼 것이다."

오정동의 말에 송백은 굳은 표정으로 일어섰다.

"예."

송백은 빠르게 대답하며 옆에 놓여진 박을 들었다. 그 모습을 오정동이 안타까운 시선으로 바라보았다. 송백은 고개를 돌렸다.

"떠오면 다음 이야기 해주세요. 꼭이에요."

"물론이다."

오정동은 자상하게 미소 지었다. 송백은 오랜만에 웃는 듯 기대에 부푼 얼굴을 한 채 밖으로 나갔다.

"휴우."

오정동은 벽에 기대며 한숨을 깊게 내쉬었다. 그리고 눈앞에 보이는 검날을 응시했다.

"나도 이제는 가야 하는 것인가?"

오정동은 허공을 올려다보며 중얼거렸다. 순간 지금까지 살아왔던 수많은 기억들이 서서히 머리 속을 스치고 지나가기 시작했다. 그런 생각들의 끝에 송백의 얼굴이 있었다.

오정동은 자신도 모르게 눈을 감았다.

"미안하구나."

그날 아침도 평소와 다를 것이 없는 아침이었다. 해가 뜨고 서늘한 공기가 주변을 맴돌았다. 곧 따뜻해지겠지만 아침의 공기는 여전히 차가웠다.

"할아버지!"

송백은 이슬이 든 박을 들고 신나는 표정을 한 채 안으로 들어왔다. 오정동은 벽에 기댄 채 잠들어 있었다.

"할아버… 지?"

송백은 무언가 이상하다는 생각이 들었다. 평소와는 너무도 다른 주변의 공기 때문이다. 무언가 알 수 없는 불안감이 전신을 스치고 지나갔으며 알 수 없는 두려움이 마음을 눌렀다.

"이슬… 담아왔어요……."

송백은 가만히 다가가 오정동의 어깨를 흔들었다. 하지만 오정동은 눈을 뜰 생각이 없는 듯 그렇게 감겨 있을 뿐이었다. 송백은 자신도 모르게 몸을 떨어야 했다.

"이슬……."

송백은 박에 담긴 이슬을 오정동의 입가에 붙이며 올렸다. 하지만 힘겹게 담아온 이슬은 서글픈 소리를 울리며 오정동의 입술을 타고 밑으로 흘러내렸다.

"할아버지……."

송백의 손이 오정동의 입술에서 흘러내리는 이슬 방울을 손바닥으로 막으며 마치 무언가에 홀린 듯이 입술로 올리고 있었다. 하지만 이미 흘러내린 이슬 방울은 송백의 작은 손 사이로 흘러내려 갈 뿐이었다.

송백의 눈에서 눈물방울이 흘러내렸다.

따각! 따각!

말발굽 소리와 마차의 진동 소리가 조용한 아침 가운데 울리고 있었다. 마차의 주변으로 서른 명은 족히 되어 보이는 관군의 모습도 보였다. 아침을 준비하기 위해 나온 사람들의 시선이 마차와 관군에게로 향했다. 저마다 호기심 어린 표정이었다. 마차가 멈춘 것은 마을의 끝부분에 자리한 허름한 집 앞이었다.

"다 왔습니다."

중갑을 걸치고 검을 옆에 맨 굵은 눈썹의 청년이 말에서 내리며 마차의 문을 열자, 전에 왔던 장년인과 그 옆으로 동방리가 내렸다. 동방리는 오랜만에 다시 이곳에 오자 주변을 두리번거렸다.

"들어가자."

장년인의 손에 이끌린 동방리가 안으로 들어갔다. 동방리는 주위를 둘러보며 자신을 바라보는 아이들의 시선에 얼굴을 붉혔다.

동방천후는 보름 전 자신이 부탁했던 장군검을 찾기 위해 다시 오게 되었다. 동방천후는 방을 살펴도 사람이 없자 옆으로 돌아갔다. 반쯤 열린 문틈으로 안을 본 동방천후가 문을 열자 햇살과 함께 안의 전경이 눈에 들어왔다.

"음."

동방천후의 눈에 보인 것은 전에 보았던 소년이었다. 가만히 벽에 기대어 앉은 소년은 고개를 무릎에 파묻은 채 그렇게 있었다.

동방천후가 안으로 들어섰지만 소년은 고개를 들지 않았다.

동방천후는 가만히 소년을 바라보다 옆에 앉아 있는 오정동의 코밑에 손을 가져다 댔다. 그런 후 고개를 저으며 깊게 숨을 내뱉었다.

"송백……."

동방리가 옆에 앉으며 송백의 머리카락을 매만지자 그제야 송백이 고개를 들었다.

"같이 가겠느냐?"

송백은 고개를 들어 자신의 앞에 서 있는 동방천후를 올려다보았다. 검은 그림자에 가린 얼굴이 자세히는 보이지 않았지만 송백은 일어서야 했다.

그 모습을 보던 동방천후는 동방리의 손을 잡곤 밖으로 나갔다. 송백은 멍하니 그들의 뒷모습을 응시했다. 동방리가 고개를 돌려 송백을 바라보았다. 하지만 그 얼굴은 거대한 검은 그림자에게 가려졌다.

문가에 서 있는 청년은 중갑을 입고 있었다. 송백의 눈에 비친 청년의 모습은 하늘의 장군처럼 그렇게 거대하게 보였다. 그 청년이 허리에 차고 있던 검과 입고 있는 무거운 갑옷이 그렇게 보이게끔 하고 있었다. 하지만 무엇보다 송백이 청년을 거대하게 본 것은 그 얼굴 때문이었다. 검은 눈동자가 깊게 패인 청년은 무심한 눈으로 송백을 바라보았다.

송백은 청년을 올려다보다가 청년의 왼손에 잡혀 옆구리에 끼어 있는 투구를 발견하곤 그곳으로 시선을 돌렸다. 투구의 이마 부분에 그려진 도깨비 문양이 송백의 시선을 잡아끈 것이다.

청년은 자신의 왼손을 바라보곤 투구에 눈길을 보내는 송백의 시선을 알아차렸다. 청년의 무심한 얼굴에 옅은 미소가 어렸다.

슥!

청년의 왼손이 앞으로 나가며 투구가 나갔다. 송백은 가만히 투구를 바라보다 청년을 바라보았다. 청년이 고개를 끄덕였다.

슥!

송백의 손이 투구를 잡아갔다. 쇠의 차가운 감촉이 전해져 온다.

송백이 다시 고개를 들어 청년을 바라보자 청년은 미소 지으며 다시 한 번 고개를 끄덕였다. 송백의 손에 힘이 들어가자 청년이 손을 놓았다. 송백은 가슴 앞으로 투구를 가지고 와선 가만히 바라보았다.

"가자."

청년이 손을 내밀었다. 송백은 투구에 시선을 보내다 청년의 내민 손을 가만히 잡았다.

청년의 손을 잡고 걷는 송백은 멍한 눈으로 고개를 돌려 뒤를 돌아보았다. 멀어지는 오정동의 모습이 눈에 들어왔다. 마치 환상처럼 그런 오정동의 모습이 바람과 함께 흩어지고 있었다. 떠났다는 것을 알고 있었지만 인정하고 싶지는 않았다. 그렇지만 지금은 다시 이렇게 혼자 걸어야 했다. 송백은 걸음을 빨리하여 옆에서 걷는 청년과 함께 걸음을 맞추었다.

송백은 자신이 살았던 집과 멀어질수록 자꾸 뒤를 돌아보았다. 몇 번이나 그렇게 했는지 모른다. 아쉬움 때문은 아니었다. 우울함이라고 말해야 옳을까?

그렇게 뒤를 돌아보면 마치 누군가가 자신을 부를지도 모른다는 생각이 들어서였다. 누군가가 자신을 부른다고 자신을 누군가가 걱정해주고 찾을 것이라고. 하지만 귓가에 들리는 것은 바람 소리뿐. 송백은 그렇게 걸었다.

청년은 가끔 송백을 살펴보았다. 하지만 송백의 굳게 다문 입술이 청년의 시선을 다시 돌리게 만들었다.

얼마나 갔을까? 송백은 다리가 아파오는 것을 느꼈다. 하지만 내색할 수는 없었다. 참아야 한다는 생각이 들었다. 그러던 어느 순간 무언가 알 수 없는 기분에 고개를 들었다. 송백의 눈이 커졌다. 마차의 휘장 너머로 하나의 얼굴이 고개를 내밀고 있었던 것이다.

송백은 멍한 눈으로 작고 하얀 얼굴을 바라보았다. 불어오는 바람이 머리카락을 날릴 때 소녀의 눈과 송백의 눈이 마주쳤다. 순간 소녀는 밝게 웃으며 손을 흔들었다. 송백은 멍하니 그 모습을 바라보다 자신도 모르게 손을 들어 보였다.

그렇게 아주 잠시 동안 마주친 소녀의 얼굴은 곧 휘장 안으로 사라졌다. 송백은 힘없이 손을 내려야 했다.

■제3장■

아무것도 몰랐다

아무것도 몰랐다

거대하게 펼쳐진 황무지에 바람이 불자 바람은 황토바람이 되어 지평선의 끝으로 퍼져 나갔다. 주위에는 아무것도 없을 만큼 거대한 평원이었다. 오직 황색의 땅과 사막을 연상케 하는 모래바람만이 주변에 불고 있었다. 아무것도 없는 넓디넓은 평원의 지평선 너머로 뜨거운 태양이 떠오르려 하고 있었다.

쉬이이잉!

바람 소리가 강하게 울리며 어느새 모래바람으로 변한 바람은 지평선의 끝으로 퍼져 나갔다. 그런 바람이 아무것도 없다고 느껴진 거대한 평원에 검은 그림자들을 만들어내었다. 하지만 그것은 바람이 아닌 사람의 모습이었다.

지평선의 끝까지 이어지는 검은 사람의 그림자는 그 수를 헤아릴 수 없을 만큼 많았다. 그들은 조금씩 앞으로 움직이고 있었다.

쿵! 쿵! 쿵! 쿵!

그들이 앞으로 걸을 때마다 땅이 울렸으며 그 울림이 사방으로 퍼져 나갔다. 그런 그들의 걸음이 어느 한순간 멈춰졌다.

까맣게 늘어선 사람들의 손에는 창과 도끼 등을 들고 있었으며, 가벼운 가죽옷을 걸치고 있었다. 그런 그들의 그림자는 지평선의 끝까지 이어져 있었다. 족히 이만은 되어 보이는 수많은 그림자들이었다. 그들은 한결같이 긴장된 표정이었다. 또한 내쉬는 숨소리 역시 굉장히 거칠었다. 어느 누구도 입을 여는 사람이 없었다. 단지 광기만이 번뜩이고 있을 뿐이었다. 그런 그들의 눈동자가 흔들린 것은 동편으로 떠오르는 햇살 속에 검은 그림자 하나가 나타났을 때였다.

하나의 그림자는 일그러진 그림을 만들어내며 서서히 커져 가고 있었다. 손에 든 깃발이 남으로 부는 바람에 의해 휘날리고 있었다. 하지만 멀리서 보면 그저 신기루처럼 느껴질 만큼 미미한 흔들림이었다.

두두두두!

조금씩 그 그림자가 커져 가자 미미하게 대지가 흔들리기 시작했다.

그런 가운데 지평선을 까맣게 메운 사람들의 눈동자는 점점 긴장감에 떨리고 있었다.

두두두두!

땅의 흔들림이 점차 커지며 처음 나타난 그림자가 조금씩 커지더니 완전히 하나의 형체가 되어 나타나는 순간, 그 뒤로 그와 비슷한 그림자가 지평선 끝에서 끝까지 일제히 머리를 내밀었다. 그 모습에 반대편에 모여 있던 수많은 사람들의 목구멍에 마른침이 넘어갔다.

두두두두두!

말발굽 소리를 요란하게 울리며 신기루 같은 수천의 말 그림자가 완전하게 형체를 유지하며 전진해 오고 있었다. 그 모습은 마치 두려움을 주는 사신과도 같았다.

"북을 울려라!"

이민의 군중들 속에서 거대한 외침이 터져 나오자 거대한 북에 사람이 올라섰다.

둥! 둥! 둥! 둥!

북소리가 군중들 사이로 울려 퍼지자 저마다의 표정에 비장함이 넘실거리고 있었다.

쿵쿵쿵쿵!

그런 비장함으로 앞으로 다가올 공포감을 이기려는 듯 사람들이 땅을 발로 구르고 있었다. 그것은 전진해 오는 말발굽 소리를 이기려는 소리였다.

그 순간 반대편에서 전진하던 검은 거대한 그림자가 멈추었다. 그 뒤로 따르던 수많은 말들이 발을 멈추었다. 그러자 발을 굴리던 소리도, 북소리도 일제히 멈추며 알 수 없는 고요함이 거대한 평원을 맴돌기 시작했다.

가장 앞선 말에 탄 자가 깃발을 하늘 높이 올리자 일제히 말들이 긴장하며 발을 굴렀다. 이만의 군중들도 저마다 침을 삼키며 광기를 발산하기 시작했다. 순간 하늘 높이 올라간 깃발이 앞으로 내려갔다. 군중들을 향했다.

두두두두두!

거대한 말발굽 소리가 요란하게 대지를 울리며 일제히 말들이 앞으로 튀어나가기 시작했다.

"돌격하라!"

"우와아아아아!"

누군가의 외침 소리가 거대하게 울리자 군중들이 마치 무엇엔가 홀린 듯 괴성을 발산하며 앞으로 튀어나가기 시작했다. 그들의 발소리가 말발굽 소리와 요란하게 엉키며 사방으로 퍼져 나갔다.

두두두두!

"와아아아아!"

말발굽 소리와 외침이 점점 가까워져 가고 있었다. 그들은 마치 아무것도 안 보이는 듯 그저 앞을 향해 미친 듯이 돌격하고 있을 뿐이었다. 그리고 짧은 시간이 흐르는 가운데 평원의 중심으로 두 개의 광기가 맞부딪쳤다.

"크아아악!"

"으악!"

먼지와 비명성이 회오리치며 사람들의 피와 살이 사방으로 비산했다. 누구 하나 이성이 남아 있는 사람은 없었다. 두 눈은 그저 미쳐 있었으며, 손은 상대의 찾아 미친 듯이 도끼와 창을 휘둘렀다. 피가 전신에 뿌려져도 어느 한 사람 거부감이 없는 듯했다. 그저 서로 죽고 죽일 뿐이었다.

"죽어!"

"크아악!"

창이 배를 뚫고, 도끼가 머리를 찍었으며, 말발굽이 사람을 압사시켜도 눈살 한 번 찌푸리지 않았다. 그저 서로를 죽일 뿐이었다. 바로 눈앞에서 목이 달아나고 팔이 잘려 나가는 고통성이 울려도 상대를 죽이기 위해 사람들의 눈은 이글거리고 있었다.

"크아아아!"

"한 놈도 살려두지 마라!"

외침성과 비명성, 그리고 절규하는 소리가 사방으로 퍼져 나가고 있었다. 그러한 비명은 해가 중천에 떠오를 때까지 줄어들지 않았다. 그저 핏방울만이 튀고 있을 뿐이었다.

쉬이이이.

바람.

바람은 평원을 간질이듯 불고 있었다.

까악! 까악!

어디서 나타났는지 모를 까마귀 떼가 사방에서 날갯짓을 하고 있었다. 비통함을 전해 들었기 때문일까? 까마귀 떼는 땅으로 내려오기 시작했다. 그들이 바라보는 대지엔 까맣게 물든 수많은 사람들이 누워 있었다. 피는 이미 강을 이룬 듯 사방으로 흘러가고 있었으며, 사람들의 육신은 이미 그 수를 헤아리기 힘들 만큼 평원에 퍼져 있었다. 처참하고도 처절한 모습이었다. 도저히 인간의 세상이라고 믿기 힘들 만큼 끝이 안 보이는 시신들의 세상이었다. 그런 그곳의 한편에 몇 개의 그림자가 움직이고 있었다.

"크아아악! 커억!"

등을 뚫고 나온 창날이 서서히 비틀리기 시작했다. 그러자 핏방울이 더욱더 붉게 등줄기를 타고 흘러내리기 시작했다.

"크륵."

목구멍이 넘어가는 소리가 울리며 신형이 쓰러져 내려갔다.

쿵!

땅에 쓰러진 인영과는 상관없이 창을 들고 서 있는 흑의무인. 그는 피풍의를 휘날리며 서 있었다. 붉게 물든 핏방울이 창날을 타고 내려와 창대를 적시며 손 안으로 들어가 끈적거림을 안겨주었지만 불쾌감이나 이질감은 느낄 수 없는 듯 무심한 눈동자를 하고 있었다. 그의 시선은 전방을 주시하고 있었다. 그곳에 상대가 있었다.

청년과 같은 복장의 무갑과 피풍의가 핏물에 반들거리고 있었다. 이미 죽은 듯 미동도 없었다. 그 배 위로 한 명이 앉아 있었다. 마치 의자에라도 앉은 듯 수염이 아무렇게나 자란 거친 인상의 그 중년인은 말이 없었다. 그저 도끼를 땅에 박아 의지하듯 거만하게 앉아 있었다.

흑의무인의 눈동자가 무심하게 번들거렸다. 중년인의 시선 역시 흑의무인을 향해 무심하게 반짝이고 있었다. 주변으로 널려 있는 수많은 시신들이 침묵을 지키고 있었다.

"마지막인가?"

중년인의 입이 어렵게 열렸다. 알아들을 수 없는 말이었다. 흑의를 입은 청년의 눈동자가 흔들렸다. 중년인의 입에서 말이 흘러나오자 복부가 벌어지며 핏물이 흘러내렸기 때문이다. 적지 않은 큰 상처였다. 그런 상처를 당하고도 중년인은 담담히 앉아 있었다. 거대한 살의만을 전신에서 발산한 채.

흑의청년의 시선이 중년인이 앉은 시신의 얼굴로 향했다. 아는 얼굴이었다. 어제까지 밥을 같이 먹던 전우의 얼굴이었다. 하지만 청년은 변화 없는 표정으로 중년인을 바라보았다. 중년인의 눈가에 희미한 미소가 걸렸다.

"아픈가?"

중년인의 시선이 청년의 왼쪽 어깨로 향했다. 작은 손도끼가 어깨에 박혀 있었기 때문이다. 좀 전에 당한 상처였다. 청년은 가만히 중년인을 노려보며 오른손의 창을 왼손으로 옮겼다. 그런 후 도끼를 손으로 집아 살에서 떼어내었다.

푸악!

핏방울이 앞으로 튀었다. 그렇지만 청년은 별 표정의 변화가 없었다. 마치 감정이 없는 동물과도 같은 모습이었다. 청년의 왼손이 서서히 움직이며 창대를 들어 올렸다. 그럴 때마다 팔뚝에서 흘러내리는 핏방울이 땅으로 흘렀지만 청년의 손은 움직임을 멈추지 않았다.

"어려 보이는구나. 몇 살인가?"

청년은 중년인의 물음에도 입을 다물고 있었다. 그저 상대를 노려볼 뿐이었다. 그러자 중년인이 천천히 도끼에 몸을 의지하며 일어섰다.

"그렇지, 전쟁이었지……."

중년인이 일어서자 청년의 창날 끝이 중년인을 향했다. 중년인의 복부에서는 쉬지 않고 피가 흘러내렸다. 하지만 일어서는 순간 밀려드는 거대한 기도에 청년은 인상을 더욱 싸늘하게 굳혀야 했다. 중년인은 그런 청년을 바라보며 천천히 입을 열었다.

"미끼 짓도 힘들군."

중년인의 안색이 어둡게 변하고 있었다. 그렇지만 청년의 표정은 중년인보다 더욱 어둡게 변하였다. 그 모습을 보자 중년인의 입가에 미소가 그려졌다.

"나의 전쟁은 아직 끝나지 않았다."

척!

중년인의 발이 앞으로 한 발 떼어지며 도끼를 양손으로 들어 올렸다. 그 순간 청년의 표정이 싸늘하게 변하며 마찬가지로 앞으로 한 발 나섰다.

"나의 전쟁은… 이제… 시작이다. 나의 전쟁은……."

말을 하던 중년인의 도끼가 힘없이 앞으로 떨어져 내렸다. 중년인의 눈동자 역시 희미하게 빛을 잃어가고 있었다.

털썩!

중년인의 무릎이 땅에 닿자 청년은 가만히 중년인을 바라보았다. 중년인의 입가에 미소가 그려졌다.

"네놈의 세상은… 지옥이야……."

퍽!

중년인의 육체가 땅으로 완전히 쓰러지자 청년은 그 앞으로 다가갔다. 청년의 무심한 눈이 쓰러져 있는 중년인의 시신으로 향했다. 순간 청년의 손에 들린 창날이 위로 올라갔다.

퍽!

피가 청년의 안면으로 튀어올랐다. 그렇지만 청년은 닦을 생각도 않고 무심히 밑을 바라볼 뿐이었다. 중년인의 관자놀이에 박힌 창신이 붉은 선혈을 내뿜고 있었다. 청년은 무심하게 창날을 빼내었다. 청년의 눈동자가 사방으로 돌아갔다. 서 있는 자는 아무도 없었다. 그저 희미하게 귀를 때리는 함성 소리와 악귀 같은 비명성만이 환청처럼 맴돌 뿐이었다. 청년의 시선이 주변을 돌았다.

그런 시선 속에 죽어 있는 말이 한 마리 들어왔다.

척!

피에 젖은 축축한 신발이 시체를 밟자 물컹거리는 끈적거림이 머리를 어지럽혔다.
"휴."
청년은 쓰러진 말에 도착하자 그것을 방패 삼아 바람을 막으며 몸을 뉘었다. 정신이 아늑해지는 기분이 들었다. 문득 하늘을 바라보자 한 사람의 얼굴이 생생하게 떠올랐다. 어린 소녀의 얼굴 하나. 벌써 몇 년 전의 얼굴이었다. 하지만 그 이후로 본 적이 없기에 언제나 머리에 떠오르는 얼굴은 작은 소녀의 얼굴이었다.
"단 한 번만……."
청년은 무심히 중얼거리며 주변의 시신들 속으로 시선을 돌렸다. 저 멀리까지 쌓여 있는 시신들의 무덤 속에 어두운 그림자만이 청년의 시선 속에 들어왔다.
"볼 수 있다면……."

*　　　*　　　*

꿈.
나도 어릴 때는 꿈이 있었다. 하지만 어느 순간부터 사라지고 없었다.

송백은 손에 든 투구를 바라보다 고개를 들었다. 순간 많은 사람들의 시선이 자신에게 쏠려 있다는 것을 알았다. 모두 병사들이었으며, 문을 지키고 있는 듯 표정 역시 무뚝뚝했다.
마차가 들어가자 그들은 깍듯이 허리를 숙였으며 청년의 손을 잡고 들어가는 송백을 호기심 어린 눈으로 바라보았지만 송백에게는 따가운 시선이었다.

마차의 문이 열리고 동방천후가 내리자 옆에 서 있던 몇 명의 시비들이 서 있었다. 그 앞으로 사십대 초반으로 보이는 인상 좋은 여자가 허리를 숙였다.

"유모."

마차에서 내린 동방리가 인상 좋은 여자에게 다가가자 송백의 시선도 그쪽으로 향했다. 하지만 앞을 막는 청년의 등에 모든 것이 가려졌다.

"저 아이는?"

유모가 청년에게 묻자 청년은 동방천후를 바라보았다.

"내가 데리고 왔네."

"아……."

놀란 표정을 짓는 유모와 시비들이었으나 감히 그 표정을 얼굴에 계속 담을 수가 없었다. 동방천후는 고개를 돌려 청년에게 말했다.

"방을 주게나. 그리고 자네가 맡게."

동방천후의 말에 청년의 표정이 순간 굳어졌다. 다른 뜻이 있는 것은 아니었다. 단지 귀찮았을 뿐이다. 곧 청년이 송백의 손을 이끌었다.

송백은 고개를 돌려 동방리의 모습을 찾았으나 눈에 들어오는 것은 아무것도 없었다.

작은 방이었다. 하인들이나 쓰는 그런 작은 방 안에 송백은 홀로 앉아 있었다. 문 앞에 서 있는 청년은 송백의 앞으로 다가와 손을 내밀었다.

"투구는 줘야 하지 않느냐?"

청년의 말에 송백은 물끄러미 투구를 바라보다 양손을 앞으로 내밀었다. 큰 의미는 없는 것이었기 때문이다.

청년의 손에 투구가 들어가자 송백은 고개를 숙였다. 그 모습이 마음에 안 드는지 몸을 돌리려던 청년이 한숨을 크게 내쉬며 송백의 앞에 앉았다.

"이름은?"

"송백……."

송백이 고개를 들자 청년은 곧 미소 지었다.

"나는 모영(毛永)이다."

모영은 송백의 시선에 다시 한 번 말했다.

"이제부터 형님이라 불러라."

모영의 말에 송백이 매우 놀란 표정으로 변하였다. 그 말을 좋아하지 않기 때문이다. 하지만 그런 것을 모영이 알 리는 없었다. 모영은 송백의 머리를 쓰다듬으며 말을 이었다.

"이곳이 네 방이고, 이제는 여기서 생활해야 한다. 어렵거나 문제되는 일이 있다면 내게 말을 하거라. 뭐 갖고 싶은 것은 없느냐?"

모영은 지금 자신이 무슨 말을 하는지, 왜 이렇게 자신이 이런 꼬마에게 친절한지 스스로도 알지 못했다. 단지 불쌍해서 데리고 온 아이일 뿐이었다. 그렇게 생각하면 간단한 일이었다. 하지만 자신의 어릴 때 모습이 눈앞에 앉아 있는 송백의 모습 같다는 생각을 떨쳐 버릴 수가 없었다.

"하고 싶은 일도 없느냐?"

말이 없는 송백의 모습에 모영이 다시 물었다. 송백은 잠시 동안 빈 손가락을 이리저리 움직여 보더니 고개를 숙였다. 그 모습에 실망한 듯 모영이 일어서려 하자 그제야 송백의 조심스런 목소리가 들려왔다.

"어른이… 되고 싶어요, 혼자서도 살 수 있게."

송백의 목소리에 모영은 일어서려던 몸을 멈추었다. 멍하니 굳은 듯 송백을 그렇게 바라보고 있었다. 작은 손과 발이 모여 있었고, 숙인 고개는 들지 못하는 듯 움츠려 있었다. 모영의 목소리가 울렸다.

"일단 오늘은 쉬거라, 다리도 아플 테니."

모영은 곧 방문을 닫고 밖으로 나갔다.

모영의 모습이 사라지자 송백은 손을 내려 발바닥을 만지기 시작했다. 지금까지 참아왔던 아픔이 전신을 찔렀기 때문이다. 이십 리 길을 쉬지 않고 걸어왔었기에 송백의 발은 부어 있었다. 물집마저 잡혀 있는 발가락의 고통은 이렇게 쉬게 되자 커져 온 것이다.

밖으로 나온 모영은 옅은 미소를 지었다. 그것은 송백의 발을 보았을 때부터 들었던 감정이다. 이곳까지 오면서 자신이 문밖으로 나오는 순간까지 송백은 발의 아픔을 말하지 않았으며 신음 소리 한 번 낸 적이 없었다. 그것이 마음에 들었다.

"좋군."

모영은 가볍게 중얼거리며 다가오는 일꾼들과 하녀들에게 무언가를 말하기 시작했다.

송백은 분명히 하인들이나 입는 무명옷을 입고 있었다. 하지만 하인들과 하녀들이 하는 일을 송백은 하지 않았다. 어중간한 식객, 그 정도였다. 왜냐하면 데리고 온 사람이 동방천후였기 때문이다.

동방천후가 남자 아이를 데리고 왔다는 사실은 결코 가벼운 일이 아니었다. 동방천후에게는 딸 한 명뿐이었고 뒤를 이를 남아가 없었다. 혹시라도 송백이 동방천후의 눈에 들어 양자라도 된다면 송백에게 일을 시킨 스스로가 문제가 되기 때문이다.

아침이 되면 삼십대의 하녀가 밥을 차려주었다. 그리고 나머지 시간은 자유였다. 무엇을 하든 송백에게 뭐라 하는 사람은 없었다.

송백이 간 곳은 후원에 자리한 객청이었다. 객청의 문밖에 앉아 있자 곧 유생 차림의 선비 같은 중년인이 문을 들어서고 있었다. 송백은 재빠르게 일어서며 고개를 숙였다.

"또 왔구나."

"……."

중년인은 잠시 눈살을 찌푸리며 말했다. 송백은 그저 깊숙이 고개를 숙일 뿐이었다.

드르륵.

곧 문을 열고 중년인은 안으로 들어가 버렸다. 얼마나 지났을까? 일다경 정도의 시간이 지나가자 송백의 뒤로 작은 목소리가 들려왔다.

"송 가가."

순간 송백이 뒤돌아서며 한 소녀를 응시했다. 그곳에 서 있는 너무나도 어여쁜 얼굴이 송백의 머리를 채워왔다. 그 뒤에 서 있는 유모의 모습은 송백의 눈에 들어오지도 않았다.

동방리가 다가오며 미소 지었다.

"매일 오네."

"예……."

송백은 자신의 처지를 알기 때문에 전처럼 가볍게 다가가지는 못했다. 그저 고개만 숙일 뿐이었다. 그런 송백의 코끝으로 향긋한 매화향이 다가왔다. 순간 놀란 표정으로 송백은 눈앞에 서 있는 동방리를 바라보았다. 자신의 손을 잡았기 때문이다.

"같이 들어가자."

"아가씨!"

동방리의 행동에 놀란 것은 뒤에 서 있던 유모였다. 재빠르게 다가와 송백의 손을 잡고 있는 동방리의 손을 떼어내었다. 순간 송백의 표정이 굳어졌다. 유모의 싸늘한 시선 때문이었다.

"왜에?"

동방리가 울상을 지으며 고개를 숙이자 유모가 동방리의 양 어깨를 잡았다.

"아가씨와 같은 방에서 공부할 수 있는 아이가 아닙니다. 만약 이 사실을 어르신이 알게 된다면 분명히 경을 치실 겁니다."

유모의 말에 동방리의 표정이 어둡게 변하였다. 자신의 아버지인 동방천후가 화를 내면 얼마나 무서운 사람인지 알기 때문이다.

"그래도……."

동방리가 기어들어 가는 목소리로 중얼거리자 유모가 문을 열고 동방리를 안으로 들여보냈다.

"어서 들어가세요. 기다리십니다."

"응……."

동방리는 안으로 들어서다 유모가 문을 닫으려 하자 곧 얼굴을 내밀며 송백을 바라보았다.

"기다려야 해."

송백이 놀란 표정으로 그 모습을 바라보자 동방리가 미소 지었다.

"같이 놀자."

"예."

송백이 고개를 숙이자 동방리의 얼굴이 곧 안으로 사라졌다. 그러자 송백의 머리 위로 유모의 그림자가 나타났다.

"여기에서 글을 배우는 것은 좋다만… 아가씨와는 가까이 하지 말거라."

"……."

송백은 대답없이 고개를 숙였다. 그러자 유모가 다시 말했다.

"밑에 애들은 너를 양자로 데려왔다고 생각할지 모르지만 어르신은 그저 아가씨가 혼자 자라는 것이 걱정되어 데리고 온 노리개로 여긴다. 너는 노리개일 뿐이다. 더 이상 아가씨와 가까이 하지는 말거라. 그저 시키는 대로 움직이면 그만이다."

송백은 말없이 고개만 숙이고 있었다. 그 태도가 유모의 마음엔 들지 않는 듯 곧 송백을 한 번 노려보곤 걸음을 옮겼다. 송백의 주먹이 굳게 움켜쥐어져 있다는 사실을 유모는 모르고 있었다. 곧 문틈으로 중년인의 말소리가 들리자 송백은 품에서 모영이 구해준 책을 꺼내 펼쳐 보기 시작했다.

한참을 앉아서 책을 바라보며 문틈에서 흘러나오는 목소리에 귀를 집중했다.

스르륵.

그때 사람 손이 드나들 정도로 문이 열리며 하나의 귀여운 손이 나왔다. 송백이 손을 응시했다. 손 안에 든 것은 깨로 만든 두 조각의 강정이었기에 송백의 표정이 굳어질 수밖에 없었다.

손 안에 든 강정을 바라보고 있자 동방리의 작고 귀여운 손이 몇 번 움직였다. 어서 가지고 가라는 뜻인 듯했다. 송백은 자신도 모르게 손을 펴서 동방리의 손 밑으로 살짝 붙였다. 그 따뜻함이 전해진 듯 동방리의 손이 펴지며 강정 두 개가 송백의 손 위로 떨어져 내렸다.

스륵.

가볍게 문이 닫히는 소리가 미미하게 들렸다. 문이 닫히자 둘의 공간도 단절된 듯 그 사이로 허전한 바람이 불었다.

송백은 손 위의 강정을 바라보았다. 깨로 만든 듯 누르스름함이 빛나고 있었다. 곧 입이 열렸다.

와삭!

입 안에서 느껴지는 단맛이 어떤 맛인지 송백은 알지 못했다. 단지 씹을 뿐이었다. 그렇게 씹는 송백의 눈가에 물기가 어렸다. 왜 그런 기분이 들었는지 모르지만 금방이라도 흘러내릴 것 같았다. 하지만 송백의 눈에 고인 물기는 흘러내리지 않았다. 못다 한 일이라도 있는 듯 조금씩 눈 안에서 사라져 갔다.

초여름의 햇살은 후원의 초록빛 정원에도 내리쬐고 있었다. 오늘도 송백은 문 앞에 앉아 있었으며 안에서 들리는 목소리에 귀를 세우고 있었다. 그러던 순간 목소리가 끊기자 송백은 일어섰다.

드르륵!

문이 열리는 소리가 울리며 중년인이 밖으로 나왔다. 중년인의 눈이 송백에게로 향하자 약간 빛났다.

"들을 만하더냐?"

중년인의 물음에 송백은 책을 재빨리 품에 넣었다.

"그렇습니다."

중년인은 고개를 끄덕이더니 밖으로 나가기 시작했다.

"갔어?"

중년인이 후원의 문으로 사라지자 문틈으로 동방리의 얼굴이 나타났다. 송백이 고개를 끄덕이자 동방리는 귀여운 미소를 그리며 송백의 옆으로 다가왔다.

"업어줘."

동방리는 주변에 아무도 없자 과감한 말을 서슴없이 했다. 송백은 그저 얼굴만 붉힐 뿐이었다.

"업어줘~"

동방리가 송백의 소매를 잡고 흔들며 말하자 송백은 할 수 없다는 듯 그 자리에 앉았다. 그러자 동방리가 신이 난 듯 등에 업혔다. 송백은 생각보다 가벼운 동방리의 체중에 놀란 듯 가볍게 일어섰다.

"앞으로."

동방리가 가만히 속삭이듯 말하며 송백의 등에 얼굴을 기대었다. 송백은 앞쪽에 보이는 호수를 향해 천천히 걸음을 옮기고 있었다. 그러던 어느 순간 송백의 머리에 가물거리는 기억이 떠올랐다. 자신도 누군가에게 업혀 길을 가던 일들… 분명히 좋았던 것 같았다.

"송 가가."

"……?"

동방리의 작은 목소리에 송백이 걸음을 멈추자 동방리가 가만히 말했다.

"오늘 졸려서 힘들었어."

"응……."

"계속 옆에 있을 거지?"

"……."

송백은 천천히 걸음을 옮겼다. 대답을 못하는 자신을 알았을까? 동방리의 말에 대한 자신이 없었다. 송백이 말이 없자 동방리가 고개를 들며 다시 말했다.

"옆에 있을 거지?"

동방리의 목소리는 잠겨 있었다. 송백은 다시 한 번 걸음을 멈추었다. 앞에 보이는 큰 호수가 햇살에 반사되는 빛살을 보내고 있었다.

"응……."

"좋다."

동방리는 기분 좋은 미소를 지으며 송백의 어깨에 얼굴을 기대었다. 그렇게 잠시의 시간이 흐르자 검은 그림자 하나가 송백의 얼굴을 가렸다. 송백은 몸을 돌리다 굳은 표정을 지었다.

눈앞에 서 있는 유모의 얼굴 때문이다.

"뭐 하는 짓이냐?"

"죄송합니다."

송백은 고개를 숙여 보이며 앉았다. 그러자 동방리가 걱정스런 표정으로 송백의 등에서 내렸다.

"유모……."

"아가씨."

유모는 송백을 차갑게 바라보다 동방리의 손을 잡았다. 유모는 고개를 돌리더니 동방리의 앞에 앉아 부드럽게 미소 지었다.

"제가 좀 늦게 왔더니 저 아이와 놀고 계셨군요."

동방리는 가만히 고개를 끄덕였다.

"제가 잘못한 일입니다. 죄송합니다."

송백은 고개를 숙이며 다시 말했다. 그러자 유모가 일어서며 싸늘한 표정을 지었다. 뭔가 말을 하려던 유모는 동방리가 송백의 손을 잡고 옆에 붙자 눈을 크게 떴다.

"저도 혼내주세요, 유모."

동방리의 맑은 눈동자가 유모의 표정을 부드럽게 만들기 시작한 것이다. 동방리는 송백의 손을 굳게 움켜잡고는 다시 말했다.

"제가 업어달라고 한 거예요. 저를 혼내세요."

"아가씨."

유모는 동방리의 모습에 짧게 숨을 내쉬었다. 그러다 곧 고개를 저었다.

"혼내려는 게 아닙니다."

"하지만… 유모의 표정이 무서운걸."

동방리가 우울한 표정으로 말하자 유모가 한 발 다가서며 동방리의 앞에 앉았다. 유모의 표정이 부드럽게 변하였다.

"아가씨도 참……."

동방리의 흩어진 머리카락을 만지던 유모가 우울한 표정을 풀지 못하는 동방리의 얼굴을 보자 다시 한 번 한숨을 내쉬며 말했다.

"아직 점심까지는 시간이 있으니 노셔도 돼요."

순간 동방리의 우울한 표정이 밝아지며 큰 두 눈을 동그랗게 떴다.

"정말?"

유모가 고개를 끄덕이며 미소 지었다.

"예."

"송 가가."

동방리가 송백의 손을 잡곤 폴짝폴짝 뛰었다. 그 모습이 귀여운지 아니면 동방리의 미소가 좋은지 송백은 얼굴을 붉히며 고개를 숙였다. 아무래도 손을 잡고 있는 것이 부끄러웠던 것 같았다.

"잘 모시거라."

유모의 목소리에 송백은 허리를 숙였다. 그러자 유모가 일어서며 한쪽으로 물러섰다. 동방리가 송백의 손을 이끌곤 한쪽에 서 있는 매화나무 사이로 갔다. 송백은 얼떨결에 끌려가며 자신도 모르게 미소 지었다. 유모는 그 모습에 자신도 모르게 미소를 그렸다.

"애들."

어쩌면 자신이 동방리를 너무 안으로 감싸려고 했던 것 같다는 생각이 들었다.

동방리는 기분이 정말 좋았다. 이렇게 재미있는 날도 없었기 때문이다. 시간에 맞추어진 대로 움직이던 것과는 달리 송백이 온 이후로 조금씩 무언가 변화가 왔기 때문이다.

"송 가가."

동방리는 풀밭에 앉아 풀 위에 앉아 있는 메뚜기를 가만히 바라보았다.

"잡아줘."

송백은 동방리의 부탁에 손을 메뚜기 쪽으로 조심스럽게 접근시켰다.

"살살……."

동방리도 양손을 모으곤 기대에 찬 눈으로 송백의 행동을 지켜보고 있었다. 그러던 순간 송백의 손이 재빠르게 메뚜기를 낚아챘다.

"앗!"

동방리가 놀라 소리쳤다. 하지만 송백의 입에서 미미한 신음 소리가 흘러나왔다. 메뚜기를 잡는 순간 메뚜기가 송백의 손가락을 물었던 것이다.

후드득!

메뚜기가 날개를 펼치며 동방리의 머리 위로 날아갔다.

"어마!"

동방리가 양손으로 얼굴을 가리며 고개를 숙였다. 송백은 놀란 듯 동방리의 머리 위로 시선을 돌리다 동방리의 등에 앉은 메뚜기를 발견하곤 재빠르게 손을 내렸다.

"어머?"

동방리가 놀라 고개를 들자 송백의 손이 등에서 떨어지며 동방리의 앞에 메뚜기를 보였다.

"징그러."

잡아달라더니 이제는 보기 싫다는 듯 고개를 돌리자 송백은 웃으며 가만히 메뚜기를 내려놓았다. 곧 메뚜기가 날아가자 동방리의 시선이 송백에게 향했다.

"……?"

"송 가가."

동방리가 가만히 송백의 얼굴을 쳐다보다 가슴으로 시선을 돌리자 송백의 시선도 자신의 가슴으로 향했다. 그러자 송백의 표정이 약간 굳어졌다.

"그게 뭐야?"

동방리는 송백의 목에 걸린 반쪽의 승룡패를 발견하곤 궁금한 듯 물었다.

"어… 이건……."

송백은 어떻게 말해야 할지 몰라 승룡패를 손으로 잡곤 다시 안으로 넣으려 했다. 그러자 동방리가 손을 내밀었다.

"줘봐."

"……."

송백은 가만히 만지던 승룡패를 바라보며 입을 닫았다. 동방리는 그것이 송백에게 어떤 물건인지 몰랐다. 단지 호기심이 생겼을 뿐이었다.

"줘봐아~"

동방리가 다시 사정하듯 말하자 송백은 결심한 듯 목에서 승룡패를 풀어 동방리의 손에 올려주었다.

"와아!"

동방리는 용이 새겨진 승룡패를 이리저리 살피며 호기심 어린 눈을 빛냈다. 그렇게 한참을 보고 있자 욕심이 생겼는지 동방리가 송백을 보며 물었다.

"나 주면 안 돼?"

"안 돼."

송백은 자신도 모르게 굳은 목소리로 대답했다. 평소와는 다르게 확고한 모습이었고, 지금까지와는 다른 모습이었다. 그 목소리에 동방리의 표정이 굳어졌다.

"나 줘."

"그건 안 돼."

송백이 손을 내밀며 다시 확고하게 말하자 동방리는 승룡패를 든 손을 뒤로 뺐다.

"이리 줘."

송백이 침체된 목소리로 말하자 동방리가 약간 굳은 목소리로 말했다.

"내가 좋아, 이게 좋아?"

"그건……."

송백은 놀란 표정으로 동방리를 바라보았다. 어떻게 대답해야 할지 몰랐기 때문이다. 눈앞에 동방리가 굳은 얼굴로 송백의 대답을 기다리는 듯 굳게 입을 닫고 있었다. 송백은 멍하니 그 얼굴을 바라보았다. 분명 동방리도 송백에게는 중요했으며 소중했다. 하지만 그 승룡패는 그런 의미와는 다른 것이었다. 그것을 동방리는 모를 뿐이다. 그렇게 망설이던 송백의 손이 다시 동방리의 앞으로 나갔다.

"이리 줘."

송백이 다시 말하자 동방리가 굳은 얼굴로 일어섰다.

"이게 좋단 말이지."

동방리는 손에 쥔 승룡패를 만지더니 곧 손을 위로 치켜들었다. 놀란 표정으로 송백이 일어섰다.

"나보다 이게 좋단 말이지!"

휙!

순간 동방리가 손에 들린 승룡패를 호수로 던졌다.

퐁!

짧은 시간이었다, 승룡패가 호수에 수면에서 사라진 것은. 순간 송백의 신형이 빠르게 호수로 달려들었다.

"송 가가!"

동방리는 송백의 행동에 매우 놀라 소리쳤다.

풍덩!

큰 물보라가 일어나며 순식간에 송백의 모습이 호수 속으로 사라졌다.

"송 가가!"

동방리의 얼굴에 놀람이 일더니 곧 입이 크게 벌어졌다.

"우아아앙! 송 가가!"

"아가씨!"

멀리서 지켜보던 유모가 매우 놀란 표정으로 동방리의 곁으로 달려왔다.

"우와아아앙!"

동방리가 크게 소리 내 울자 유모는 호수로 다가갔다. 생각보다 깊은 곳이기 때문이다. 물거품이 일어나는 것을 확인했지만 유모도 급작스러운 일에 놀란 듯 어떻게 대처해야 할지 몰라 발을 굴렀다.

"무슨 일이오?"

멀리서 동방리의 울음소리를 들은 청년이 빠르게 다가왔다. 모영이었다. 오후가 되면 송백은 모영에게 기초적인 체력 훈련을 받고 있었다. 모영은 송백이 오지 않아 후원으로 온 것이었다. 그러던 차에 울음소리를 듣고 달려온 것이다.

"백아가 호수에 뛰어들었어요."

유모의 말에 모영의 표정이 굳어지더니 재빠르게 호수로 달려들었다.

풍덩!

또 한 번의 큰 물보라가 일어났다.

"아가씨."

유모는 깊게 한숨을 내쉬며 동방리의 어깨를 살짝 안았다.

"나 때문에… 나 때문에… 송 가가……."

동방리가 품에 안겨 흐느끼자 유모는 등을 토닥거리며 부드럽게 말했다.

"걱정하지 마세요."

동방리를 토닥거리며 호수를 바라보던 유모는 곧 호수면이 큰 파장을 일으키자 눈을 크게 떴다.

"푸하!"

"장군님!"

모영이 밖으로 나오자 옆구리에 낀 송백의 모습이 동방리의 눈에 들어왔다. 순간 유모의 품에 안겨 있던 동방리가 달려갔다.

"송 가가!"

모영은 송백을 바닥에 내려놓으며 명치를 두 손으로 강하게 누르기 시작했다. 그렇게 몇 번 누르자 송백의 입에서 물이 쏟아져 나왔다.

"쿨럭! 쿨럭!"

송백의 기침 소리에 모영은 그제야 한숨을 내쉬었다.

"허억! 허억!"

크게 숨을 몰아쉬는 송백의 품으로 동방리가 안겼다.

"미안해! 미안해!"

동방리가 큰 소리로 울음을 터뜨리며 매달리자 송백은 가만히 동방리의 머리를 쓰다듬었다. 그런 송백의 손엔 승룡패가 잡혀 있었다. 모영과 유모의 시선이 승룡패로 향했다.

"그것 때문에 뛰어든 것이었나?"

모영의 물음에 송백이 일어서며 대답했다.

"예."

송백의 팔엔 여전히 동방리가 매달려 있었다.

"송 가가."

"그것이 무엇이냐?"

모영이 다시 묻자 송백은 잠시 승룡패를 들어 바라보더니 미소 지었다.

"제… 목숨입니다."

■제4장■

현실이 싫었다

■ 현실이 싫었다

후두두둑!

오후에 시작되는 소나기는 급작스러운 것이었다. 조금 전까지만 하더라도 날씨는 맑았으며 어디에도 비가 올 것 같은 구름은 보이지 않았기 때문이다. 북경의 중심가에도 비는 내리고 있었다. 사람들은 저마다 갑작스러운 소나기에 빠른 걸음으로 어디론가 사라져 갔으며 밖으로 나왔던 상가들의 여러 물품들도 안으로 거둬들이기 시작했다. 그렇게 비는 소란스럽게 내려왔다.

"비가 오나 봐요?"

북경의 대로를 천천히 달리던 사두마차 안에서 조용한 목소리가 흘러나오자 마부의 옆에 앉아 있던 청년이 재빠르게 옆으로 내려섰다. 마부석에 앉아도 비를 맞지만 서 있어도 비를 맞는다. 물론 청년은 비에 젖어 있었다. 십칠 세 정도로 보이는 청년은 평복을 입고 있었지만 날카로운 눈동자를 보이는 뚜렷한 이목구비의 인물이었다. 내리는 빗물이 그의 얼굴을 감싸고 흘러내렸지만 청년은 개의치 않는 듯 살짝 걷혀진 마차의 창으로 목소리를 흘려 넣었다.

"소나기입니다. 곧 멈출 것 같습니다."

"감기… 조심하세요."

안에서 들리는 목소리가 약간 잠겨 있었다. 청년이 재빠르게 마부석에 올라타자 마차는 다시 앞으로 나아가기 시작했다.

얼마 지나지 않아 거대한 장원 앞에 마차가 멈춰 서자 문이 열렸고, 청년은 미리 준비한 우산을 들고 문 앞에 섰다.

슥!

발이 처음에 내려왔으며 천천히 백색의 옷자락이 나타났다. 그리고 마지막으로 나타난 고운 얼굴. 십대 중반이라 하기엔 너무도 고운 얼굴이었다. 하지만 그것보다 더욱 좋은 것은 빗속에서도 어울리는 미소였다.

"어서 올라가요."

그녀의 말에 우산을 받쳐 든 청년이 허리를 숙이며 안으로 들어섰다. 문을 지키던 병사들도 그녀의 얼굴에 넋을 잃은 듯 바라보다 뒤따라오는 청년의 시선에 재빠르게 고개를 돌리며 정면을 응시했다.

안으로 들어서자 시비들과 중년 여인이 기다렸다는 듯이 앞으로 나왔다.

"아가씨."

"유모."

동방리의 앞으로 다가가던 유모의 시선에 시비들이 우산을 재빠르게 동방리에게 씌워주자 청년은 자신의 우산을 접었다. 유모의 시선이 청년에게 향하자 청년은 뒤로 한 걸음 물러섰다.

"오실 때 불편하거나 피곤하지는 않았습니까?"

"재미있었어요."

동방리는 미소 지으며 말을 하다 곁눈으로 비를 맞고 있는 청년을 바라보았다. 가만히 서 있는 모습을 바라보던 동방리의 표정이 약간은 굳어졌다.

"어서 안으로 들어가세요."

유모가 동방리를 이끌어 대청의 안으로 들어서려 했지만 동방리는 걸음을 멈춘 채 시비가 들고 있던 우산을 자신의 손으로 들었다. 그 모습에 유모가 놀란 표정을 짓자 동방리가 신형을 돌리더니 가만히 서 있는 청년의 앞으로 다가갔다.

슥.

"송 가가."

"……."

송백이 시선을 들자 동방리가 곧 송백의 손에 들린 접힌 우산을 자신의 손으로 들었다. 그녀의 미소 띤 얼굴에 담긴 따뜻함이 비에 젖은 차가움을 선선하게 만들고 있었다.

"아가씨."

유모의 부름에 동방리는 곧 자신의 손에 들린 펴진 우산을 송백의 손에 들려주었다. 송백의 놀란 표정이 시선에 닿자 얼굴을 붉힌 동방리가 재빠르게 송백의 손에서 빼어 든 접힌 우산을 펴며 미소 지었다.

"감기 걸려요."

"……."

동방리가 곧 신형을 돌리자 송백은 그 모습을 가만히 바라보았다.

조금씩 멀어지는 그녀의 모습이 눈에 들어왔지만 송백은 가만히 서서 손에 들린 우산의 빗소리를 듣고 있었다. 기름종이에 튕기는 투명한 소리가 귓가를 어지럽혔지만 정신만은 맑게 움직이고 있었다.

작은 방 안에 들어오자 젖은 옷이 물기를 떨어뜨리며 방 안을 적시었다. 하지만 송백은 그런 것에 상관없는 듯 물기 어린 몸을 이끌고 자리에 앉아 벽에 기대었다. 단출한 작은 방 안. 하인들이나 쓰는 그런 방이지만 송백에게는 과분한 듯 방의 주변에는 아무것도 없었다.

"왔느냐?"

방문 앞에 나타난 검은 그림자에 송백이 일어섰다. 곧 문이 열리고 비에 젖은 경갑을 입고 있는 사내가 모습을 드러냈다. 모영이었다.

"두 달 정도 머물 것이다. 그동안 아가씨를 잘 보호해야 한다."

"예."

"내일 오후부터는 나도 이곳에 올 것이다."

"알겠습니다."

송백이 대답하자 모영은 곧 밖으로 나갔다. 송백은 그 모습을 바라보며 다시 자리에 앉았다. 적적한 빗소리만이 시끄럽게 울리고 있었다.

동방천후는 자신의 신분 때문에 자주 북경에 들어가 있어야 했다. 그렇기 때문에 몇 달 정도 있게 되면 쉬어야 할 곳을 북경에 마련해 두고 있었다. 그리고 이번에도 몇 달은 걸릴 것 같은 중대한 문제로 인해 북경에 들어왔으며 안전을 위해 가족도 오게 된 것이다. 물론 동방리가 오고 싶어했기에 가능했지만.

후원의 작은 공터에 송백의 그림자가 움직이고 있었으며, 그 모습을 모영이 지켜보고 있었다. 때때로 이것저것 가르치며 무언가를 설명하는 모영과 창대를 들고 열심히 움직이는 송백의 모습이 나른한 초여름의 더위를 애써 떨치는 것처럼 보였다.

"휴우."

창대를 쥔 송백이 따가운 햇살 때문인지 이마에 흘러내린 땀방울을 훔치며 한숨을 내쉬었다. 몇 년 동안 이렇게 매일같이 창을 잡고 수련한 것인지 모른다. 그 외에 여러 가지 책도 읽어야 했으며 모영을 통해 병법에 관한 이야기도 들어야 했다.

모영이 돌아오는 날이면 그날부터 몇 달 동안은 자유 시간이 줄었다. 그리고 다시 모영이 사라지면 조금은 느슨한 생활을 할 수가 있었다. 그렇게 몇 번 반복되면서 송백은 커갔으며 모영은 이제 서른을 바라보고 있었다.

"내년에는 다시 떠나야 한다. 남은 반년 동안 너를 잘 훈련시켜 내년에 있을 무과에 급제시키라는 명을 받았다. 할 수 있겠느냐?"

모영의 강한 위압감이 송백의 마음을 눌렀지만 송백은 망설이지 않았다.

"물론입니다."

"키워준 은혜를 잊지 않는다면 목숨조차도 어르신을 위해 내놓아야 한다."

"예."

송백은 망설이지 않았다. 그렇게 배웠기 때문이다.

"어르신이 죽으라면 죽어야 한다."

늘상 모영이 했던 말이었다. 그리고 은혜라는 것을 잊은 적도 없었다.

"어르신과 아가씨를 위해 너를 지금까지 키운 것이다. 잊지 말거라."

"예."

대답을 하는 송백은 창대를 굳게 쥐었다.

"나는 일이 있어 나가봐야 하니 남은 시간 동안 강살구식(剛殺九式)을 다시 한 번 연습하고 쉬거라."

"예."

모영은 고개를 끄덕이며 송백의 어깨를 양손으로 잡았다. 모영의 검은 그림자가 송백의 얼굴을 햇살에서 가려주었다.

"최고의 병법이란 무엇이냐?"

"속이는 것입니다."

모영은 만족한 듯 미소 지으며 송백의 어깨를 몇 번 두드려 주었다. 곧 그가 송백의 시야에서 멀어져 갔다. 작은 연무장에 홀로 남은 송백은 다시 한 번 창을 굳게 쥐곤 창술을 연습하기 시작했다.

휭!

창대의 움직임이 격렬하게 변하자 바람 소리가 주변으로 울려 나갔다. 그렇게 몇 번 움직이던 송백의 신형이 멈춘 것은 한쪽에 서 있는 백색의 인영 때문이다.

백색의 인영은 양손에 비단으로 싼 무언가를 쥐고 있었다.

"……!"

턱!

창대를 세운 송백이 멍하니 그쪽을 바라보자 백색의 인영이 천천히 다가왔다. 가까워질수록 송백은 처음 보았을 때처럼 가슴이 떨리는 것을 느껴야 했다. 어느새 커버렸을까? 아이에서 소녀로 커버린 그녀였으며, 자신은 아이에서 신분의 차이를 느껴야 하는 남자로 변해야 했다.

"송 가가."

"그렇게 부르시면 다른 분들이 화내십니다."

동방리는 고개를 저었다. 몇 년 전부터 송백이 자신과 약간의 거리를 두려 하는 것을 느꼈기 때문이다. 동방리는 그것이 싫었지만 자신도 알기 때문에 어떻게 할 수 없는 스스로를 미워하고 있었다.

"주변에 아무도 없잖아요."

어느 순간부터 동방리도 존대하며 어른이 되어감을 느껴야 했다. 그런 조용한 말소리가 송백을 지금까지 크게 만들었다는 사실을 동방리는 모르고 있었다.

"예."

동방리는 송백의 대답에 가만히 한숨 쉬었다. 그 모습에 송백이 시선을 던지자 동방리는 시선을 피해 한쪽에 서 있는 은행나무를 바라보았다.

"좋아하잖아요."

"……."

잔잔한 바람이 급격하게 불게 만드는 한마디였다. 송백은 굳은 표정을 지었다. 바람이 지나가자 동방리의 머리카락이 살짝 날려갔다. 그 모습을 송백은 멍하니 응시했다.

"저를 좋아하잖아요."

동방리의 잠긴 목소리가 송백의 귓가를 때렸다. 하지만 송백은 아무 말도 할 수 없었다. 지금 자신이 할 수 있는 말이 없었기 때문이다. 그저 조용한 바람만이 흘러가고 있었다.

"휴우."

긴 한숨 소리가 동방리의 입을 통해 터져 나왔다. 잠시 손을 들어 눈을 훔치던 동방리가 고개를 돌리며 미소 지었다. 송백은 멍하니 그 얼굴을 바라보았다.

"이거."

송백의 눈앞으로 동방리가 비단으로 감싼 물건을 내밀었다. 송백의 손이 앞으로 다가가자 동방리가 조용히 속삭였다.

"몇 달 동안 만든 거예요."

"……?"

송백의 놀란 표정에 동방리가 다시 말했다.

"모영 장군에게 물어보니 송 가가는 검은 옷이 어울릴 것이라고 했어요."

동방리의 미소 지은 얼굴이 말을 하다 굳어지며 시선을 돌렸다. 그러자 송백이 비단을 풀었다.

"……."

흑의 한 벌. 다른 것은 없었다. 단지 동방리의 손길이 느껴지는 따뜻함이 전해져 왔을 뿐이다. 송백이 고개를 들자 동방리가 신형을 돌렸다.

"피를 묻혀야 한다고……."

더욱 잠긴 듯한 동방리의 목소리에 송백의 표정은 굳어졌다. 도대체 동방리가 무슨 말을 하는지 알 수 없었기 때문이다. 흑의에 피가 묻으면 표시가 거의 나지 않는다. 하지만 그것과 지금의 말은 전혀 다른 말이었다. 송백의 입이 저절로 열렸다.

"리아……."

순간 동방리는 표정을 굳힌 채 송백의 얼굴을 멍하니 응시했다. 몇 년 만에 불러준 이름이기 때문이다. 자신을 그렇게 부르는 사람은 오직 송백뿐이었다. 그 목소리 때문일까. 동방리가 붉어진 얼굴로 고개를 숙였다. 송백 역시 어색한 듯 얼굴을 붉혔다. 그런 어색함의 시간을 멈추는 목소리가 동방리의 입에서 조용히 울려 나왔다.

"우리… 도망… 가요."

"……!"

송백은 큰 충격을 먹은 듯 두 눈을 부릅떴다. 그러자 동방리가 애원하듯 말했다.

"도망가요. 둘이… 살 수 있는 곳으로……. 송 가가도… 다른 사람들처럼 무관이 되면 언젠가… 언젠가……."

동방리는 말을 잇지 못하고 눈을 출렁이듯 흔들거리며 입을 막았다. 송백은 무슨 말인지 알고 있었다. 또한 자신 역시 동방리와 도망치고 싶었다. 그런 마음이 든 것이 한두 번이 아니었다. 하지만 그런 마음이 들 때마다 참아야 했으며 이렇게 지켜봐야 했다. 그 고통이 설령 가슴을 후벼 판다 해도 송백은 참아야 했다. 그것이 동방리를 위한 길이었기 때문이다.

송백은 가만히 동방리의 어깨를 감싸 안았다. 동방리는 미미하게 몸을 떨며 송백의 품에 안겨 눈을 감았다. 그런 동방리를 송백은 강하게 끌어안았다. 마치 품에 안은 것을 놓지 않으려는 듯 그렇게 강하게 안았다. 그런 송백의 눈동자가 강렬하게 빛났다.

'너를 위해 살아간다.'

*　　　　*　　　　*

그날도 평소와는 다를 바 없는 날이었다. 그저 평온한 날이었고 조용한 오후가 되어가고 있었다. 하지만 모든 것은 순식간에 변하기 마련이다.

"아가씨께서는?"

지나가는 두 명의 시비가 보이기에 송백은 무의식 중에 물었다. 그러자 얼굴에 주근깨가 있는 이십대 초반의 시비가 송백의 어깨에 손을 올렸다.

"매일같이 아가씨, 아가씨. 그러지 말고 나랑 만나는 것은 어때?"

그러자 옆에 있던 약간 작은 키의 귀엽게 생긴 시비가 송백의 팔을 잡았다.

"아가씨만 생각하지 말고 나도 좀 생각해 줘봐. 송. 가.가."

송백의 얼굴이 붉어지자 시비들이 재미있다는 듯 입을 가리며 웃음을 보였다. 송백은 그저 붉어진 얼굴로 서 있었다. 그러자 작은 키의 시비가 말했다.

"아가씨는 점심을 드시고 잠시 외출하셨어. 오랜만의 외출이라 구경할 곳이 많으셨는지 좋아하시는 것 같더라."

"아……."

송백은 고개를 끄덕이며 시비들을 스쳐 지나쳤다. 그러자 시비들이 그런 송백의 뒷모습을 바라보며 고개를 저었다.

"아무리 무과에 급제한다 해도 평민에게 아가씨는 너무 높은 나무지."

송백이 동방리를 마음에 담았단 사실을 모르는 시비들은 단 한 명도 없었다. 남자들이야 모르겠지만 여자들은 감이 빠르기에 이미 오래전부터 알고 있었다. 또한 그런 이야기는 그녀들에게 좋은 소재였다.

북경에는 많은 귀족들이 살고 있었다. 그렇지만 상서 정도의 위치에서 있는 귀족들은 몇 없었다. 그리고 그러한 자들은 언제나 권력의 자리에 앉아 천하를 내려다보았다.

호부상서(戶部尙書)의 아들인 이홍장도 아버지의 권력에 힘을 얻어 아래를 굽어보는 인물이었다. 그런 그가 오랜만에 자신의 호위 무사들과 함께 성내로 나왔다. 그런 그가 동방리를 보게 된 것이 문제였다.

이홍장은 열아홉의 나이지만 이미 아내가 둘이나 있었다. 그런 그가 또다시 미인을 보자 소유욕이 생긴 것이다. 남자가 미인을 좋아하는 것이 뭐가 문제가 있겠는가 하고 의심을 할지 모르겠지만, 문제는 동방리가 누구의 여식인지 알았어야 했으며, 또한 지금까지 살아오면서 원했던 것을 다 가졌던 집안의 힘을 탓해야 했다.

"이곳으로 들어간 것이 확실하나?"

이홍장은 뒤에 서 있는 이십대 후반의 검을 찬 무인에게 묻자 무인이 고개를 끄덕였다.

"확실합니다."

"스읍!"

숨을 들이키던 이홍장이 양손을 비비더니 미소 지었다.

"좋아."

이홍장은 미소를 머금고 앞으로 걸어갔다. 그 뒤로 두 명의 무인이 서로를 바라보다 고개를 저으며 따라 걸었다.

"누구시오?"

정문을 지키던 병사가 이홍장의 앞길을 막자 이홍장이 미소 지었다.

"군이 이곳을 지키나? 흐음."

두 명의 병사를 둘러보던 이홍장이 그들의 어깨를 두드리며 안으로 들어서려 했다. 그러자 병사들이 이홍장을 팔로 막으며 뒤로 밀쳤다.

"누구시오?"

같은 물음을 되풀이하듯 물어오자 이홍장은 어이없다는 표정을 지었다. 그런 이홍장보다 더 어이없어하는 것은 문을 지키던 병사들이었다.

"외인이 함부로 올 수 있는 곳이 아니니 돌아가시오."

"허."

이홍장은 숨을 크게 내쉬며 어이없다는 듯이 병사들을 바라보다 천천히 말했다.

"호부상서가 우리 아버지거든? 여기 아는 사람이 들어가서 그런 것이야. 무슨 말인지 알지?"

이홍장은 말을 하며 오른손을 들어 자신의 목을 자르는 모습을 취했다.

"설마 이렇게 되고 싶나?"

이홍장의 모습에 두 명의 병사가 서로의 얼굴을 바라보았다. 호부상서라는 직위가 그들에게는 하늘이기 때문이다.

"그럼."

병사들이 망설이자 이홍장은 재빠르게 안으로 들어갔다.

"공자!"

호부상서의 아들이란 사실에 병사들의 호칭도 변하였다. 그들이 이홍장을 막으려 하자 뒤따라 들어오던 두 명의 무인이 병사들의 어깨를 감싸며 품에서 무언가를 꺼내 보여주었다. 그것은 나는 새도 떨어뜨린다던 금색의 패였던 것이다. 순간 두 명의 병사가 부동 자세를 취했다. 그러자 무인들이 그들의 어깨를 두드리며 안으로 들어갔다.

안으로 들어온 이홍장은 생각보다 한산하고 작은 장원을 둘러보며 미소 지었다. 자신의 집에 비해서는 너무도 작은 장원이었기 때문이다.

"이런 집에서도 요즘은 문지기로 군의 병사들을 쓰나 보군. 나라가 썩어서 그래. 그런 돈이라도 있다면 우리 집에 경비라도 더 늘리던가."

"하하, 경비도 허술합니다."

이홍장이 중얼거리자 뒤따라오던 무인 둘이 웃음을 보였다. 그때 이홍장의 눈에 후원으로 들어가는 동방리의 모습이 들어왔다. 그러자 이홍장의 걸음이 빨라졌다.

"응?"

후원으로 들어간 이홍장은 동방리가 후줄그레한 청년과 서 있자 놀란 표정을 지었다. 하지만 이곳까지 들어와서 물러설 생각은 추호도 없었다.

"소저."

갑자기 들려온 목소리에 동방리는 놀라 고개를 돌렸다. 순간 처음 보는 사람이 눈앞에 서 있자 매우 놀란 표정을 지었다.

"누구세요? 어떻게 이곳에 들어오게 된 것인가요?"

"하하, 그것은 말이오. 소저가 마음에 들어서 그랬소."

이홍장은 여유있는 미소를 지으며 말했다. 하지만 동방리는 매우 놀라고 있을 뿐이었다. 그런 동방리의 앞으로 송백의 신형이 나타났다. 그러자 이홍장의 여유있던 표정이 굳어졌다.

"이곳은 외인이 들어올 수 있는 곳이 아니오."

이홍장의 송백의 태도가 마음에 들지 않았는지 아니면 동방리와 있다는 것 자체가 마음에 안 드는지 인상을 찌푸렸다. 거기다 입고 있는 옷으로 보아 하인 같았다.

"외인이 아니니까 들어왔다."

송백의 표정이 굳어지자 이홍장은 재미있다는 듯이 웃으며 말했다.

"곧 있으면 이 작은 집도 우리 집안과 합치게 될 터인데 내가 왜 외인이지?"

송백의 눈매가 날카롭게 빛나기 시작했다. 처음으로 이렇게 사람에 대한 악감정이 들었기 때문이다.

"무슨 말이냐?"

송백의 날카로운 목소리에 이홍장은 키득거렸다.

"우리 아버지가 호부상서인데 뒤에 서 있는 소저에게 청혼하러 왔다, 이 말이지."

이홍장의 말에 송백은 그저 차갑게 말했다.

"꺼져."

"뭐?"

이홍장이 놀란 표정을 짓는 것과 동시에 이홍장의 어깨를 넘으며 거대한 그림자가 송백을 덮쳐 갔다.

휙!

바람 소리가 일어나며 날카로운 물체가 송백의 눈앞으로 날아든 것이다. 송백은 놀라 몸을 피하려 했으나 이미 명치에 무언가가 닿고 있었다. 순식간이었다.

퍽!

"헉!"

신음 소리를 흘리며 송백의 한쪽 무릎이 바닥에 닿았다. 그 앞으로 이홍장의 뒤에 서 있던 이십대 후반의 무인이 검집을 들어 올렸다.

"감히 종놈 주제에 호부상서라는 말을 듣고도 그따위로 건방지게 입을 놀리느냐!"

무인이 검집을 들어 올리며 송백의 얼굴을 후려칠 듯 움직이려 했다. 순간 동방리가 송백을 감싸며 싸늘하게 무인과 이홍장을 노려보았다.

"그만두세요! 이게 무슨 짓이에요!"

"허."

이홍장은 어이없다는 시선으로 동방리를 바라보았다. 송백을 감싸는 모습이 이홍장을 화나게 한 것이다. 어떻게 하인을 저렇게 감쌀 수 있는지 의문이 든 것이다. 거기다 자신의 마음에 든 동방리가 송백을 감싸는 모습은 그의 마음을 화나게 하기에는 충분했다.

동방리는 그들의 시선에 아랑곳없이 소리쳤다.

"남의 집에 함부로 들어와서 이런 행패를 부리다니! 절대 그냥 넘어가지 않겠어요!"

동방리의 말에 이홍장은 어처구니없다는 듯 웃음을 보이더니 크게 웃었다.

"용서하지 않겠대. 하하하! 그럼 용서하지 않으면? 이 집안은 여식이 종놈과 눈이 맞은 콩가루 집안 같은데 어떻게 용서하지 않겠다는 것이지?"

이홍장은 그렇게 말하며 옆에 서 있는 무인과 함께 크게 웃어댔다.

동방리는 얼굴까지 붉히며 분노에 몸을 떨었다. 태어나서 이렇게 화가 나기는 처음이었다.

슥!

송백은 숨이 멈출 것 같은 충격을 이겨내며 손에 잡힌 단단한 물체를 굳게 움켜쥐었다.

"이곳이 감히 어디라고! 이곳은……!"

순간 송백의 신형이 자리를 박차고 일어서며 이홍장의 웃음을 흘리고 있는 얼굴 위로 손을 내리찍었다. 모든 것은 순식간에 일어난다.

빡!

팟!

송백의 안면에 짙은 핏물이 뿌려졌다. 동방리는 눈을 부릅뜨며 손으로 입을 막았고, 주변에 서 있던 두 명의 무인도 눈을 부릅뜨며 멍하니 쓰러지는 이홍장을 바라봐야 했다.

털썩!

이홍장의 신형이 쓰러지며 몸을 떨기 시작했다. 그렇게 잠시 동안 떨던 이홍장의 육체가 완전하게 멈춰지자 송백은 멍하니 이홍장의 쓰러진 육체를 바라보았다.

탁!

손에 들린 피 묻은 돌덩어리가 바닥에 소리를 내며 떨어졌다. 짧은 순간이었고, 송백의 입에서 거친 숨소리가 흘러나왔다.

"이… 새끼가!"

창!

싸늘한 검날이 검집에서 튀어나왔다.

"감히 종놈 주제에! 사지를 잘라주마!"

"……."

송백은 멍하니 이홍장의 쓰러진 시신을 응시하다 눈에 반사되는 검날의 빛을 발견하곤 멍하니 눈을 들었다.

"허억! 허억!"

튀어나올 것 같은 심장이 아직도 진정되지 않았으며 머리 속에는 아직도 생각이 정리되지 않고 있었다. 그런 송백의 머리 위로 검날이 다가오는 것조차 송백은 느끼지 못하는 듯했다.

"송 가가!"

"멈춰라!"

동방리의 외침과 후원 전체를 울리는 거대한 목소리에 두 명의 무인이 저도 모르게 신형을 멈추었다.

"감히 이곳이 어디라고 피를 보려 하느냐!"

후원을 넘어 달려들어 온 중갑의 무관을 발견한 두 명의 무인은 검을 내렸다. 그들은 그 무관을 아는 듯 매우 놀란 표정을 짓고 있었다. 익히 봐왔던 인물이었기 때문이다.

"모영 장군!"

모영이 다가오자 동방리가 소리쳤다. 모영은 차가운 눈동자를 굴리며 두 명의 무인과 쓰러진 이홍장의 시신을 응시했다. 그러다 시선을 돌려 멍하니 서 있는 송백을 발견하곤 앞으로 다가갔다. 송백은 그제야 미미하게 떨기 시작했다.

"저는… 저는……."

송백의 초점없는 눈동자가 모영에게로 향하자 모영의 손이 위로 올라가더니 빠르게 내려왔다.

빡!

우당탕!

송백의 신형이 힘없이 옆으로 날아가 땅바닥을 굴렀다.

"멍청한 놈."

어느 시대에나 권력자는 늘 존재했으며, 지금은 두 명의 권력자가 천자 밑으로 있었다. 한 명은 동방천후였으며 다른 한 명은 내시인 장마소였다. 장마소에게 동방천후는 눈엣가시 같은 존재였고, 또한 동방천후는 장마소를 그저 시장통의 오물 보듯 바라보았다.

그런 동방천후가 머무는 곳으로 호부상서인 이태정이 들어왔다.

쾅!

대문을 거칠게 차며 들어온 이태정은 오십대 초반의 반백의 인물이었다. 아들과는 달리 이태정은 사리가 밝았으며 권력을 내세우는 사람도 아니었다. 그러하기에 자신을 호위하기 위해 나온 금의위도 아들의 호위로 붙였으며, 지금도 몇 명의 무관들과 들어오고 있었다. 평소에 침착하던 그가 이렇게 냉정을 잃은 것은 처음 있는 일이었다.

"당장 나오라고 해라!"

이태정은 크게 소리치며 대청의 문을 열었다. 그러자 모영이 이태정의 앞으로 나오며 허리를 숙였다. 이태정도 모영을 익히 알기에 고개를 끄덕이며 싸늘하게 말했다.

"당장 내 아들을 죽인 그 종놈새끼를 나오라고 해라!"

이태정이 소리치자 모영이 굳은 목소리로 말했다.

"어르신이 계십니다."

"흥! 그게 어쨌다는 것이냐! 나는 내 아들이 죽었단 말이다! 그런데

나보고 이성을 차리라고 하는 말이냐! 당장 그놈을 내 앞에 보이거라! 내 손으로 쳐 죽여야겠다!"

"일단 진정하시고 이리로."

모영은 이태정의 마음을 진정시키려 했으나 자신은 그런 일에 소질이 없다는 것을 잘 알고 있었다. 또한 이 보고는 동방천후에게도 들어가 있기에 이미 이태정이 올 것이라는 사실도 알고 있었다. 모영은 이태정을 객실로 안내했다.

쿵!

문이 거칠게 열리며 이태정이 안으로 들어오자 의자에 앉아 있던 동방천후가 책장을 덮었다.

"웬일인가?"

이태정은 싸늘하게 굳은 표정으로 여유있게 앉아 있는 동방천후를 바라보며 소리쳤다.

"내 아들이 이곳에 있는 종놈에게 죽었소! 그 책임을 묻기 위해 온 것이오! 당장 그 종놈새끼를 내 앞에 내놓으시오!"

이성을 이미 잃은 이태정에겐 동방천후의 모습도, 그의 권력도 눈에 들어오지 않고 있었다. 중요한 것은 아들이 잃었다는 슬픔뿐이었다. 그 마음이 복수심으로 불타고 있었다.

동방천후는 찻잔에 차를 따른 후 시선을 뒤에 있는 모영에게 던졌다. 그러자 모영이 곧 허리를 숙이며 밖으로 나갔다.

동방천후는 찻잔을 입으로 가져가며 조용히 말했다. 여전히 이태정은 숨을 거칠게 내쉬고 있었으며 눈에 살기까지 번들거렸다.

"자네의 아들이 죽었다니 애석하군."

"뭐라고 하셨소? 애석? 지금 그게 말이라고 하는 소리요? 내 아들이 이곳에서 죽었소! 어떻게 책임질 생각이시오, 좌도독!"

쿵.

동방천후의 손이 가볍게 탁자를 쳤다. 그리 큰 소리는 아니었다. 하지만 그 소리에 주변의 공기가 차갑게 식었으며 알 수 없는 위압감이 이태정의 전신을 눌러갔다. 더욱이 동방천후의 차가운 시선이 이태정의 눈동자에 박혀 들어갔다.

"감히 내 앞에서 책임을 운운할 생각인가?"

"그건……."

이태정은 저도 모르게 더듬거렸다. 평소 동방천후의 성품이 어떤지 익히 알기 때문이다. 그가 마음만 먹는다면 자신도 위험할 수 있기 때문이다. 하지만 자식에 대한 애정과 복수심이 등에 식은땀을 흘리는 상태에서도 입을 열 수 있게 도와주었다.

"내 아들이 죽었소. 그것도 이곳에서 종놈에게 말이오! 눈에 넣어도 아프지 않을 자식을 잃어버렸단 말이오."

"잃었으면 다시 낳아 기르면 될 것 아닌가?"

이태정의 몸이 부들거리며 떨리기 시작했다. 분노가 머리를 쳐 올라왔기 때문이다.

"그걸 말이라고 하는 것이오!"

끝내는 하지 말아야 할 말이 이태정의 입을 통해 흘러나왔다.

"좌도독께서는 아들이 없어 그런 소리를 쉽게 할 수 있을지 모르나 나는 절대 그럴 수 없소! 이 나이에 딸도 아닌 아들을 다시 낳아 기를 수 있다고 생각하시오!"

순간 기이한 열기가 방 안을 가득 채우기 시작했다. 동방천후가 입을 연 것이 아니었는데도 그러한 열기를 이태정은 느껴야 했다. 하지만 굽힐 수는 없었다.

"나는 내 아들을 죽인 종놈을 내 손으로 죽여야 하겠소!"

동방천후는 굳은 얼굴로 이태정을 노려보았다. 하나 입을 열지는 않았다. 침묵이 이어졌다.

스륵.

문이 열리자 모영이 들어왔으며 송백이 뒤따라 들어왔다. 이태정의 차가운 시선이 송백에게로 향했다.

송백은 동방천후의 시선에 무릎을 꿇고 앉았다. 그 옆으로 동방리가 들어와 서자 동방천후의 표정이 기이하게 변하였다.

"아버님."

"네가 올 곳이 아니니다. 어서 방으로 돌아가거라."

동방천후의 목소리에 동방리는 송백의 옆에 무릎을 꿇고 앉았다. 동방천후의 표정이 굳어졌다.

"무슨 짓이냐?"

"송 가가는 아무런 잘못이 없어요."

"아무런 잘못이 없다고! 감히 내 아들을 죽여놓고 잘못이 없다는 말이냐!"

이태정이 주먹을 움켜쥐며 몸을 떨었다. 그 성난 표정에 동방리는 매우 놀란 표정을 지었다.

"이 상서!"

동방천후의 큰 목소리가 순간적으로 객실에 울렸다. 그 큰 목소리에 이태정은 놀란 듯 입을 닫아야 했다. 동방천후는 매우 싸늘한 얼굴로 이태정을 바라보았다.

"내가 참고 말을 안 하려 했지만 말을 해야겠다. 자네 아들이 나의 집에 무단으로 들어와 내 딸을 추행했다. 이 사실은 어떻게 넘길 생각인가?"

동방천후의 차가운 목소리에 이태정은 매우 놀란 듯 굳은 얼굴로 동방천후를 응시했다. 동방천후는 뒷짐을 지며 차갑게 다시 말했다.

"내 딸을 추행하고도 그냥 넘어갈 거라 생각했나? 자네의 자식이 죽었기에 잠자코 있었을 뿐이지, 그렇지 않았으면 오늘 밤이라도 당장 자네 집안의 구족을 멸하고 싶었네."

"그… 사실은… 듣지 못했소이다."

"정녕 죽고 싶은가?"

동방천후의 살기 어린 목소리에 이태정은 애써 태연함을 유지해야 했다. 여기서 말을 잘못하면 동방천후는 분명히 그렇게 하고도 남을 것 같았기 때문이다. 이 순간이 중요했던 것이다. 또한 예상했던 일이었다. 이태정은 태연함을 유지하기 위해 노력하며 침착하게 말했다.

"좋소. 내 아들이 그랬다고 칩시다. 하지만 그까짓 종놈 한 명 내가 데리고 가겠다는데 그것마저 막을 생각이오? 나는 내 아들을 잃었소. 더욱이 내 아들을 죽인 놈이 종놈인데 내 아들이 죽어서 눈이라도 감을 것이라고 생각하시오?"

동방천후는 뒷짐 진 손을 풀며 수염을 매만졌다.

"자네는 뭔가 오해하고 있는 것이 아닌가?"

뜻하지 않은 말이 나오자 이태정은 의문이 드는 시선을 던졌다.

"그게 무슨 말이오?"

동방천후는 곧 미소 지으며 이태정에게 말했다.

"나도 종놈이 그랬다면 용서하지 않고 목을 베겠지 왜 자네와의 관계에 금이 가게 이렇게 언성을 높여가며 말을 하겠나?"

"……."

이태정은 뭔가 잘못되어 간다는 걸 느꼈다. 동방천후의 여유있는 모습 때문이다. 동방천후는 가만히 고개 숙인 송백을 응시하더니 이태정에게 말했다.

"자네의 아들을 내 아들이 죽인 것은 매우 유감이네. 하지만 자네의 아들이 내 딸에게 추행한 일이 원인이었지. 아닌가?"

이태정은 매우 놀란 표정으로 동방천후를 바라보았다. 동방천후의 말에 앉아 있던 송백과 동방리도 놀란 표정을 지었다.

"그게 무슨 말이오? 아들이라니?"

이태정이 놀라 물어오자 동방천후는 송백을 바라보며 말했다.

"몰랐나? 내 양자네."

쿵!

거대한 충격이 송백의 전신을 내리눌렀다.

이태정이 나간 방 안은 차가운 공기가 가라앉은 듯 춥고 조용했다. 그런 가운데 송백은 멍하니 바닥을 응시하고 있었다.

슥.

송백의 눈에 들어오는 백색의 치맛자락.

"아… 버님."

동방리의 눈동자에 물기가 어렸다. 그것을 모르는지 동방천후는 손을 저었다.

"네 방으로 돌아가거라."

"하지만……."

"돌아가라고 하지 않았느냐!"

동방천후가 인상을 찌푸리며 언성을 높이자 동방리는 미미하게 몸을 떨어야 했다. 그 떨림을 송백은 똑똑히 지켜보았다.

"그럼……."

동방리는 끝내 자신이 하고 싶은 말을 입에 담지 못한 채 방에서 나가야 했다.

동방리가 나가는 소리가 작게 울리자 동방천후는 의자에 앉으며 고개를 저었다. 그러다 시선을 들어 서 있는 모영을 바라보자 모영 역시 밖으로 나갔다. 남은 사람은 송백과 동방천후, 둘뿐이었다. 적막한 공기가 무겁게 바닥에 가라앉았다.

얼마 지나지 않아 동방천후의 목소리가 가라앉은 공기를 울렸다.

"모영에게 들으니 뛰어난 아이라고 하더라. 글선생도 마음에 들어하고 말이야."

"……."

동방천후는 찻잔에 차를 따른 후 다시 말을 이었다.

"어차피 가야 할 것, 미리 간다고 해도 손해는 아니겠지."

동방천후는 조용히 중얼거리며 차를 한 모금 마셨다. 그런 후 송백을 바라보며 말했다.

"이태정이 오늘은 저렇게 조용히 물러갔지만 언제 또다시 네 목숨을 노릴지 모른다. 아무리 내가 있다고는 하지만 자식의 복수를 늘 생각하겠지."

송백은 묵묵히 듣고만 있었다. 어떤 대답도 할 수가 없었다. 그저 듣고만 있을 뿐이었다.

"나는 적이 많은 사람이다. 이 위치에 있다 보면 적이 많아질 수밖에 없다. 그러한 적들에게서 나를 지키는 것도 벅차다. 거기다 리아도 지켜야 한다."

동방천후의 목소리가 강경하게 들려왔다.

"무슨 말인지 아느냐? 네 녀석까지 지킬 수는 없다는 말이다."

"예."

송백은 처음으로 대답했다. 굳은 목소리, 굳어진 육체, 그리고 통렬하는 마음. 그러함을 동방천후는 알 리 없었지만 동방천후의 목소리에는 차가움이 녹아 있었다.

"며칠 후면 음산(陰山)의 부대를 교체해야 한다. 그래서 모영이 그곳에 간다."

"……."

"같이 가거라."

송백의 양손이 바닥에 닿으며 굳게 쥐어지더니 팔이 떨렸다. 그러한 송백의 머리 위로 다시 한 번 동방천후의 목소리가 울렸다.

"그곳에 가면 알게 될 것이다, 인간이 얼마나 추악한 동물인지. 너는 그런 추악한 동물을 죽이는 거다. 짐승이 되어야 할 것이야."

송백은 미미하게 몸을 떨었다. 그런 것을 느꼈을까? 동방천후는 곧 읽다 만 책장을 넘기며 말했다.

"며칠 남지 않은 시간 동안 즐기고 싶다면 즐겨라, 사람으로 즐길 수 있는 마지막 시간일지도 모르니."

동방천후의 조용한 목소리가 정지하자 송백은 고개를 들었다. 동방천후는 가만히 책자에 시선을 던지고 있었다. 송백은 곧 다리를 부여잡고 일어나 그곳을 나섰다.

'죽고 싶은 생각은… 없습니다.'

문을 닫고 밖으로 나온 송백은 이내 걸음을 멈춰야 했다.

"도련님."

송백은 자신을 바라보고 있는 유모와 그 뒤에 서 있는 시비들을 응시했다. 유모는 이미 알고 있는 듯 담담한 표정이었으나 시비들은 그저 놀라고 있을 뿐이었다.

"무엇 하느냐? 도련님을 방으로 안내해 드리고 목욕물을 준비하거라."

유모의 말에 시비들이 송백에게 다가와 길을 안내했다. 송백은 고개 숙인 유모의 모습에 쓰게 웃어야 했다. 신분이란 이렇게 한순간에 모든 것을 변화시킬 수 있다는 것을 알게 된 것이다.

송백은 동방리의 방 바로 옆의 별채로 안내되었다. 별채 안으로 들어가자 깨끗하고 단조로운 방 안의 전경이 눈에 들어왔다.

"목욕물을 준비하겠습니다."

시비들이 밖으로 나간 후 송백은 홀로 남은 방 안을 둘러보다 곧 의자에 몸을 기대 앉았다. 탁자 위의 찻주전자에 손이 닿자 뜨거운 기운이 손을 타고 전해졌다. 방금 준비한 듯 보였다.

또르륵!

옥으로 만든 듯 청색의 빛이 물씬 풍기는 고풍스런 잔에 담긴 투명한 찻물을 응시하는 송백의 눈가에 미미한 출렁임이 일었다.

그때 송백의 어깨 위로 작은 손 하나가 닿아왔다. 송백은 눈을 감았다. 도저히 눈을 뜨고 세상을 볼 수 없었기 때문이다.

"송 가가."

작게 울리는 젖은 목소리.

슥.

동방리의 손이 송백의 목을 감아왔다.

"우리… 어떻게 해야 하나요."

작게 울리는 속삭임. 송백은 손을 들어 목을 감은 손을 가만히 잡았다. 따뜻한 온기가 손을 타고 전해졌지만 마음속을 때리는 것은 현실이었다.

동방리의 고개가 송백의 어깨에 기대왔다. 송백은 저도 모르게 손을 들어 그런 동방리의 볼을 매만졌다. 손을 타고 전해지는 축축한 물기가 송백의 가슴을 떨리게 만들었다.

그렇게 시간이 흘러가고 있었다. 적막한 공기가 둘을 감쌌지만 그들만의 그곳은 다른 곳에 존재하는 것처럼 그렇게 정지해 있었다.

"미안."

송백의 입에서 끝내 작은 목소리가 흘러나왔다. 순간 동방리의 눈가에 고인 물기가 폭포수처럼 흘러내리기 시작했다. 작게 울리는 흐느낌이 송백의 전신을 감아왔지만 송백은 그저 담담히 붉어진 눈으로 허공을 응시하고 있었다.

이틀이라는 시간은 금방 흘러갔다. 송백의 방 안에 있는 동방리는 침상에 앉아 수를 놓고 있었다. 동방리는 거의 하루 종일 송백과 붙어 있었다. 조금이라도 떨어지면 안 될 것 같았기 때문이다.

그런 마음이 통하기에 그런 것일까? 송백은 그저 옆에 있어주는 것만으로도 즐거웠다. 송백의 눈이 동방리의 손에서 그려지는 매화나무와 꽃잎으로 향했다.

"매화를 좋아하나 봐?"

동방리는 바느질하던 손을 멈추더니 곧 미소 지었다. 그 미소에 담긴 애정은 따뜻함을 전해주었다.

"향기가 좋아서요."

송백은 은은한 매화 향기가 코끝을 스치는 것 같다는 착각을 느껴야 했다. 송백은 오랜만에 기분 좋은 미소를 요 이틀 동안 내내 지을 수가 있었다. 그것은 동방리도 마찬가지였다.

"내일은 성에 나가서 한 바퀴 돌고 올까?"

송백은 생각난 듯 고개를 돌려 물어보았다. 그러고 보니 둘이 외출한 기억이 없었던 것이다. 수를 놓던 동방리가 손을 멈추고 고개를 들었다. 그녀의 표정이 밝게 빛나더니 곧 수줍은 듯 고개를 숙였다. 그런 그녀의 고개가 미미하게 끄덕여지자 송백은 창문을 통해 후원의 전경을 바라보았다. 그곳에 어느 순간 소년과 소녀가 앉아 있었으며 곧 뛰어놀기 시작했다. 송백은 어느새 자신도 그곳에 있음을 느껴야 했다.

"훗."

옅은 미소 한줄기가 스쳤다.

탁.

송백의 상상을 깨는 돌 조각 하나가 소리를 내며 마당을 굴렀다. 송백은 창문을 통해 시선에 들어오는 한 사람의 모습을 바라보았다. 그 청년은 손을 들어 보였다.

"들어가겠네."

동방리는 수를 놓던 손을 멈추고 마주 보고 서 있는 모영과 송백을 응시했다. 눈가에 미미한 떨림이 이어지고 있었다. 올 것이 왔기 때문이다.

"내일이네. 아침 일찍 갈 것이야. 그때까지 준비하게."

"예."

갑작스런 말이었다. 준비할 시간도 없었으며 여유 또한 없었다. 그리고 짧은 시간이었다.

모영은 짧게 말하곤 몸을 돌렸다. 그가 작은 뜰을 지나 문을 넘어 사라질 때쯤에서야 송백은 신형을 돌려 동방리를 바라보았다.

탁!

동방리의 손에 들렸던 수틀이 떨어져 내렸다.

다음날 아침이 밝자 송백은 일찍 일어나 시비들이 준비한 목욕물에 몸을 담갔다. 그런 후 검은 장삼을 꺼내 입었다. 언젠가 동방리가 건네준 옷이었다. 그렇게 옷을 차려입고 있을 때 문이 열리며 동방리가 들어왔다. 동방리는 백의 대신 옅은 푸른색의 옷을 입고 있었다.

"일찍 일어났네요."

송백은 고개를 끄덕였다. 동방리가 다가왔다.

"머리… 제가 빗겨 드릴게요."

송백은 가만히 거울 앞에 앉았다. 곧 바닥에 닿는 긴 머리카락이 흘러내리며 동방리의 손길이 머리카락을 타고 송백의 머리에 전해져 왔다.

"언제… 오나요?"

"……."

송백은 대답할 수가 없었다. 자신도 언제 오는지 모르기 때문이다.

"기약이 없는 건가요?"

동방리의 목소리가 천천히 떨려 나왔다. 송백은 그저 묵묵히 고개만 끄덕였다. 거울 통해 비치는 동방리의 손이 오늘따라 더욱 희고 곱다는 생각이 들었다.

슥. 슥.

빗질하는 소리만이 적막을 깨고 조용하게 울리고 있었다. 그렇게 한참 빗질을 하던 동방리가 머리카락을 잡아 올리며 묶어주었다.

잠시 후 송백이 일어서자 동방리가 가만히 그 모습을 지켜보곤 말했다.

"기다릴게요."

막 몸을 돌리려던 송백은 마치 무엇에라도 잡힌 듯 석상처럼 멈춰섰다. 송백은 차마 말을 못하고 이 시간에서 빨리 벗어나기만 바랄 뿐이었다. 송백은 멍하니 동방리를 바라보다 어깨를 움켜잡았다. 무언가 말을 해야 했지만 차마 입이 열리지 않았다.

결국 송백은 자신의 목에 걸린 승룡패를 동방리의 목에 걸어주었다. 동방리의 표정이 굳어졌다. 이것이 무엇인지 이 승룡패가 송백에게 어떤 의미인지 잘 알기 때문이었다.

"이것은?"

"내 목숨… 부탁한다."

"송 가가."

동방리의 눈동자가 크게 출렁였다. 송백은 가만히 동방리의 어깨를 감싸 안았다. 그런 송백의 목소리에는 확신이 실려 있었다.

"돌아오마."

동방리는 고개를 끄덕이며 송백의 가슴에 얼굴을 묻었다. 그렇게 잠시의 시간이 지나자 송백은 동방리를 품에서 떼어내며 눈가에 묻은 물기를 손으로 닦아주었다. 동방리는 붉어진 얼굴로 고개만 숙이고 있을 뿐이었다. 그런 동방리를 한참 동안 바라보던 송백은 곧 동방리의 어깨에서 손을 놓으며 천천히 몸을 돌렸다. 그렇게 눈에서 멀어지는 송백을 동방리는 한참 동안 바라보고 있었다.

후원의 문을 넘어서자 두 필의 말과 함께 모영이 서 있었다. 모영은 송백을 보자 미소를 건네왔다.

"잘하고 왔느냐?"

"예."

송백이 고개를 끄덕이며 말 위에 올라타자 모영도 말 위에 올라탔다.

"어차피 전장은 사람이 사는 곳이 아니다. 미련을 남기지 말거라."

송백은 모영을 바라보며 애써 태연하게 미소 지었다. 하지만 목소리에 담긴 허전함은 숨길 수가 없었다.

"이미… 각오하고 있는 일입니다."

*　　　*　　　*

까악! 까악!

까마귀 소리와 바람 소리가 뒤섞이며 드넓은 들판을 검게 물들여 갔다. 태양은 이제 막 세상에 모습을 보인 듯 그렇게 타오르고 있었다.

"동방리……."

어느 순간 잠이 든 것일까? 송백은 천천히 흐릿한 시선으로 눈을 뜨며 자신의 눈앞에서 점점 흐릿하게 변해가는 소녀의 얼굴을 잡기 위해 노력했다.

까악!

순간 바로 옆에서 들리는 까마귀 소리에 송백은 눈을 부릅뜨며 일어섰다.

"……!"

주변에 널린 수많은 시신들과 자신이 바람을 막기 위에 누웠던 말의 시신까지도 한순간에 모두 눈 속으로 파고들어 왔다.

'지옥.'

송백은 가벼운 한숨을 내쉬었다.

"흠."

코를 자극시키는 시체들의 냄새가 천천히 땅 위에서 피어나기 시작했다.

"삼 년……."

송백은 문득 중얼거리며 일어서기 위해 노력했다. 지난 삼 년 동안 이보다 더한 고통도 이겨냈었다. 그리고 견디어왔다. 송백은 이를 강하게 물며 일어섰다.

욱신거리는 왼팔에서 번져 나온 아픔이 전신을 찔러왔지만 이곳에서 눈을 감으면 다시는 일어서지 못할 것 같았다.

툭!

발이 한 번 앞으로 나가자 발 밑으로 어느 병사의 손이 밟혔다. 처음 보는 병사였다. 얼굴도 흉하게 일그러졌으며 뚫린 배는 검게 물들어 있었다. 송백은 눈을 들어 저 멀리까지 쌓인 시신들을 바라보았다. 자신이 아는 병사는 이 중에 몇 명이나 있을까? 그리 많지는 않을 것이다. 그런데도 그들은 모두 죽어야 했다. 누구를 위해서? 그저 공격해야 한다는 단 한 마디에 마치 본능처럼 움직였을 뿐이다.

터벅! 터벅!

송백은 천천히 걸음을 옮겼다. 어디에도 발을 놓을 곳이 없었다. 그저 시신들만이 발 밑을 자극시킬 뿐이었다. 그렇다고 이곳에 있을 수는 없었다. 이곳은 몽고족의 영토였기 때문이다. 언제 그들이 다시 올지 장담할 수 없었다. 최대한 빨리 이곳을 벗어나 남으로 내려가야 한다는 생각만이 머리를 가득 채웠다. 그렇게 한참 동안 해를 옆으로 등지고 남으로 향하고 있었다.

얼마나 걸었을까? 낮이 지나고 밤이 왔던 시간이 몇 번 지나갔다. 또다시 머리 위로 해가 떠올라 있었다. 시신들의 모습도 더 이상 눈에 띄지 않았으며 주변의 평원은 바람만이 차갑게 불고 있었다. 사방으로 고개를 돌려보아도 보이는 것은 드넓은 황무지뿐이었고 바람뿐이었다. 그렇게 앞쪽으로 시선을 향했을 때 모래를 담은 바람이 강하게 불어닥쳤다.

송백은 순간적으로 눈을 감으며 손으로 앞을 가렸다. 입속으로 들어오는 황토를 막을 수는 없지만 최대한 몸을 낮춰야 했다. 그렇게 바람이 잠깐 스치고 지나가자 저도 모르게 기침이 터져 나왔다.

한참 동안 기침을 하던 송백은 자신의 왼팔을 바라보며 인상을 찌푸렸다. 점점 더 상처가 심해져 갔기 때문이다.

터벅! 터벅!

그렇게 또다시 한참을 걸었다. 어느 순간 눈앞에 동방리의 얼굴이 그려졌다. 보고 싶다는 생각이 머리를 가득 메웠다.

몇 번이고 자살하고 싶을 만큼 고통스러웠던 적이 있었다. 그럴 때마다 참고 견뎌야 했다. 그렇게 지금까지 살아왔다.

"송 가가."

"……!"

송백은 놀란 표정으로 고개를 돌렸다. 하지만 바람 소리만이 귓가를 스치고 지나갈 뿐이었다. 환청 같은 소리였다. 분명히 들렸으며 똑똑히 기억하는 그녀의 목소리였다. 그렇지만 눈에 들어오는 것은 황무지뿐, 그 어떤 것도 없었다. 송백의 무릎이 한 발 나가더니 힘없이 굽혀졌다.

턱.

"물……."

송백의 고개가 힘없이 앞쪽으로 숙여졌다. 점점 초점이 흐릿하게 변해가고 있었다. 다른 한 발이 힘없이 바닥에 무릎을 굽혔다.

"물……."

송백은 멍하니 중얼거리며 허공을 바라보았다. 그때 모래바람이 송백의 전신을 난타하며 지나쳐 갔다. 송백의 눈 속으로 흙먼지가 들어오며 두 눈의 고통이 머리를 때렸다.

"으… 으윽!"

송백은 두 손으로 눈을 잡으며 상체를 숙였다. 머리를 땅에 박고 몇 번 비비던 송백은 곧 주먹을 움켜쥐더니 땅바닥을 강하게 몇 번 내려쳤다.

"크으으."

인내의 한계에 도달한 것인가? 아니면 고통스러움을 이기려 하는 것일까? 송백은 고개를 들더니 멍하니 허공을 응시했다. 보이는 것은 흐릿한 세상뿐이었다. 순간 송백의 입이 크게 벌려지며 괴성이 흘러나왔다.

"으아아아아아!"

사방으로 울리듯 퍼져 나가는 외침 속에는 아무것도 없었다. 단지 화가 났을 뿐이다. 자신을 이렇게 만든 모든 것에서 화가 났다. 화가 나서 눈물이 흘러내렸다.

"으아아아아악!"

자신의 모든 것을 목소리에 담은 듯 크게 소리쳤다. 지금까지 참아 왔던 모든 것을 담은 것이다. 하지만 목소리는 점차 작아져 갔고, 눈은 천천히 감겨갔다. 송백의 신형이 천천히 바닥으로 쓰러졌다.

■제5장■

그저… 살아갈 뿐이다

■그저… 살아갈 뿐이다

쿵!

거대한 직사각형 탁자의 중앙에 앉아 있던 긴 수염의 중년인이 강하게 탁자를 내려쳤다. 그의 좌우로 길게 십여 명의 인물들이 앉아 있었는데 모두 관복을 입고 있었으며 중년의 나이가 대다수였다. 가장 젊은 삼십대 초반의 인물이 가장 후미에 앉아 있었다. 모두 높은 관직의 사람들로 군부를 장악하고 있는 대다수의 병부(兵部) 사람들이 모두 모인 자리였다.

"전멸했다는 말이 사실인가!"

가운데 앉은 중년인의 표정이 한없이 굳어지며 일갈이 터져 나왔다. 그것은 여기 모인 사람들에 대한 분노가 아닌 북쪽의 이민족에 대한 분노였다.

"이십만의 병력이 모두 죽다니……."

오른쪽에 앉은 중년인이 경직된 목소리로 중얼거렸다. 병부시랑(兵部侍郎)인 위연호였다. 위연호는 오십이 다된 나이었다. 그의 말을 들은 병부상서(兵部尚書) 곽역삼은 한숨만을 크게 내쉬었다. 곽역삼은 오십대 후반의 나이로 큰 덩치와 호기로운 눈매를 지닌 반백의 인물이었다. 이제 얼마 후면 관직에서도 물러나려고 생각하던 중이었다. 그런 그의 표정은 굳어 있을 뿐이었다.

"아무도 말이 없는 것이오?"

곽역삼은 중앙에 앉아 좌우에 앉은 병부의 관원들을 바라보며 답답하다는 투로 말했다. 그렇지만 아무도 입을 여는 사람은 없었다. 그저 불똥이 자신에게 튀지 않게 하려고 노력할 뿐이었다. 곽역삼은 그들의 모습에 싸늘하게 조소하듯 말했다.

"책임을 회피하려는 생각은 마시오. 우리의 황군이 이민족에게 전멸당했으니 황제 폐하의 심기가 여간 불편한 것이 아니오. 경을 치실 테니 각오하고 있는 것이 좋을 것이오."

마지막 말에 힘을 주며 왼편의 시랑을 바라보았다. 그와 눈이 마주쳤는지 좌시랑(左侍郎) 정임은 헛기침을 하며 어두운 안색을 애써 감추려 했다.

'전쟁을 뱃속에 살을 채우려고 이용하려는 놈들 같으니.'

곽역삼은 속으로 혀를 차며 당파 싸움이 치열한 지금의 황실을 생각했다.

환관들과 그들에게 동조하는 문관들이 주로 많은 우파와 군부 소속의 무장들이 많은 좌파로 나뉘어 있었다. 물론 중립도 있었지만 그 수는 그리 많지 않았다. 그중 한 명이 곽역삼이었고, 좌시랑 정임은 우파였다. 곽역삼은 이번 일로 조정에서 일어날 일들을 생각하니 머리가 아파왔다. 한동안 시끄러울 것이다.

곧 조용하게 위연호를 바라보며 물었다.

"이번 정벌의 장군은 누구였지?"

"좌도독(左都督) 휘하의 모영… 장군이었습니다."

위연호는 약간 망설이듯이 말했다. 곽역삼은 그 말을 들으며 별다른 변화 없는 표정으로 고개를 끄덕였다. 하지만 주변에 앉은 병부의 관원들의 표정은 어두워졌다. 무엇보다 정임의 표정이 눈에 띄게 어두워졌다. 좌도독은 오군도독 중 가장 막강한 힘을 지녔기 때문이다. 더욱이 모영은 좌도독이 가장 아끼는 장수 중 한 명이었다. 그것을 잘 아는 곽역삼은 조용히 중얼거렸다.

"잘하면… 몇 명 죽겠군."

황토가 날리는 대로로 수레와 말들이 빠르게 달려가고 있었다. 수레를 끄는 마부는 경갑을 입은 병사였고, 주변에 호위하듯 달리는 열 마리의 말도 경갑을 입고 있었다. 하지만 가장 앞에서 달리고 있는 삼십대의 강인한 눈매의 인물만이 중갑과 피풍의를 휘날리며 내달리고 있었다.

그들은 무엇이 그리 급한지 수레의 바퀴가 부서져라 달리고 있었다. 황토바람이 굉장한 먼지를 일으키며 날아올랐다. 하지만 누구 하나 불만을 토하는 사람은 없었다. 곧 그들의 앞에 지평선 너머로 작은 성곽이 눈에 보이기 시작했다. 북경의 서북쪽에 위치한 창평성(昌平城)이었다.

성곽이 보이자 장년인은 말의 속도를 약간 늦추어 수레의 옆으로 이동했다.

"음."

장년인은 수레 위를 바라보며 자신도 모르게 숨을 내쉬었다. 그곳에 중갑을 입은 청년이 누워 있었다. 아직 머리에 피도 마르지 않은 얼굴이었다. 곤히 잠이 든 듯 평온하게 숨을 내쉬는 모습이 장년인의 눈에 들어왔다. 장년인은 곧 말을 앞으로 몰며 나아가기 시작했다. 얼마 지나지 않아 말과 수레는 성문을 지나 안으로 빠르게 사라졌다.

"도련님이 돌아오셨답니다!"

문이 열리며 중년 여인이 기쁜 표정으로 소리쳤다. 그 순간 침상에 누워 있던 십칠팔 세 정도로 보이는 마치 그림으로 그린 듯 한 소녀가 놀란 표정으로 벌떡 일어섰다.

"뭐라고요? 정말이에요, 유모?"

"물론이지요. 제가 어찌 거짓을 말하겠어요."

유모의 웃음 띤 표정을 잠시 동안 멍한 표정으로 바라보던 소녀는 곧 대충 옷을 걸치며 빠르게 달려나갔다.

"어서 가요."

밖으로 달려나가는 소녀의 목소리는 들떠 있었다. 그럴 수밖에 없었다. 삼 년 만에 돌아왔기 때문이다.

작은 방 안은 단출하고 아무것도 없었으며 약간 썰렁한 기운까지 감돌았다. 하지만 정리는 늘 하는 듯 깨끗한 방이었다. 그런 방의 한쪽 구석에 시비 두 명과 중갑을 입은 장년인이 침상을 바라보며 서 있었다. 침상에 누워 있는 청년은 여전히 눈을 뜨지 못하고 있었다.

두 명의 시비가 재빠르게 움직이며 청년의 왼 소매를 잘라내었다.

그러자 흉물스럽게 나타난 상처가 크게 보였다. 피는 이미 멈춰 있었다. 응급 처치를 잘한 듯 보였다. 시비들은 피를 닦아내며 깨끗한 천으로 상처를 감싸주었다.

"송 가가!"

그때 문이 열리며 한 소녀가 급히 들어오자 장년인과 시비들이 모두 침상에서 옆으로 비켜났다. 소녀는 그들을 발견하고 약간 주춤거렸으나 빠르게 청년의 옆으로 다가갔다.

"송 가가."

누워 있는 청년을 바라보던 소녀는 붉어진 눈매를 감추지 못하고 있었다. 피 묻은 옷을 그대로 입은 채 누워 있었기 때문이다.

"피곤해서 잠이 든 것입니다. 너무 걱정하지 마십시오. 명의가 온다고 하니 마음 놓으시기 바랍니다."

장년인이 공손하게 말하자 소녀가 고개를 끄덕였다. 소녀는 아무것도 보이지 않았다. 오직 청년만이 보였다.

곧 소녀의 옆으로 유모가 들어왔다. 그러자 유모는 장년인과 눈인사를 나누더니 조용히 시비들에게 나가라는 시늉을 했다. 그러자 시비들은 공손하게 허리를 숙이며 뒤로 물러섰다. 그 모습을 본 장년인은 씁쓸하게 웃으며 방문을 닫고 밖으로 나갔다. 그들이 모두 나가자 유모가 조용하게 말했다.

"너무 걱정하지 않으셔도 될 것 같습니다."

소녀는 고개만 끄덕이며 청년의 머리에 물수건을 바꿔주었다.

삼 년 전에 나가 지금 돌아온 것이다. 며칠 전에는 전멸했다는 소식에 소녀는 충격으로 지금까지 밥도 먹지 못하고 있었다. 그런 그녀의 눈앞에 청년이 나타난 것이다. 너무도 기뻤지만 눈동자는 슬퍼하고 있었다. 소녀의 눈에서 맑은 물이 출렁이며 흘러내렸다.

"믿어지지가 않아요. 내 눈앞에 이렇게 있다니……."

소녀의 말에 유모는 짧게 숨을 내쉬며 물러났다.

동방리는 가만히 송백의 손을 잡았다. 과거에는 자신의 손이 더 컸던 것이 이제는 반대가 되어 두 손으로 잡아야 겨우 들어왔다. 또한 이제는 송백의 키가 동방리보다 더 컸다. 앞으로 더 자랄 것 같았다. 동방리는 그렇게 변해가는 송백의 모습에서 변하지 않는 자신을 생각했다.

"휴."

절로 입에서 한숨 소리가 흘러나왔다. 동방리는 저도 모르게 누워 있는 송백의 얼굴을 쓰다듬었다.

"많이 야윈 것 같네요. 살도 빠진 것 같고… 전 그대로인데……."

동방리는 중얼거리며 송백의 거친 손을 어루만졌다. 몇 개의 상처 자국이 손등에 보이자 눈가에 물기가 출렁였다.

"미안해요."

자신이 왜 미안한 마음이 드는지 몰랐지만 동방리는 저도 모르게 그렇게 중얼거리며 얼굴을 기대었다. 그러자 손을 타고 체온이 뜨겁게 느껴지자 미소 지었다. 지금 자신의 눈앞에 이렇게 있는 것이다. 그것만이 중요하다고 느낀 것이다.

"다행인가."

동방리는 송백의 얼굴에 손을 올리며 가만히 속삭였다. 지금 눈앞에 있는 송백의 모습은 자신이 아는 송백이 아니었지만 자신이 알고 있는 송백이기도 했다. 그러한 복잡한 감정이 한순간에 가슴을 울리고 있었다.

"송 가가."

동방리는 자신이 성숙해졌다는 것을 알았다. 지금까지 삼 년이란 시간 동안 도대체 몇 번을 울었는지 그 횟수조차 기억이 가물거렸다. 그 눈물을 횟수만큼 성숙해진 것인지도 몰랐다. 기다림은 그렇게 힘이 드는 일이었다.

"계속 옆에 있을게요."

동방리는 중얼거리며 송백의 옆에 앉아 오래도록 움직이지 않았다.

조용한 밤의 공기는 차갑게 주변으로 흘러가고 있었다. 송백이 누워 있는 방 안도 마찬가지였다. 송백은 조용하게 숨을 내쉬며 눈을 떴다. 환한 불빛들이 송백의 눈을 어지럽혔다. 어두운 밤이었지만 방 안은 대낮처럼 밝았다. 송백은 조용히 상체를 들었다.

슥.

순간 하나의 손이 옆으로 흘러내렸다. 송백은 고개를 숙였다. 그곳에는 동방리가 고개를 침상에 묻고 잠들어 있었다. 창백한 안색이 송백의 마음을 아프게 했다.

"……."

송백은 소리없이 일어나서 동방리의 몸을 안아 들었다. 이제는 두 손에 들어올 정도로 자신이 컸다는 것을 느꼈다. 동방리를 안아 든 송백은 자신의 침상에 동방리를 눕히고 이불을 덮어주었다.

동방리의 고른 숨소리가 조용하게 울리고 있었다. 송백은 가만히 동방리의 볼을 쓰다듬었다. 따뜻한 체온이 피부를 타고 흘러들어 왔다. 깊이 잠든 듯 동방리는 눈을 뜨지 못하고 있었다.

그럴 수밖에 없는 것이 동방리는 며칠 동안 잠도 제대로 못 자고 불안감과 두려움에 식사도 못하고 있었다. 그런 마음이 한순간에 모두 풀렸으니 그 피로는 송백만큼 쌓여 있었던 것이다. 기다리는 사람의 고통 역시 큰 것이다.

송백은 동방리가 자신을 얼마나 걱정하는지 잘 알고 있었다. 분명히 자신이 눈 뜰 때까지 안 자려고 노력하다가 끝내는 잠을 이기지 못했을 것이다. 그런 생각이 들자 무심하게 가라앉은 눈동자가 풀리며 약간의 생기가 돌았다.

유일하게 이곳에서, 아니, 동방리가 옆에 있는 순간만이 어쩌면 지금 자신이 살아 있다는 것을 느끼는 시간이었다. 송백은 그렇게 생각했다.

송백은 방문을 조용히 닫고 외실로 나왔다. 그곳에서 그는 탁자에 엎드려 잠을 자고 있는 유모와 시비 두 명을 볼 수 있었다. 모두들 자신 때문에 걱정하다가 잠이 든 것 같았다. 송백은 그들을 바라보며 처음으로 옅게 미소 지었다.

송백은 조용히 문을 열고 밖으로 나왔다.

밖으로 나오자 차가운 공기가 전신을 때리며 지나가고 있었다. 송백은 걸음을 옮겨 밖으로 이동했다. 그러자 차가운 공기가 더욱 강하게 밀어닥쳤다. 하지만 춥다는 생각은 들지 않았다. 잠시 동안 송백은 그렇게 서서 주변을 둘러보았다.

변한 것 없는 모습에 자신이 며칠 전까지 전장에 있었다는 것이 거짓처럼 느껴졌다. 자고 일어나니 모든 것은 변했으며 지옥 같은 전장은 사라지고 천국 같은 모습이 눈에 들어왔다. 이곳은 천국이라는 생각이 들었다.

송백은 잠시 동안 서서 주변을 둘러보다 다시 안으로 들어갔다. 역시 밖보다는 따뜻한 곳이 좋았기 때문이다.

안으로 들어가자 문 소리 때문에 깼는지 유모가 눈을 떴다.

"일어나셨군요."

송백이 조용히 말하자 유모는 걱정스런 표정으로 의자에서 일어섰다.

"좀 전에… 그것보다 몸은 괜찮으십니까?"

유모가 묻자 송백은 고개를 끄덕였다. 유모는 곧 시비들을 깨웠다. 그녀들도 잠에 취한 듯 멍한 표정으로 눈을 뜨다 송백의 무심한 얼굴을 발견하고 놀라 자리에서 일어섰다. 유모나 시비들에게 송백은 꽤나 어려운 상대였다.

그럴 수밖에 없었다. 양자가 되고 나서 얼마 지나지 않아 출타했고, 지금에서야 돌아왔기 때문이다. 세상은 변해갔고 송백 역시 훌쩍 커버렸다. 그 시간이란 공간이 컸다.

"목욕물을 준비하겠어요."

시비들이 말하며 재빠르게 밖으로 나가자 약간 부산한 소리가 울렸다. 송백은 곧 의자에 앉았다. 그러자 앞쪽에 유모가 앉으며 차를 따라주었다. 이미 식어버린 듯 주전자에서 흘러내리는 찻물은 차가웠다. 하지만 송백은 그런 것에 신경 안 쓰는지 단숨에 마셨다.

"며칠간 뜬눈으로 밤을 지새웠습니다. 패배했다는 소식이 전해졌기에… 살아서 귀환한 병사가 거의 없을 정도라 들었지요."

유모의 말에 송백은 눈에 띄게 굳어진 안색으로 고개를 끄덕였다. 예상은 했지만 귀환한 자가 거의 없다는 말을 듣자 곧 자신이 눈을 뜨기 전까지 서 있던 장소가 생각났다. 그리고 모영의 모습 또한 떠올랐다. 송백은 무심히 중얼거렸다.

"모영 장군님의 소식은?"

유모의 표정이 급격하게 어둡게 변하며 고개를 떨구자 송백은 묵묵히 굳어진 안색으로 밖을 향해 시선을 돌렸다. 얼마 지나지 않아 독백처럼 중얼거렸다.

"리아를… 푹 쉬게 해주십시오."

유모가 고개를 끄덕이며 미소 지었다.

"오셨다는 소식에 누구보다도 기뻐하고 계십니다."

송백은 가만히 고개를 끄덕였다. 그러다 문득 생각난 듯 유모에게 물었다.

"내가 꿈을 꾸는 건가?"

유모의 굳어져 있던 표정이 풀리며 고개를 저었다.

"꿈이 아닙니다. 도련님은 이곳에 계십니다."

유모의 말에 송백은 가만히 고개를 끄덕였다. 마치 지금 자신이 꿈을 꾸는 착각이 문득 들었기 때문이다. 꿈같았다.

늘 꿈속에서만 이루어졌던 일들이 지금 눈앞에 현실로 다가와 있었다. 그렇지만 왜 그런지 기쁘다는 감정이 하나도 들지 않았다. 분명히 기뻐해야 하는데 기뻐할 수가 없었다. 그 이유가 무엇인지 송백은 알고 싶었다.

잠시의 침묵이 이어지자 시비들이 들어왔다.

"목욕물이 준비되었습니다."

송백은 굳은 표정을 풀며 일어섰다.

아침이 밝아오는 듯 창문 틈으로 햇살이 들어왔다.

"으음."

몇 번 고개를 뒤척이던 동방리는 가만히 눈을 떴다. 천장이 눈에 들어왔다. 순간 동방리의 눈이 커졌다. 이곳이 누구의 방인지 알았기 때문이다.

"어머!"

놀라 상체를 일으키자마자 동방리는 하나의 그림자가 옆에 앉아 있다는 것을 느꼈다.

"깨어났구나."

"송 가가."

동방리는 송백의 목소리에 잠시 동안 정신을 차리기 위해 노력하다 곧 미소 지었다.

"계속 그렇게 있었어요?"

"아니, 좀 잤어. 그보다 네가 더 피곤해 보여서……."

동방리는 가만히 얼굴을 붉혔다. 아무리 가까운 사이라곤 하지만 남자의 방에서 잠을 잤다고 생각하자 부끄러웠던 것이다. 그것을 아는지 모르는지 송백은 그저 가만히 동방리를 바라볼 뿐이었다.

"아침 먹어야지?"

"…예."

동방리는 어렵게 고개를 끄덕였다.

"유모."

송백이 고개를 돌려 유모를 부르자 급하게 동방리가 송백의 손을 잡았다. 송백은 갑작스런 행동에 동방리를 바라보았다.

"말… 타고 싶어요."

동방리가 얼굴을 붉히며 말하자 송백은 미소 지었다.

"그래."

곧 유모가 문을 열고 들어오자 동방리는 급하게 송백의 손에서 자신의 손을 떼어내며 시선을 돌렸다.

송백은 마구간으로 걸음을 옮겼다. 말을 타고 싶다는 동방리의 말 때문에 그런 것이다. 동방리는 말을 탈 줄 모른다. 결국 송백과 함께 말을 타야 한다. 그렇기 때문에 동방리가 얼굴을 붉히며 말한 것이다.

"깨어났는가?"

송백은 뒤에서 들리는 말소리에 걸음을 멈추었다. 곧 송백의 허리가 숙여졌다.

"정 대주님."

송백의 뒤에 서 있던 인물은 처음 송백을 데리고 온 정일관(丁日觀)이었다. 그는 서른이라는 나이에 십오만의 군을 거느리는 십영대(十營隊)의 대장이었다. 또한 좌도독 동방천후가 거느린 장수였다. 송백과는 과거 안면이 있었다. 모영과 가장 절친한 친분을 가진 사람이 정일관이었다. 그러하기에 모영과 송백의 수색에 가장 먼저 나섰던 것이었다.

정일관은 미소 지으며 송백에게 다가왔다.

"정말이지 질긴 목숨이구나."

"운이 좋았을 뿐입니다."

송백은 조용히 말했다. 하지만 정일관이 보기에는 운이 아니었다. 이번 몽고 귀족군의 반격은 순식간에 일어난 일이었고, 예상치 못한 일이었다. 또한 후방에서 지원을 못한 정일관은 송백에게 미안한 마음이 가득했다.

"살았다는 게 어디냐? 그것만으로도 행복한 것이다."

정일관의 씁쓸한 말에 송백은 조용히 입을 다물었다. 정일관이 가만히 어깨를 잡아오자 송백의 시선은 정일관에게 향했다.

"마침 우리 삼단을 새롭게 편제하려고 하는데 단주 자리에 마땅한 인물이 없다. 너만 좋다면 네가 해주었으면 하는데… 물론 장군님의 허락이 있어야겠지만. 어떻게 생각하느냐?"

"그건……."

송백은 뜻밖의 말에 약간 놀란 표정을 지었다. 과거 모영과 함께할 때는 부단주였다. 지금 자신의 나이에 부단주을 한다는 것 자체가 놀라운 특혜였다. 그런데 이제는 단주를 맡아달라고 한다. 그렇다는 이야기는 자신의 휘하에 만 오천의 병력이 있게 된다는 것을 의미했다. 책임 또한 막중했으며 어려운 일이었다. 송백은 조용히 고개를 앞으로 돌렸다.

정일관의 부탁이라면 당연히 들어주어야겠지만 이번에 가게 되면 대대적인 전투가 벌어질 것이 분명했다. 몽고군의 반격을 받았으니 그에 대한 보복전을 시작할 것이다. 그곳으로 오라는 것이었다.

"전 그저 장군님의 명령에 따를 뿐입니다."

송백은 무심하게 말을 하곤 앞으로 걸음을 옮겼다. 그러자 정일관은 피식거리며 미소 지었다.

곧 송백의 모습이 정일관에게서 멀어져 갔다. 정일관은 그 모습을 잠시 바라보다 고개를 저으며 신형을 돌렸다. 그런 정일관의 눈매는 강인하게 빛나고 있었다. 지금까지와는 다른 강한 기도가 뿜어져 나오고 있었다.

"모영의 복수를 해야 할 것 아니냐."

정일관의 모습이 조금씩 사라지고 있었다.

송백은 말고삐를 잡고 있었다.

또각! 또각!

말발굽 소리가 조용하게 울리며 창평성의 대로에 퍼지고 있었다. 그리고 말 위에는 한 명의 아리따운 소녀가 앉아 주변의 사람들과 건물들을 바라보고 있었다. 그녀는 오랜만에 외출해서 그런지 약간 상기된 표정으로 주변을 둘러보고 있었다. 지나가는 사람들이 동방리를 알아보고 길을 비켜주었다.

"오랜만에 나오는 거예요."

송백은 말소리에 고개를 들었다. 동방리는 미소 지으며 송백을 바라보았다.

"삼 개월 만에 나오는 것이에요."

"그런가?"

"그때는 유모하고 병사들이 호위해서 제대로 서 있기도 힘들었어요. 눈치 때문에."

귀엽게 미소 지으며 말하는 동방리의 모습에 송백은 저도 모르게 미소 지었다. 그러다 문득 삼 년 전의 일을 떠올렸다. 마지막으로 가던 때가 떠오른 것이다. 그리고 지금은 가을이었다. 곧 겨울이 올 것이고, 한 해도 지나갈 것이다.

그런 생각이 들자 기이함이 맴돌았다. 참으로 시간이 빨리 간다고 느껴졌기 때문이다. 삼 년 전만 하더라도 어서 빨리 시간이 가기만을 손꼽아 기다렸었다. 하루하루가 고통이었기 때문이다. 그러한 고통 속에 기억에 남은 것은 행복했던 기억들뿐이었다.

동방리에 대한 생각뿐, 그 무엇도 그에게 남아 있지 않았었다. 그것만이 그때는, 아니, 불과 며칠 전까지 머리 속에 박힌 뿌리였으며 지탱해 주는 힘이었다. 그리고 지금도 그 생각은 변함이 없었다.

"무얼 생각해요?"

송백은 들려온 말소리에 고개를 들었다. 그러자 동방리가 약간 토라진 표정을 지었다.

"땅에 뭐라도 있나요? 땅만 보고 걷게."

"그랬나?"

송백은 조용히 말하며 앞을 바라보았다. 얼마 안 가 성문이 보였다.

두두두두!

한 마리의 말이 넓게 펼쳐진 평원을 달리고 있었다.

"기분 좋다!"

앞에 타고 있던 동방리가 한껏 기지개를 켜 등 뒤에 앉아 있는 송백에게 기대며 웃음을 지어 보였다. 송백은 그저 앞을 바라보고 있었다. 말이 지나간 뒤로는 황토바람이 일렁이고 있었다.

"와아아아!"

동방리는 기분이 좋은지 소리 지르며 웃음을 흘렸다. 그녀의 웃음소리가 송백의 귓가에 울렸다. 그녀는 긴 머리카락을 뒤로 휘날리며 송백의 어깨에 기대었다. 송백은 평온함을 느끼고 있었다. 말은 달리지만 지금은 너무도 평온했다.

송백은 말고삐를 당기며 천천히 걷게 했다. 동방리는 무엇이 그리 좋은지 연신 미소를 그리며 송백의 가슴에 깊게 기대왔다. 동방리의 옆얼굴이 송백의 턱에 맞닿으며 따뜻함을 전하고 있었다. 자신도 모르게 움직인 송백의 왼손이 동방리의 허리를 감았다.

"이대로……."

동방리는 가만히 중얼거리며 앞을 바라보았다. 그곳을 송백도 바라보고 있었다.

"그냥 멀리 갔으면 좋겠어요."

그녀의 말이 여운처럼 흘러가고 있었다. 송백은 가만히 숨을 내쉬었다. 그것은 마음에서 흘러나온 진심의 소리였다. 하지만 말로 전달할 수 없었기에 동방리는 침묵으로 읽어야 했다.

"남자들은 왜 자꾸 떠나려 하나요?"

동방리의 고운 목소리가 깊게 잠겼다.

또각! 또각!

말발굽 소리만이 조용한 평원에 소음을 만들어내었다. 그 소음 속에서 동방리의 말소리가 송백의 귓가에 파고들었다.

"기다리는 거… 이제는 익숙해지는 것 같아요."

동방리가 누구를 기다리는지 송백은 잘 알고 있었다. 그렇지만 말을 할 수가 없었다. 그것은 철이 들면서 알게 된 동방리와 자신의 차이 때문이다. 지금은 기억도 가물한 것이었지만 언제부터인가 알고 있었다. 자신과 그녀는 다른 사람이라는 것을. 그래도 지금까지 살려고 노력한 이유는 자신의 마음속에 남아 있는 동방리 때문이었다.

"너만 있다면……."

송백은 무의식 중에 중얼거렸다. 순간 동방리의 고개가 송백에게 향하였다.

"송 가가."

송백은 순간 자신이 실언했다는 것을 알았다.

"아니다, 아무것도."

송백은 고개를 저었다. 순간 동방리의 양팔이 위로 올라가며 송백의 목을 감싸 안았다. 송백의 몸이 굳어졌다. 동방리는 가만히 송백의 어깨에 머리를 기대며 눈을 감았다. 살며시 불어오는 바람이 전신을 스치고 지나갔다. 그 뒤로 등에서 느껴지는 따뜻함이 마음을 감싸고 돌았다.

"잠시만……."

동방리의 고운 입이 열리며 작은 목소리가 흘러나왔다.

"잠시만… 이대로 있어요."

송백은 가만히 고개를 끄덕였다.

동방천후는 송백이 집으로 돌아온 지 삼 일 만에 북경에서 돌아왔다. 북경에서 돌아온 동방천후의 표정은 그리 밝지 않았다. 환관이자 조정의 실세인 장마소 때문이다. 장마소는 환관이면서 황제의 총애를 받아 북경 군부와 동창을 잡고 있는 인물이었다.

조용한 내실에는 정일관 외에 두 명이 더 있었다. 한 명은 오십대로 보이는 반백의 중년인으로 학자풍의 인물이었다. 그는 동방천후의 참모이자 부관인 사마중이었다.

또 한 명은 삼십대 중반의 무관이었다. 큰 키와 어울리게 잘 발달한 근육이 대단한 위압감을 주는 인물로 정일관과 같은 십영대장인 마윤이었다. 정일관의 십영대를 사람들은 철마대(鐵馬隊)라 부른다면 마윤의 십영대는 금호대(禁虎隊)라 부른다. 과거 모영의 십영대는 북풍대(北風隊)라 불렸다. 하지만 지금은 없는 십영대였다.

마윤은 몽고군도 피하려 하는 인물이었으며, 정일관 역시 몽고군에게는 유명한 인물이었다. 그렇지만 가장 유명한 인물은 모영이었다. 그가 죽인 몽고 귀족은 상당수에 달했기 때문이다.

동방천후의 편치 않은 모습 때문에 그런지 모두 침묵을 지키고 있었다. 사마중과 마윤은 동방천후와 함께 궁에 다녀왔기에 동방천후의 고심을 이해하고 있었다.

"어떻게 했으면 좋겠소?"

동방천후가 긴 침묵을 깨고 사마중에게 물었다.

"저희가 할 일은 몽고군을 막아주는 일뿐입니다."

사마중은 마치 나무라도 된 듯 딱딱하게 말했다. 동방천후는 그것이 해답이라는 것을 잘 알고 있었지만 마음은 편치 않았다.

"우리는 목숨을 내놓으며 싸우고 있지만 조정은 단 한 사람도 알아주지 않는구려."

동방천후의 말을 끝으로 또다시 침묵이 이어졌다. 하나 사마중이 긴 침묵을 이기지 못하고 곧 무겁게 입을 열었다.

"이미 패했다는 소식을 듣고 장마소가 준비하고 있었습니다. 저희 측 장수가 패한 것이니 이는 저희의 책임을 강요한 것이지요. 그래도 병부시랑이었던 장마소의 측근을 없앤 것은 잘된 일입니다. 그 자리에 우도독의 인물이 앉게 되었으니 이는 병권의 중심이 장마소의 손에서 반은 떠났다는 것을 의미합니다."

사마중의 말에 동방천후는 고개를 끄덕였다. 하지만 표정은 그리 밝지 못하였다. 곧 동방천후는 정일관을 바라보았다.

"정 대장은 부족한 인원 일만 명을 채우게 할 터이니 부대를 재편성하고 훈련을 철저히 시키게. 곧 북으로 올라가게 될 것이네."

동방천후의 말에 정일관은 굳은 표정을 지었다.

"북풍대를 대신하는 것입니까?"

"그렇다고 할 수 있겠지."

동방천후의 대답에 정일관은 잠시 숨을 고르더니 다시 말했다.

"그렇다면 한 가지 부탁이 있습니다."

"무엇인가?"

정일관은 곧 자신이 하고 싶었던 말을 하기 시작했다. 조용한 침묵이 이어졌다.

송백은 조용히 방문을 열고 안으로 들어갔다. 그곳에 동방천후가 앉아 있었다. 송백은 허리를 깊이 숙였다.

"왔느냐?"

짧은 동방천후의 목소리였다. 동방천후는 송백에게 여전히 딱딱한 어조로 말했다.

"부르셨습니까?"

송백은 딱딱하게 서서 말했다. 동방천후는 송백이 앉기를 원하고도 있었지만 송백에게 결국 자리를 권하지 않았다.

"곧 철마대가 북으로 갈 것이다."

"예."

"철마대는 타자르의 목을 치는 것이 목적이다."

"……."

송백은 입을 닫고 있었다. 타자르가 누구인지 알기 때문이다. 타자르는 자신의 북풍대를 친 인물이었고, 지금의 몽고 귀족군을 다스리는 인물이었다. 위험한 인물이라는 것을 잘 알고 있었다. 하지만 표정은 별반 다르지 않았다.

동방천후의 딱딱한 어조가 이어졌다.

"철마대의 삼대주에 너를 임명하기로 했다. 무슨 말인지 알겠느냐?"

송백은 조용히 서 있었다. 동방천후는 송백의 그런 태도가 싫지는 않았다. 다른 장수라면 승진에 좋아할 일이기도 했지만 송백에게 그것은 승진도, 그렇다고 좋아할 일도 아니었기 때문이다. 누구를 위해 좋아해야 하는지 그에게는 그것이 없었다.

동방천후는 미안한 마음도 있었지만 송백에게 원하는 것은 승리였다. 그것을 원하기 때문에 송백을 맡은 것이었다. 그리고 이제는 점점 송백의 나이가 차고 있었다. 몇 년이 지난다면 자신의 뒤를 이어 북방을 정벌하게 할 생각이었다. 그런 자신의 생각을 확고하게 하기 위해서도 다른 사람들에게 보여줘야 했다.

"위험한 일이라고 생각하느냐?"

"아닙니다."

동방천후는 바로 대답하는 송백의 모습을 가만히 바라보다 약간 느슨한 표정으로 말했다.

"내가 네게 원하는 것은 두 가지다. 하나는 승리하는 것이고 또 하나는 살아야 한다는 것이다. 그것을 위해서는 짐승이 되어야 한다. 죽여야 하는 것이다. 적이라고 생각하면 가차없이 죽여야 한다. 그것이 승리를 위한 길이고 살 수 있는 길이다. 그리고 나를 위한 길이며, 또한……."

가만히 숨을 들이킨 동방천후가 조용히 말했다.

"리아를 위한 길이다."

송백의 눈동자가 미미하게 떨렸다.

"타자르의 목을 가지고 와라."
그것은 거역할 수 없는 말이었다.
"알겠습니다."
송백의 대답 또한 확고했다.

동방리는 오랜만에 고운 옷을 입고 있었다. 아버지인 동방천후가 어제 떠났기 때문에 오랜만에 송백과 외출할 수 있게 된 것이다. 비록 성 안을 돌아다니는 일이 전부였지만 그것만으로도 좋았다.

"오늘은 음식 맛이 좋다는 곳으로 갈까?"

동방리는 송백과 점심을 주루에서 같이 먹기로 했기 때문에 어디에서 무엇을 먹을지 고민했다. 잠시 동안 그렇게 고민하던 동방리는 이내 크게 한숨을 내쉬었다.

"휴우."

잠시 동안 앉아서 한숨을 내쉰 동방리는 가만히 창밖을 바라보았다. 몇 달 전 아는 친구 한 명이 시집을 갔다.

그 생각이 갑자기 떠오른 것이다. 보통의 고관 여식들은 자신의 나이쯤엔 짝을 찾아가는 것이 당연시됐다. 한데 자신은……. 갑자기 그런 생각이 들자 자신도 모르게 한숨이 나왔다. 이제는 다 컸다는 생각이 계속해서 머리 속에 맴돌았다.

"유 대인의 둘째 아드님께서 뵙기를 청합니다."

유모가 들어오며 말하자 동방리는 인상을 찌푸렸다. 몇 달 전부터 끈질기게 찾아오는 인물이었다. 그 외에도 여러 곳에서 매파가 오고 있었다. 하지만 모두 거절하고 있는 편이었다.

모두 고관대부들이었으나 동방천후의 눈치를 봐야 하기 때문에 거절해도 선불리 불만을 표시하지는 않았다. 그런 가운데 포기하지 않는 사람도 있었다.

"아프다고 하세요."

"그게… 정문에 와 계시기 때문에… 더욱이 북경에서 이곳까지 오신 분입니다. 한 번쯤은 만나보시는 게 좋을 것 같습니다."

동방리는 고개를 저으며 침상에 몸을 눕혔다. 몇 달 전 북경에 갔을 때 우연히 동방리를 보곤 반한 인물이었다. 하지만 소문이 좋지 않았고, 무엇보다 동방리가 싫었다.

"가라고 하세요. 그리고 두 번 다시 오지 말라고 해주세요."

동방리가 차갑게 말하자 유모는 한숨을 내쉬며 몸을 돌렸다. 그러자 동방리는 침상에서 일어섰다.

"유모!"

유모는 부름에 고개를 돌렸다.

"송 가가는요?"

"지금 성의 수비군에 잠시 가 있습니다. 곧 돌아오실 겁니다."

동방리는 고개를 끄덕이며 미소 지었다.

송백은 동방천후가 없는 지금 성의 수비를 책임지고 있는 조구승을 만나고 돌아오는 길이었다. 조구승은 성의 안전뿐 아니라 동방천후의 집에 오백의 병사를 배치시켜 안전을 책임지고 있는 인물이었다. 그런 조구승을 만나는 일도 송백에게는 중요한 일이었다.

얼마 후면 자신도 이곳을 떠나야 하기 때문이다. 그렇게 되면 혼자 남게 되는 것이 동방리였다. 안전을 생각할 수밖에 없었다.

또각! 또각!

평상복 차림으로 말 위에 올라타 있는 송백은 집으로 가고 있었다. 송백은 멀리 보이는 정문에 한 대의 호화스러운 사두마차가 서 있는 것을 보곤 약간 굳은 표정을 지었다. 보통 저런 마차는 거의 오지 않기 때문이다. 온다 해도 안으로 들어가는 경우는 있어도 정문에 서 있는 경우는 없었다.

"내가 누군 줄 알아! 감히 너희 같은 졸개들이 내 앞길을 막겠다는 것이냐!"

정문 앞에서 눈에 띄는 푸른 비단옷을 입은 청년이 소리치고 있었다. 대략 이십대 초반으로 보였으며 준수한 외모였다. 그 앞으로 병사들이 길을 막고 있었다. 청년의 뒤로는 몇몇 사람이 서 있었다. 청년의 호위를 맡은 듯한 덩치 큰 사람도 보였다.

얼마 지나지 않아 정문에서 유모가 나왔다.

"오늘은 그냥 돌아가셔야 할 것 같습니다."

"뭐라고!"

청년은 화난 표정으로 소리쳤다.

"벌써 네 번째 그냥 돌아갔다! 그런데 다시 돌아가라니! 나를 이렇게 바보 취급해도 된다는 말이냐!"

유모는 청년의 외침에 고개를 숙이며 어려운 표정을 지었다.

"그게… 저… 아가씨께서 아프셔서……."

청년은 어이없어하는 표정으로 사납게 말했다.

"전에도 아프다고 하더니 지금도 아프다는 것이냐? 그 말을 나더러 믿으라고?"

청년은 말하며 앞으로 나섰다.

"아무래도 안 되겠다. 오늘은 꼭 봐야겠다!"

청년은 화난 표정으로 유모를 밀치며 안으로 들어가려 했다. 순간 빛 하나가 어른거리더니 청년의 눈앞에 날카로운 이빨을 드러내듯 나타났다.

"컥!"

놀란 청년이 그대로 멈춰 섰다. 서늘한 창날의 끝이 청년의 턱 밑에 놓여 있었기 때문이다. 청년의 얼굴이 삽시간에 경직되었다.

"누구지?"

송백은 어느새 병사의 손에서 빼어 든 창대를 쥐고 있었다. 창신은 청년의 목젖을 향하고 있었지만 송백의 손은 조금도 움직이지 않고 있었다.

"네, 네놈은 누구냐!"

청년이 놀라 소리쳤다. 고개를 들고 말하는 것이라 목소리는 소리친 것에 비해 작았다. 말은 소리치고 있었지만 몸은 조금도 움직이지 못하고 있었다.

"도련님!"

유모가 놀라 다가왔다. 청년은 유모의 말에 매우 놀란 듯 송백을 바라보았다. 간소한 복장을 한 송백의 차림은 청년과는 달리 화려하지 못했다. 청년은 말로만 듣던 동방천후의 아들을 보게 된 것이다.

"누구냐고 물었다."

창 끝이 살짝 청년의 목에 닿았다.

"허억!"

청년은 놀라 눈을 부릅뜨며 몸을 떨어야 했다. 이런 경험은 태어나 처음이었다. 그러자 뒤에 있던 몇몇 무기를 든 무사들이 경계하며 다가섰다.

"유, 유 상서의 아들이오."

청년은 힘겹게 말하며 한 발 물러섰다.

슥.

창날이 그런 청년의 물러서는 거리만큼 따라붙었다. 보통 유 상서라 말하면 누구나 놀라기 마련이다. 하지만 송백의 뒤에 있는 사람은 동방천후였고, 이곳은 동방가의 집 앞이었다.

"이곳에는 무슨 일인가?"

"그, 그게……."

송백은 무심하게 청년을 직시했다. 순간 청년은 또다시 숨을 삼켜야 했다. 그것은 살기였기 때문이다.

"무슨 일이냐고 물었다."

송백의 차가운 목소리가 다시 울리자 청년은 어렵게 입을 열었다.

"동… 동방 소저를 보기 위해……."

송백은 가만히 청년을 바라보다 창을 거두었다.

"돌아가."

그러자 청년이 급하게 뒤로 물러서며 그를 호위하던 무사들이 그를 감쌌다.

"쿨럭쿨럭!"

기침을 몇 번하던 청년은 목을 손으로 잡았다. 아직까지 생생하게 붙어 있는 것을 확인하자 안심이 되었는지 청년은 그제야 송백을 노려보았다. 청년의 표정은 사납게 일그러져 있었다.

주륵.

청년의 목에 붉은 실선이 그려졌다. 하지만 청년은 아무 말도 못한 채 송백을 노려보기만 했다.

"이… 녀석."
그 순간 송백의 손에 들린 창이 순식간에 청년에게로 날아갔다.
"흐억!"
놀란 청년이 양손을 들어 올리며 머리를 감싸고 웅크렸다.
퍽!
청년은 매우 놀란 표정으로 고개를 들었다. 그리고 자신의 우측 땅에 박혀 있는 창대가 눈에 들어왔다. 청년은 잠시 동안 멍하니 몸을 떨다 송백을 바라보았다. 송백은 어느새 집 안으로 들어갔는지 그 자리에 없었다. 그곳에 서 있는 것은 동방가를 지키는 많은 수의 병사들뿐이었다.
그런 동방가의 문을 한참 동안 응시하던 청년은 곧 마차의 문을 열었다.
"돌아간다."
청년은 힘없이 말을 내뱉곤 마차에 올라탔다.

"저런 놈들이 자주 옵니까?"
송백의 물음에 유모가 고개를 끄덕였다.
"자주는 아니지만 매파를 보내는 분들은 꽤 있습니다."
송백은 조용히 앞으로 걸음을 옮겼다. 예상했던 일이었기에 그리 놀라지는 않았다. 하지만 막상 눈으로 보게 되자 왠지 모르게 허전한 마음이 들었다. 거기다 저렇게 찾아오는 사람까지 눈으로 보았으니 마음이 심란한 것은 어찌 보면 당연했다.
"정략결혼을 원하는 집안도 있습니다."
유모가 다시 말하자 송백은 침묵했다. 그러자 유모가 다시 말을 이었다.

"우도독 어른의 손자 분이 나이가 곧 열 살이 된다고 합니다. 그분이 정략결혼을 원하고 계시기에 어르신도 많이 고심하시는 듯합니다."

"……."

송백은 말없이 앞으로 걸었다. 어떤 말도 하고 싶지 않았다. 이런 이야기를 듣고 심란해하는 자신도 어리석게 느껴졌다. 빨리 벗어나고 싶다는 생각이 들 뿐이었다. 그런 생각이 요즘 들어 점점 커가고 있었다. 아니면 어릴 때부터 그랬을지도 모른다.

"이제부터 너희는 남매다."

동방천후의 목소리가 송백의 귓가에 울렸다. 송백의 표정이 어둡게 변하였다.

"나갈 준비를 하지요."

송백은 자신의 방으로 향하며 말했다.

■제6장■

머리카락은 흘러내리고…….

■머리카락은 흘러내리고……

고운 손 하나에 들린 작은 빗은 흑발의 머리카락을 빗어내렸다. 허리까지 내려오는 흑발은 곱기만 했지만 그 고운 머리카락보다 빗을 든 손은 더욱 고왔다.

"오랜만이네요."

빗을 든 동방리에게서 목소리가 흘러나왔다. 그 앞으로 거울에 비친 송백의 얼굴이 나타났다.

"그래."

송백은 짧게 말하며 무심하게 거울을 바라보았다. 거울에 비친 반쪽의 얼굴 너머로 동방리의 모습이 보였다. 그 모습이 너무도 눈이 부시다고 생각했다. 송백은 눈을 감았다.

뿌악!

말의 콧김이 강하게 주변으로 퍼져 나가자 수많은 사람들이 주변으로 모여들었다. 그곳에 창을 가슴 앞에 양손으로 쥔 송백의 얼굴이 보였다.

"두려우냐?"

송백은 고개를 들어 말 위에 앉아 있는 인물을 바라보았다. 강인한 눈매와 어울리는 기개가 느껴지는 무인이었다. 이십대 후반으로 보이는 그의 눈빛은 날카로웠으며 목소리에는 위엄이 서려 있었다. 그가 모영이었다.

"잘… 모르겠습니다."

송백은 주변에서 사람들이 걸어가는 소리와 병장기 소리, 그리고 그들의 심장에서 흘러나오는 고동 소리에 정신을 차릴 수가 없었다. 그저 소리에 눈을 들었을 뿐이었다.

"처음이란 것은 대단히 무서운 것일지도 모르지. 하지만 사람은 적응을 하기 때문에 너도 곧 익숙해질 것이다. 피를 보고 느끼고 그것을 일상처럼 반복하게 된다면 나처럼 아무렇지도 않게 여기게 된다. 그저 일상 중에 일어나는 사소한 일이라고 느낄 것이다."

송백은 가만히 고개만 끄덕였다. 말이 입에서 나오지 않았기 때문이다. 이렇게 많은 사람들 사이에 자신이 있다는 것조차 현실이 아니라고 생각했다. 무엇보다 앞으로 다가올 미지의 세계에 대한 준비가 자신은 덜 되었다. 송백은 두려웠다.

"한 번쯤은… 미쳐 버리는 것도 좋겠지."

모영의 말에 송백은 고개를 들었다. 말 위에 앉은 모영의 얼굴은 보이지 않았지만 목소리에 담긴 왠지 모를 허전함이 느껴졌다.

"적은 미친 짐승들이다. 그것도 사람을 죽이는 짐승. 아주 고약하지. 싸우는 놈들은 모두 미친놈들이야. 아니, 전쟁을 하는 놈들이 미친 것일지도 모르지."

모영의 목소리에 섬뜩함이 담겨 있다고 송백은 생각했다. 그런 모영의 말이 귓가에 다시 들려왔다.

"나는 이번에 만나는 적장의 시체를 가지고 국을 끓여 마실 것이다. 왜 그런지 아느냐?"

모영의 목소리에 송백의 전신이 굳어졌다. 그런 송백을 바라본 모영의 입가에 웃음소리가 울렸다.

"나는 미친놈이거든."

모영은 말을 하며 앞으로 조금씩 나아갔다. 이제 곧 시작이다.

"이곳에서 나는 미친놈이다. 그렇지 않고서 어떻게 우리가 살 수 있다고 생각하느냐. 우린 모두 미친놈이고 적들 또한 미친놈들이다."

송백은 모영이 꼭 자신의 말처럼 할 것이라고 여겼다. 모영은 절대 자신이 한 말을 어기는 인물이 아니었기 때문이다. 그것은 자신이 어릴 때부터 보아온 모습이었다.

"몽고군이다!"

누군가의 외침이 사방으로 전해지며 순식간에 긴장감과 수많은 수군거림이 스치고 지나갔다. 갑자기 나타난 외침이었다. 그리고 갑자기 부딪친 일이었다.

"기마병이다!"

절망적인 외침이 터져 나왔다. 그것은 몽고 기마병에 대한 두려움이었다. 수많은 병사들이 서로의 얼굴을 바라보며 두려움에 떨어야 했다. 송백은 그저 앞에서 들린 목소리에 저도 모르게 분위기에 휩쓸려 몸을 떨어야 했다. 아무것도 보이는 것은 없었다. 작은 키에 자신의 두

배는 커 보이는 창을 들고 있을 뿐이었다. 모든 것은 이 창 하나에 의지해야 했다. 앞에 보이는 것은 그저 어른들의 커다란 등들뿐.

두두두두두!

말발굽 소리가 요란하게 울리며 진동하는 대지의 느낌이 발을 타고 전해져 왔다. 급작스럽게 나타난 몽고의 기마병들이 일제히 달려든 것이다. 멀리서 적을 보고 가만히 있을 이유가 그들에게는 없었다. 무엇보다 기병이 없는 이들에게 몽고 기마병은 두려움이었다.

하지만 몽고군이라 해도 이들과 거리를 두려고 하지 않았다. 화력의 차이 때문이다. 이들 뒤로는 포병이 있었다. 그들이 앞으로 나설 시간을 주려고 하지 않은 것이다.

두두두두!

송백은 말발굽 소리를 뒤로하고 고개를 들었다. 어느 순간 빨간 깃발이 휘날리고 있는 것이 눈에 들어왔다.

콰콰콰쾅!

어디서 터져 나오는지 모르게 고막이 터질 것 같은 엄청난 폭음 소리가 천지를 진동하듯 터져 나왔다.

콰콰콰쾅!

천지가 진동하자 이제는 땅이 진동하기 시작했다. 저 멀리서 피어오르는 먼지가 사람들의 어깨 너머로 보였다.

"와아아아!"

무엇을 보았는지 사람들은 저마다 함성을 지르며 환호하고 있었다. 하지만 말발굽 소리는 여전히 요란하게 울리고 있었다. 그런 소음 속에 송백은 머리 위로 고개를 들었다.

슈슈슈슉!

수천의 화살들이 하늘 가득 메우며 날아가는 것이 눈에 들어왔다. 송백은 그 모습에 온몸에서 소름이 돋는 것 같았다. 그리고 화살이 날았다는 것은 적이 그만큼 가까이 다가왔다는 것을 의미했다.

두두두두!

점점 가까워지는 말발굽 소리와 사람들의 거친 호흡 소리가 전신을 팽팽하게 긴장시켰다.

두두두두!

꿀꺽!

자신도 모르게 넘어가는 침은 스스로도 어쩔 수가 없었다. 그리고 이제는 바로 앞에서 들리는 것 같은 착각의 진동 소리는 무서움을 전해주고 있었다.

"온다."

누군가의 목소리에 송백은 눈을 부릅뜨며 창대를 더욱 강하게 움켜쥐었다. 순간 천지를 삼키는 비명성과 함성이 요란하게 울려 퍼졌다.

"허억… 허억."

거친 숨소리가 입가에서 쉬지 않고 흘러나왔다. 그 순간 살이 터지는 소리가 울리며 눈앞에 서 있던 두 명의 장정이 쓰러졌다. 그 뒤로 나타난 거대한 검은 그림자에 송백의 전신은 마비된 듯 굳어졌다. 그것은 사람의 모습이 아닌 악마의 모습처럼 거대했으며 광기를 사방으로 뿌리고 있었다.

"우와악!"

외침성과 함께 거대한 검은 그림자 위에서 무언가 반짝이는 것이 날아들었다. 송백은 너무 놀라 무의식 중에 눈을 감으며 창대를 들어 올렸다. 앞으로 다가올 두려움에 전신은 떨어야 했다.

퍽!

무언가 둔중한 느낌이 창대를 타고 전해져 왔다. 그 뒤로 말의 울부짖는 소리와 거친 소리가 울렸다.

송백은 고통을 기다리는 사람처럼 눈을 꼭 감았지만 잠시의 시간이 지나도 기다리는 고통은 다가오지 않자 눈을 떴다. 그곳에 가슴을 찔린 말이 울부짖고 있었으며, 말 위에서 떨어진 사람이 자신을 노려보며 일어서고 있었다. 그제야 상대가 사람이라는 것을 알게 되었다.

하지만 상대의 모습은 여전히 두려웠으며 무서움을 전하고 있었다. 송백이 잠시 주춤하는 순간 그 상대는 주변을 둘러보다 떨어진 창을 들고 송백을 향해 미친 듯이 달려들었다. 송백은 창대를 쥐고 상대에게 겨누려 했지만 말에 박힌 창신은 빠질 생각을 하지 않고 있었다.

"으… 으……."

송백의 전신에서 땀이 흘러내리고 눈동자는 두려움에 울부짖고 있었다.

쉬아악!

거대한 창신이 송백의 눈으로 달려들어 왔다. 눈을 감을 시간도, 주변을 돌아볼 여유도, 그렇다고 상대에게 반격을 가한 기력도 남아 있지 않았다. 하지만 송백은 다시 눈을 크게 떠야 했다. 주변에서 날아든 검은 그림자들 때문이다.

그들은 송백과 같은 옷을 입고 있는 사람들이었다. 그들의 손에 들린 작은 도끼와 창들이 송백에게 달려들던 사람의 몸을 순식간에 쓰러뜨렸다.

퍼퍼퍽!

이미 죽은 상대이지만 그들의 미친 듯한 손짓은 멈출 생각을 하지 않았다. 송백은 멍하니 그들을 바라보았다. 눈은 마치 무엇인가에 홀린 사람처럼 멍했으며, 전신은 마치 짐승의 털이 곤두서는 것 같은 사나움이 보였다.

"크아악!"

비명성이 요란하게 울리며 주변의 소음이 송백의 귀를 멀게 만들었다. 송백은 그저 숨을 몰아쉬며 앞만 바라볼 뿐이었다. 어느새 말에서 빠져나온 창신이 앞을 향하고 있었다. 그런 송백의 눈에 자신을 도와주었던 병사들이 조각나며 흩어지는 모습이 들어왔다.

그 뒤로 나타난 검은 그림자는 거대하게 입김을 뿌리며 숨을 쉬고 있었다. 숨을 내쉴 때마다 달려드는 병사들이 죽어나가고 있었다.

눈앞으로 번뜩이는 섬광 하나가 피를 뿌렸다.

팟!

또 하나의 허리가 잘려 나가며 핏방울이 송백의 얼굴에 뿌려졌다. 그 비린내가 코끝을 자극하고 있었다. 송백의 입이 벌어졌다.

"후욱, 후욱."

점점 거친 숨소리가 전신을 타고 올라왔다. 송백의 양손이 조금씩 떨리기 시작했으며 어깨가 크게 움직이기 시작했다.

"으아악!"

또 한 번의 비명성이 울리며 피가 땅에 뿌려졌다. 송백의 눈동자도 점점 거대하게 변해갔다. 사방이 피로 물들었고, 눈에 비친 광경도 붉은 혈색의 광경으로 변해가고 있을 때, 송백의 양 발이 땅을 박차고 앞으로 뛰어나갔다.

"으아아아아!"

송백의 입에서 울린 높은 외침. 그것은 이성이 남긴 마지막 소리였다.

"무슨 생각 하세요?"

동방리는 빗질을 멈추며 조용히 말했다. 송백이 눈을 감고 한동안 조용했기 때문이다. 곧 송백의 눈이 떠졌다.

"아니야, 아무것도."

빗질을 멈추었던 동방리는 손을 다시 움직이며 단정하게 묶기 시작했다.

"이번에 가면 언제 돌아오시나요?"

"곧."

동방리의 입가에 희미한 미소가 어렸다. 송백은 거울에 비친 그 얼굴을 보고 알 수 있었다. 동방리의 입이 다시 열렸다.

"그 말… 벌써 다섯 번 한 거……."

"그런가."

송백은 자신도 모르게 미소 지었다. 벌써 며칠 전부터 같은 말만 되풀이하는 자신을 알았기 때문이다. 그것이 미안했다.

"미안."

송백의 말이 나오자 동방리는 미소를 거두며 우수에 찬 눈으로 고개를 저었다. 그녀의 표정은 어두웠다.

"무사히만……."

동방리는 송백의 어깨에 기대며 들릴 듯 말 듯 중얼거렸다. 그 목소리가 송백의 귀에 천둥처럼 내려앉았다.

송백은 손을 들어 동방리의 머리를 쓰다듬었다. 잠시 동안 조용한 침묵이 흘러갔다. 송백은 무슨 말이라도 하고 싶었지만 입은 생각처럼 떨어지지 않았다. 그렇게 시간이 흘러가고 있었다.

"미안해요. 이런 날……."

동방리는 고개를 들며 허리를 세웠다. 어느새 동방리의 눈가에 맺힌 물방울이 희미하게 반짝이고 있었다. 송백은 가만히 일어서서 동방리를 바라보았다.

동방리는 그 시선에 애써 미소 지으며 목에 차고 있던 승룡패를 꺼내 보였다.

"송 가가의 목숨이에요."

동방리가 곱게 말하자 송백은 고개를 끄덕이며 승룡패를 손으로 만져 보았다. 차갑게 손끝을 자극하는 느낌이 머리를 때리고 있었다.

"넌 내 목숨이다."

동방리의 얼굴이 붉게 물들었다. 마치 그 말을 듣고 싶어했던 것처럼 고운 눈동자가 흔들리고 있었다.

송백은 잠시 동안 동방리를 바라보다 옆에 놓여 있는 갑주에 손을 뻗었다. 그 모습을 동방리는 가만히 지켜보고 있었다. 검은 중갑이 전신에 걸쳐지자 남은 것은 투구 하나였다. 송백은 투구를 옆구리에 끼곤 동방리를 돌아보았다.

"너무 걱정하지 마, 곧 돌아올 테니."

동방리는 그저 고개만 끄덕였다. 달리 어떤 행동도 할 수가 없었다. 그저 이렇게 지켜보는 것이 자신의 일이라고 여겼다. 그렇게 생각해야 했다. 송백은 잠시 동안 동방리를 지켜보다 문을 열고 밖으로 걸음을 옮겼다. 그곳에는 유모와 시비들이 서 있었다. 그들은 송백을 향해 고개를 숙여 보였다.

송백의 손이 유모의 어깨에 닿았다.

"잘 부탁드립니다."

유모는 말없이 고개만 숙였다. 송백은 그 모습에 안심을 했는지 잠시 동방리의 방문을 바라보다 곧 걸음을 옮겼다. 밖으로 나오자 동방리의 방문에 있는 창으로 저절로 시선이 갔다. 하지만 동방리의 얼굴은 보이지 않았다. 그것이 오히려 송백의 마음에 남아 있는 아쉬움을 사라지게 했다.

송백은 가만히 눈을 들어 하늘을 보았다. 흐린 하늘에 한두 방울씩 무언가 떨어지기 시작했다. 곧 차가운 느낌이 볼을 타고 전해졌다.

"비."

송백은 잠시 동안 그렇게 서서 하늘을 바라보다 손을 폈다. 손바닥에 떨어진 빗방울이 차가움을 전하며 부서져 내렸다. 송백은 무심히 주먹을 쥐었다.

"떠나셨습니다."

의자에 앉아 있는 동방리에게로 유모가 다가오며 말했다. 동방리는 의자에 앉아 그저 멍하니 거울 쪽을 바라보고 있었다. 알 수 없는 복잡한 마음이 동방리의 전신을 감아 움직이지 못하게 하고 있었다. 잠시 동안 마치 주변에 아무것도 없는 것 같은 조용함이 지나가고 있었다.

유모의 몸이 동방리의 옆으로 이동하며 거울을 가렸다. 유모의 손이 동방리의 어깨에 닿자 동방리의 눈에 눈물방울이 흘러내렸다. 곧 동방리는 유모의 품에 안겨들었다. 어깨가 흔들리며 미미한 소리가 흘러나왔다.

"도련님을 좋아해서는 안 됩니다."

유모는 한숨을 내쉬며 어두운 표정으로 말했다. 그렇지만 동방리의 고개는 좌우로 움직였다. 유모의 표정이 더없이 어둡게 변하였다. 만약 동방리의 이런 마음을 동방천후가 알게 되면 분명히 송백을 죽일 것이다. 동방리 또한 그 사실을 너무도 잘 알고 있었다. 그렇기 때문에 이렇게 괴로워하고 있었다.

"아가씨."

유모는 눈시울을 붉히며 동방리의 어깨를 감싸 안았다. 유모의 입에서 긴 한숨 소리가 흘러나왔다. 동방리가 무엇 때문에 이렇게 괴로워하는지 잘 알기에 이렇게 같이할 수밖에 없었다.

"차라리 남이었다면……."

유모의 잠긴 목소리가 울리자 동방리의 어깨 떨림이 멈춰졌다. 그러자 유모의 한숨 섞인 목소리가 다시 흘러나왔다.

"절대 남매라는 사실을 잊어서는 안 됩니다."

산서성의 가장 북쪽 끝이자 국경선이 되고 있는 소성(少城)은 옆으로 국경인 황하의 북쪽 지류와 인접했으며 남으로는 만리장성이 버티고 있는 최북단의 요지였다. 몽고의 귀족 군벌인 오이라트군[瓦剌軍]이 자주 침공하는 곳으로 오래전부터 군부를 설치한 곳이었다. 지금은 낡은 성벽을 다시 쌓아 올리고 있었다.

소성의 시장은 한낮이 되자 북적거리고 있었다. 위험한 지역이지만 돈을 벌기 위해 모여든 사람들에게 여기라고 그냥 넘어갈 수 없었다. 하지만 성내의 큰 건물들은 절반 정도 문을 잠근 채 조용하기만 했다.

그럴 수밖에 없는 것이 문이 닫힌 그곳들은 홍등가였다. 해가 질 때가 되면 불이 밝혀지며 수많은 여성들이 밤을 환하게 해주었다.

군인이 많으면 홍등가가 흥할 수밖에 없었다. 고향을 떠나온 그들에게 마음을 달래줄 유일한 곳이 홍등가였기 때문이다. 물론 다 그런 것은 아니지만 대다수의 군인들은 이곳에서 돈을 쓰며 잠시라도 전장을 잊으려고 노력했다.

소성의 남문에서 조금 지나 올라가면 굉장히 큰 홍등가의 거리가 나오는데, 그곳에서도 좌측으로 높은 담장과 거대한 정문을 한 영정루(影幀樓)는 이곳 소성에서도 가장 유명한 곳이었다.

한낮인데도 영정루의 문은 열려 있었는데 간부급은 되어야 들어갈 수 있는 고급 기루였다. 그런 영정루의 문안으로 정일관과 그의 부관 두 명이 들어섰다.

"뉘시오?"

문안으로 들어가자 작은 공터만이 눈에 들어왔다. 정일관은 하인인 듯한 두 명의 장정을 바라보며 굳은 표정을 지었다. 이런 곳은 별로 좋아하지 않기 때문이다. 정일관은 안을 살피며 정문에 난 거대한 문과 좌우의 문을 바라보았다.

"뉘시냐니까?"

정일관과 부관들이 말이 없자 두 명의 장정 중 인상이 험악한 장정이 앞으로 나서며 시비 걸듯 말했다. 그러자 부관들의 표정이 싸늘하게 변하였다. 정일관은 그들을 바라보며 미소 지었다.

"총독은 어디 계시느냐?"

"총독? 그걸 우리가 어떻게 안단 말이오?"

장정들은 서로의 얼굴을 바라보며 고개를 저었다. 총독을 찾는 모습에 약간 기가 죽은 것이다. 그러자 정일관의 표정이 싸늘하게 변하였다. 마음 같아서는 아무것도 말하지 않고 그냥 베고 싶었다. 하지만 민간인을 상대로 화낼 신분도 아니었기에 다시 말했다.

"좀 높은 사람에게 이곳에 있는 총독을 뵈려고 온 사람이 있다고 하여라."

두 명의 장정은 정일관의 말을 들으며 정일관과 부관의 모습을 살펴보았다. 그제야 중갑을 전신에 걸친 모습이 예사롭지 않다는 느낌이 들었는지 곧 안으로 들어갔다.

크고 깨끗한 방 안에 앉은 소정정(召正正)은 옆으로 파고드는 여인의 육체를 품에 안았다. 그러자 반대편에 앉아 있던 또 한 명의 여인 또한 소정정의 품으로 안겨들었다. 소정정은 양팔로 두 여인을 안으며 흡족한 듯한 미소를 지었다.

"나이 사십이 넘어서야 이런 행복을 느낄 수가 있다니. 이것도 좋은 일인 것 같구나."

소정정은 술상을 마주해 앉은 여일(呂壹)을 바라보았다. 여일 역시 양쪽에 낀 여인들을 바라보며 웃어 보였다.

"조정보다야 백배 천 배 좋은 곳입니다."

"하하하! 그렇겠지."

소정정은 크게 웃으며 술잔을 들었다. 그러자 여일도 술잔을 들어 올렸다. 막 술을 입에 털어 넣으려던 소정정은 문이 열리는 소리에 술잔을 내려놓았다. 대낮부터 이곳 영정루에서 이렇게 즐기는 사람들은 이곳에서 몇 명 없을 것이다.

"무슨 일인가?"

들어온 삼십대 초반의 여인은 이곳의 큰언니이자 포주인 여성이었다. 곱게 차려입은 궁장의가 품에 안고 싶다는 유혹을 느끼게 해주는 미인이었다.

"소 대인을 뵙기 위해 누가 찾아오셨습니다."

"나를?"

소정정의 표정이 약간은 굳어졌다. 이곳은 외지이기에 조정에서도 사람이 거의 오지 않는다. 온다고 해도 이미 며칠 전에 그 사실을 알게 되는 것이 당연했다. 그렇기에 이렇게 갑작스럽게 누가 찾아오는 일은 드물었다. 소정정은 약간 나온 배를 들어 올리며 일어섰다.

"누구인지 모르느냐?"

"예, 단지 갑주를 걸친 것이 장수인 듯하옵니다."

소정정은 장수라는 말에 안심을 했는지 곧 자리에 다시 앉았다. 장수라면 자신이 더 높다는 게 확실했기 때문이다.

"들어오라고 하게."

소정정이 말하자 여인이 물러갔다. 얼마 지나지 않아 다시 문이 열리며 정일관과 그의 부관들이 모습을 나타냈다. 그들이 입고 있는 무거운 갑주 때문에 그런지 앉아 있던 기녀들이 놀라 일어섰다. 정일관은 방안을 둘러보다 굳은 표정으로 허리를 숙였다.

"소 총독님을 뵙기 위해 십오만을 이끌고 올라온 좌도독 휘하의 첨사 정일관입니다."

"첨사!"

소정정은 첨사라는 말에 놀란 표정으로 일어섰다. 첨사라면 자신과 같은 계급이기 때문이다. 이곳의 총독으로 오기 전 소정정은 이부시랑(吏部侍郎)이었다. 하지만 지금은 총독이었다. 그것을 깨달은 소정정은 다시 앉았다. 하지만 여일은 당황한 표정으로 일어서 있었다. 도독 첨사라면 자신보다 까마득하게 높은 신분이었기 때문이다. 여일 역시 이곳으로 오기 전 이부원외랑으로 관직에 있는 인물이었다.

원래 무장 한 명과 문관 한 명이 총독과 부총독을 하게 되어 있었지만 환관인 장마소가 문관을 두 명 파견 보낸 것이다. 조정에서 무관의 힘을 약화시키려는 의도에서 그랬던 것이었다.

어정쩡하게 서 있는 여일을 본 소정정은 앉으라고 손짓을 했다. 그러자 조금 안심을 했는지 여일이 앉았다.

"무슨 일인가?"

소정정의 말에 정일관은 차가운 눈빛을 한 채 품에서 서신을 꺼내 들었다.

"이것은 조정에서 보내온 명령서입니다."

"명령서?"

소정정은 약간 놀란 표정으로 서신을 뜯어보았다. 순간 소정정의 표정이 어둡게 변하였으며 정일관의 표정이 차갑게 식어갔다.

"왜 그러십니까?"

여일이 소정정의 불안한 표정에 경직된 목소리로 물었다. 그러자 말을 한 것은 소정정이 아니라 정일관이었다.

"오늘부로 이곳의 총독은 내가 되었다. 안 그런가, 소 참장(參將)?"

"이, 이게 어떻게……."

소정정이 떨리는 손을 주체하지 못하며 중얼거리자 여일의 표정이 어둡게 변하였다.

"애초에 고추 없는 환관 놈을 믿은 네놈들의 잘못이지."

정일관의 싸늘한 목소리에 소정정과 여일은 굳은 표정으로 일어섰다. 그러자 기녀들이 뭔가를 느낀 듯 방 안을 나갔다.

기녀들이 모두 나가자 소정정은 싸늘한 안색으로 정일관에게 말했다.

"감히 그분이 어떤 분이라고 함부로 입을 놀리느냐! 내가 이부의 시랑이었다는 사실을……!"

말을 하던 소정정은 순간 눈앞에서 빛이 번쩍이자 입을 닫아야 했다. 어느새 다가왔는지 소정정의 눈앞에 정일관이 서 있었다. 정일관의 표정엔 마치 맹수 같은 사나움이 그려져 있었다.

"내 앞에서 그따위 환관 새끼는 입에 담지도 마라."

"크, 크윽."

소정정의 몸이 떨리며 등으로 삐져 나온 검끝에 혈선이 그려지고 있었다. 정일관은 차가운 눈으로 소정정을 바라보며 미소 지었다.

"죽어서도 그 환관 새끼는 입에 담지 마라. 그놈에게 죽은 관군들이 네놈을 갈가리 찢어버릴 테니까."

푸악!

검이 빠지며 방 안에 피가 뿌려졌다. 붉게 얼룩을 그린 방 안의 정경은 삽시간에 살기만을 뿌리고 있었다. 정일관은 시선을 돌려 떨고 있는 여일을 바라보았다. 여일은 연신 무엇이 올라오려 하는지 배와 입을 부여잡고 몸을 떨어댔다. 그 모습을 보던 정일관의 입에서 피식거리는 소리가 흘러나왔다.

정일관은 몸을 돌리며 우측에 서 있는 부관에게 입을 열었다.

"죽여."

이십대 후반으로 보이는 부관은 곧 검을 꺼내 들었다. 정일관은 문을 열고 밖으로 한 걸음 나섰다. 그런 정일관의 뒤로 다른 한 명의 부관이 모습을 보였다.

"으아악!"

비명성이 요란하게 울리며 정일관의 입에서 한숨 소리가 흘러나왔다.

"앞으로 어떻게 하시렵니까? 저들이 죽었다는 소식이 알려지면 조정에서도 가만히 있지 않을 것입니다."

부관이자 참장인 사십대 초반의 중후한 인상을 한 장관영이 말했다. 장관영은 벌써 육 년 동안 정일관을 모시고 있는 참모였다.

"걱정할 것 없어. 어차피 저놈들은 황제 폐하의 어명에 불복하고 항명했으니 말이야. 그것만으로도 죽어 마땅하지 않겠나?"

"그건 그렇지만……."

장관영이 말끝을 흐리며 무언가 고심하는 표정을 지었다. 그때 문이 열리며 정일관의 휘하에 있는 왕청이 피 묻은 검을 닦으며 모습을 나타냈다. 왕청은 정일관 휘하의 열 개 단 중 일대를 맡고 있는 인물이었다. 정일관이 가장 신임하고 있는 인물이기도 했다.

"어차피 이놈들이 도와주지 않아서 모영이 그렇게 죽은 것이 아니었나? 이놈들이 뒤에서 예비 병력과 보급만 제대로 해주었다면 그렇게 허무하게 당하지는 않았을 것이야."

정일관은 굳은 표정으로 싸늘하게 말했다. 그러자 장관영이 고개를 끄덕였다. 애초에 정일관은 이들을 살려줄 생각이 없었다는 것을 알았다.

"죽는 것도 참… 조용히 갈 것이지."

왕청은 고개를 저으며 중얼거렸다. 그러자 정일관과 장관영이 씁쓸하게 웃으며 문밖으로 걸음을 옮겼다. 하지만 얼마 못 가 걸음을 멈춰야 했다. 문밖에 서 있는 한 명의 미부 때문이다. 그녀는 좀 전에 소정정에게 들어와 정일관이 왔다는 사실을 이야기한 여인이었다.

"무슨 일이오?"

정일관은 자신의 앞을 막아서 있는 여인에게 궁금한 표정으로 물었다. 그러자 그 여인은 깊게 읍하며 입을 열었다.

"이곳에 총독으로 오신 분이라면 응당 저희가 접대를 해야지요. 방을 마련했으니 그리로 옮기셨으면 합니다."

"나는 이곳에 별로 관심이 없소. 바라는 게 있다면 그저 방에 있는 시신들이나 잘 묻어주구려."

정일관이 잘라 말하자 여인은 곱게 미소 지었다.

"좋은 술과 좋은 음식은 사람의 입을 즐겁게 해주지만 전쟁에서 지친 마음까지 달래주지는 못합니다. 하지만 좋은 시와 음은 마음을 달래주지요."

"오호."

정일관은 그제야 관심있는 표정으로 미소 지었다.

"변방이라 중원에 비해 좋은 것은 없으나 하루 정도 몸을 쉬기에는 저희 영정루도 부족함이 없을 것입니다."

정일관은 고개를 끄덕였다. 기루를 좋아하지는 않았지만 지금 눈앞에서 말하는 여인은 마음에 들었다.

정일관은 고개를 돌려 왕청을 바라보며 말했다.

"자네는 군부로 돌아가 장수들을 불러오게. 이곳에서 회합을 해야겠네. 새로 왔으니 장수들에게도 뭔가 해줘야 하지 않겠나?"

"알겠습니다."

왕청이 읍을 하고 빠르게 문을 빠져나갔다. 그 모습을 본 여인의 입가에 고운 미소가 걸렸다. 정일관은 여인을 바라보며 말했다.

"이름이 무엇이지?"

"포정(包精)이라 하옵니다."

정일관은 그 이름을 듣자 가만히 고개를 끄덕이다 인상을 찡그리고 서 있는 장관영을 발견하곤 말했다.

"이곳까지 오느라 지쳤으니 하루 정도는 쉬어도 좋겠지?"

"물론입니다."

장관영이 굳은 표정으로 말했다. 어차피 싫다 해도 정일관은 안 들을 것이 눈에 보였기에 반대하지 못한 것이다. 정일관은 웃으며 포정에게 말했다.

"방을 안내하게."

"이리로……."

포정은 곧 등을 보이며 앞으로 걸어가기 시작했다.

소성의 남문을 나가면 외등산(外燈山)이 나온다. 외등산은 산세가 높고 험하였지만 이곳에 있는 여러 산들과 비교할 때 완만한 산이었다. 외등산의 초입은 나무들이 많았지만 그것은 과거의 이야기다. 지금은 그 나무들도 사라지고 땅도 평평하게 만들어져 있었다. 그 크기가 몇백 장은 훌쩍 넘어갈 만큼 거대한 평지였다.

그 뒤로 나무로 지어진 목책이 있었고, 굉장히 많은 건물들이 목책 안에 세워져 있었다. 높은 망루들 사이로 말 울음소리가 울려 나왔다.

이곳은 정일관의 직속인 철마대의 일단부터 사단까지 지내는 곳으로 모두 기병이었다. 도합 육만이라는 어마어마한 숫자가 이곳에서 지내고 있는 것이다. 이곳의 대장은 일단영대의 대주인 왕청이었다.

약간은 허름한 건물들이 줄지어 서 있는 중앙에서 왼쪽으로 한참 들어가면 큰 연무장과 함께 많은 건물들이 나타난다. 그곳의 건물들 역시 허름한 편이었다. 하지만 그 숫자는 백여 채가 넘어가고 있었다. 그만큼 많은 수의 건물들이 산등선을 가득 메우고 있었다.

그곳이 삼단영대의 본진이었다. 중앙은 일단영대가 지내고 있었으며, 우측은 이단영대였고 좌측이 삼단영대였다. 일단영대의 뒤로 사단영대가 자리하고 있었다.

삼단영대의 거대한 연무장에는 사람들의 그림자로 북적거리고 있었다. 오천여 명이나 되는 군인들이 인상을 찌푸리며 서 있었다. 인상이 더러운 자들부터 약간 나이가 든 사십대의 군인들까지 가지각색의 모습이었다.

그들의 앞에 서 있는 백여 명의 중갑을 입은 군인들이 인상을 찌푸린 채 그들을 바라보고 있었다. 그 뒤로 산중턱까지 까맣게 일만이라는 인원의 군인들이 각자 자유로운 모습으로 연무장을 바라보고 있었다. 그중 가장 중앙에 서 있는 이십대 중반의 젊은 무장은 더욱 인상을 썼다. 그가 삼단영대의 부대주인 남전(南展)이었다.

남전이 인상을 쓰고 있자 좌측에 있던 삼십대 초반의 천인대장 조전번(曺前番)이 조용히 속삭였다.

"모두 은군(恩軍)입니다. 범죄자 녀석들이라 그런지 인상 한번 드럽네요. 휴우, 앞으로 골머리깨나 아플 것 같습니다."

"자네가 아프면 나는 아주 죽으라고?"

남전이 피식거리며 말하자 조전번은 혀를 내밀어 입술을 한 번 훑으며 짧게 숨을 내쉬었다. 남전은 곧 까맣게 서 있는 여러 복장의 인물들을 향해 큰 소리로 입을 열었다.

"나는 이곳의 부단주인 남전이다! 모두 말은 탈 줄 알지?"

남전이 소리치자 모두들 서로의 얼굴만 바라보며 대답없이 웅성거렸다. 남전의 표정이 굳어졌다.

"말은 탈 줄 아냐고 물었다!"

다시 한 번 크게 소리쳤으나 그들은 그저 남전을 바라보기만 할 뿐이었다. 마치 어디 구경 나온 사람처럼 남전을 바라보며 웃는 자들도 있었다.

"이것들이……!"

남전은 자신을 무시하는 그들의 태도에 주먹을 말아 쥐며 인상을 찌푸렸다.

"말을 못 타면 이곳에 있을 필요가 없어! 말은 탈 줄 알지!"

남전이 더욱 목청껏 소리치자 맨 앞에 서 있던 이십대 중반의 볼에 칼자국이 나 있는 청년이 불쌍하다는 듯 쳐다보며 말했다.

"배웠수다."

그러자 수많은 사람들의 키득거림이 연무장을 가득 메웠다.

"음."

한 사람이라도 대답해서 다행이라고 해야 할까? 남전은 곧 인상을 찌푸리며 한숨을 내쉬었다.

"새파란 단주가 온다고 해서 머리 아파 죽겠는데 이런 마당에 저런 놈들까지 들어오다니… 정예병인 우리의 앞날이 어둡기만 하구나."

한숨을 크게 내쉰 남전은 머리를 저으며 조전번의 어깨를 잡았다.

"일단 단주님이 새로 오실 때까지 쉬게 하는 게 좋겠다. 머리만 아프다."

조전번에게 말한 남전은 포기했는지 자신의 숙소로 걸음을 옮겼다. 그런 남전의 뒤로 키득거리는 소리가 여전히 울려 나왔다. 조전번은 곧 중앙의 단상으로 올라가며 손에 든 책자를 펼쳤다. 그곳에 이곳에 끌려온 오천여 명의 이름이 적혀 있었고, 그 옆으로 번호가 적혀 있었다. 모두 조까지 짜여진 번호였다.

"모두 조용히 해라!"

조전번의 굉량한 외침에 잠시 동안 소음이 가라앉았다. 그러자 조전번이 다시 소리쳤다.

"빨리 하고 너희도 쉬어야 할 것 아니냐! 금방 끝날 테니 모두 조용히 하거라!"

"와아아!"

쉰다는 말에 여기저기서 함성이 울렸다. 이곳까지 오는 동안 굉장히 피곤했기 때문이다.

"앞에 서 있는 무관들은 모두 너희들의 상관이다. 일대부터 십대까지 나를 포함해 총 열 명의 상관이 앞에 서 있을 것이다. 일대는 나를 말하는 것이지. 일대는 가장 마지막에 부르겠다!"

크게 소리친 조전번은 앞에 서 있는 이대주에게 눈짓을 주었다. 그러자 이대주가 우측으로 빠졌다. 곧 조전번은 침을 입을 적시며 소리쳤다.

"지금부터 대를 나눌 테니 모두 기민하게 움직여라! 빨리빨리 하고 밥 먹자!"

"예!"

밥이란 말이 나오자 우렁찬 대답 소리가 연무장에 울려 나왔다. 조전번은 희미하게 웃으며 소리치기 시작했다.

영정루의 문 앞에는 이십 명의 중갑을 걸친 관군이 위압감을 주며 서 있었다. 해가 지고 주변의 홍등가가 밝게 밝혀졌지만 그들은 움직일 생각을 안 하고 있었다.

얼마나 시간이 지났을까. 십여 명의 무관이 영정루의 거대한 정문을 통해 나왔다. 그들은 문 앞에 서 있는 관군들을 보곤 고개를 끄덕이며 고생한다는 말을 전해주었다.

정문에서 여러 무관들이 수인사를 나누며 헤어지자 왕청과 장관영, 그리고 정일관의 새로운 참장이 된 소정정의 부장이었던 사십대의 유자혁이 걸음을 옮겼다. 유자혁은 붉어진 얼굴로 근무를 서고 있는 관군들을 돌아보며 미소 지었다.

"우리들 때문에 이렇게 고생하는데 상이라도 줘야 하지 않겠소?"

술자리는 사람을 친하게 만든다. 정일관이 마련한 술자리 역시 그런 의미로 만든 자리였다. 서로 간의 친목은 중요한 일이었다. 이미 어느 정도 친분이 생긴 유자혁이 장관영과 왕창을 돌아보며 말하자 장관영이 고개를 끄덕이며 문 앞에 서 있는 이십대 초반의 젊은 총관에게 말했다.

"이들에게 술을 한잔씩 돌릴 수 있겠소?"

"물론이지요. 그렇게 하겠습니다."

총관이 밝게 웃으며 말하자 근무를 서고 있던 관군들의 표정이 한순간 밝아졌다. 그 모습에 만족했는지 유자혁은 고개를 끄덕였다. 취기가 있었지만 셋은 그렇게 취한 것 같지 않았다. 여전히 눈빛은 맑았으며 걸음 또한 바르게 걷고 있었다. 그렇기 때문에 이곳에서 나와 군부로 향하는 것이었다. 유일하게 취한 사람은 정일관 한 명뿐이었다.

이곳에 관군이 서 있는 이유도 정일관 때문이었다. 물론 정일관이 자고 있는 영정루의 침소 주변에는 백여 명의 관군이 교대로 번을 서고 있었다.

길을 걷던 왕창이 약간은 조심스럽게 입을 열었다.

"그런데 말입니다, 이번에 저희 삼단주로 오는 인물이 약관이라고 하는데 사실입니까?"

"그렇네."

장관영이 고개를 끄덕이자 왕청은 약간 어두운 표정을 지었다.

"왜 그러는가?"

"아무것도 아닙니다. 단지… 너무 어린 것이 아닌가 해서 그럽니다. 더욱이 삼단은 은군 오천 명이 지원병으로 올라왔습니다. 거친 삼단에 어린 단주라는 게 영 마음에 걸립니다."

왕청이 걱정하듯 말하자 장관영은 미소 지으며 고개를 저었다.

"그런 걱정은 하지 말게나. 다 이유가 있어서 단주가 된 것이 아니겠는가?"

"이유라 하심은?"

장관영은 문득 두 달 전 자신의 앞에 나타난 송백을 떠올렸다. 온몸을 얼룩지게 만든 붉은 혈흔과 무심한 눈동자가 섬뜩함을 느끼게 했었다. 그때 장관영이 송백을 보고 느낀 것은 다른 것이 아니었다. 상처 입은 짐승이라는 것.

그 이후 정일관의 손에서 송백은 창평성으로 옮겨졌다. 그것을 알기에 장관영은 아무 걱정이 없었다.

"아마 자네보다 몽고군을 죽인 수가 열 배는 더 많을 것이네."

왕청은 약간 놀란 표정으로 눈을 크게 떴다.

■제7장■

어울리지 않을 것 같은 사람들

어울리지 않을 것 같은 사람들

소성의 남문 안은 아침부터 바쁘게 움직이고 있었다. 삼천여 명의 관군들 사이로 군량미가 들어오고 있었기 때문이다. 그 외에도 포병을 위한 화약들도 가득 들어오고 있었다. 그로 인해 남문은 많은 군인들로 붐비고 있었다. 그 사이로 한 필의 말과 말 위에 앉아 있는 중갑의 무장 한 명이 들어서고 있었다. 검은 갑주를 걸친 그의 모습은 꽤나 위엄이 있어 관군들이 물러서며 길을 내주었다.

송백은 서편으로 나 있는 대로를 지나갔다. 지나다니는 사람 중 열에 여섯은 관군이었다. 이곳에 얼마나 많은 관군이 현재 모여 있는지 대충은 짐작할 수 있게 해주었다.

송백은 말을 몰아가다 서편의 끝에 위치한 거대한 군영(軍營)을 발견했다. 성의 끝에서 보이지 않을 만큼 길게 이어진 긴 담장과 군데군데 나와 있는 문들이 보였다. 성의 한편이 전부 막사처럼 보였다. 송백이 문안으로 말을 몰아가자 지키고 있던 관군들이 창을 교차하며 길을 막았다. 송백은 품에서 신분을 상징하는 패를 꺼내 보였다. 그러자 놀란 관군들은 일제히 옆으로 비켜섰다.

"총독님을 뵈려면 어디로 가야 하나?"

송백의 물음에 옆에 서 있던 병사가 상세하게 설명하기 시작했다. 송백은 곧 고개를 끄덕이며 말을 몰아갔다.

유자혁은 의자에 앉아 오늘 들어온 군수 물품들을 확인하고 있었다. 군량미와 화약이 대다수였지만 거기에는 병마(兵馬)도 포함되어 있었다. 유자혁이 하는 일은 보급과 부대 운영이었다. 생각보다 힘든 일이었지만 유자혁은 잘하고 있었다.

"단영군장(團營軍將) 한 명이 왔습니다."

문 앞으로 한 명의 병사가 나타나 보고하자 유자혁은 서류를 내려놓았다.

"들어오라 하게."

"알겠습니다."

얼마 지나지 않아 유자혁의 눈앞으로 송백이 걸어 들어왔다.

"자네는… 음……."

송백을 알아본 유자혁의 표정이 굳어졌다. 송백 역시 유자혁을 알아보았지만 별다른 표정의 변화는 없었다.

"이곳에 오게 된 것인가?"

"그렇습니다."

유자혁은 고개를 끄덕였다.

"오늘 올지 모른다는 단주가 자네를 말하는 것이라곤 생각지 못했네. 나이는 어리다고 들었지만……."

"……."

송백은 그저 묵묵히 서 있었다. 유자혁은 어색한 듯 헛기침을 하며 말했다.

"장군님은 현재 영정루에 계시네. 그곳으로 가볼 텐가?"

"그렇게 하겠습니다."

송백은 빠르게 대답했다. 그러자 유자혁이 말했다.

"영정루까지 안내할 병사를 붙여주겠네."

"알겠습니다."

유자혁은 밖을 향해 걸음을 옮기다 송백의 옆을 지나칠 때 순간적으로 섬뜩한 기운을 느껴야 했다. 유자혁의 걸음이 주춤거렸다.

"이번에도 후방을 맡으십니까?"

송백의 무심한 음성이 유자혁의 귓가에 앉았다. 유자혁은 애써 웃으며 고개를 끄덕였다.

"그렇게 되었네."

유자혁의 말이 떨어지자 송백의 표정이 굳어졌다. 그 무심한 눈동자에 유자혁은 한숨을 내쉬며 어두운 표정으로 말했다.

"그때는 소정정의 명령으로 어쩔 수가 없었네."

"저라면… 소정정을 죽였을 것입니다."

유자혁은 다시 한 번 크게 숨을 내쉬었다.

"나는 자네처럼 용기가 있는 사람이 아니야. 가족도 생각해야 하지."

송백은 입을 닫았다. 굳이 더 이상 말할 이유가 없다고 여긴 것이다. 송백이 말이 없자 유자혁이 다시 말했다.

"그리 걱정할 필요가 없네. 소정정은 죽었고, 병사들의 사기는 올라간 상태이니."

송백은 그저 말없이 서 있었다. 소정정이 죽었다는 것은 예상한 일이기에 그리 놀라지도 않았다. 곧 유자혁이 안내할 병사를 불러왔다.

"가보겠습니다."

"수고하게나."

유자혁이 안으로 들어가자 송백은 병사를 따라 걷기 시작했다.

단아하고 탁자 위에는 작은 난이 놓여 있는 방이었다. 숨을 쉬면 여인의 향기가 느껴지는 방 안이었다.

슥.

한쪽에 놓여 있는 침소에서 정일관이 상체를 일으켰다. 문득 옆에서 느껴지는 따뜻한 체온에 고개를 돌렸다. 포정의 요염한 상반신이 등을 보이며 눈앞에 나타났다. 며칠 동안 이곳에서 지내며 이불까지 함께 쓰게 되었다.

정일관은 탁자 위에 놓여 있는 찻잔에 차를 가득 따라 마셨다. 목구멍으로 넘어가는 시원함이 정신을 맑게 해주었다.

"일어나셨네요."

정일관은 고개를 돌려보았다. 포정은 이불로 상반신을 가린 채 정일관을 바라보고 있었다. 포정의 눈동자가 정일관의 정신을 흐릿하게 만들고 있었다.

"얼마나 내가 이곳에 있었지?"

"보름이요."

포정은 말을 하며 침의를 입었다.

"오래되었군."

정일관의 시선은 창가를 향하고 있었다. 문은 닫혀 있었지만 마땅히 시선을 둘 곳이 없었다. 곧 정일관의 옆구리로 두 개의 손이 튀어나오며 가슴을 안았다. 정일관은 등에서 느껴지는 풍만함과 따뜻함에 미소 지었다.

"이제는 말해 줘도 되지 않나?"

정일관의 뜬금없는 말에 포정의 육체가 아주 잠시 굳었다. 그렇지만 포정은 더욱 강하게 정일관을 끌어안았다.

"무엇을 말인가요?"

정일관은 고개를 돌려 포정을 바라보려다 곧 조용히 말했다.

"이상하지 않아? 이런 변방에 이렇게 호화로운 기루가 있다는 것이 말이야. 전부터 궁금해서 견딜 수가 없더군. 난 궁금한 것은 그냥 넘어가는 성격이 아니라서……."

"그래서… 무언가 알아내었나요?"

포정의 목소리가 굳어졌다. 그것을 모를 정일관이 아니었다. 하지만 정일관은 아무렇지 않게 말했다.

"알아낸 것은 없고 단지……."

"단지?"

포정의 목소리에 힘이 들어가자 정일관은 가볍게 말했다.

"듣고 싶을 뿐이야."

정일관의 말에 포정은 손에 옮기던 가벼운 기운들을 풀어버리며 부드럽게 정일관을 안았다.

"여긴 그냥 기루고 저는 부루주일 뿐이에요."

"그렇지. 기루지."

정일관은 답답한지 포정의 팔을 풀며 몸을 돌렸다. 눈앞에 포정의 요염한 모습이 들어왔다. 정일관의 시선이 자연스럽게 포정의 얼굴을 지나 침의에 반쯤 가려진 풍만한 가슴으로 향했다. 순간 정일관의 양손이 포정의 허리를 감으며 거칠게 끌어안았다.

"또… 하오문의 기루이기도 하지."

순간 포정의 전신이 굳어졌다. 정일관의 오른손이 어느새 포정의 목덜미를 잡고 있었기 때문이다. 포정은 고개를 들어 정일관의 얼굴을 바라보았다. 포정의 왼손이 위로 올라가며 정일관의 볼을 만졌다.

"맞아요. 여기는 하오문이에요."

정일관은 곧 포정의 목을 잡고 있던 오른손을 풀며 허리를 감았다. 그러자 포정이 미소 지으며 말했다.

"어떻게 아신 건가요?"

포정은 정말 그것이 궁금했는지 마음속은 꽤나 경직되어 있었다.

"황궁에도 비밀스러운 놈들이 많이 있는 편이라서."

포정은 그제야 고개를 끄덕이며 수긍하는 눈치였다. 그리고 눈앞에 있는 정일관이 생각보다 빠르게 움직이는 사람이라고 여겼다.

"어디까지 알아내었나요?"

"여기가 하오문이라는 것까지만 알아내었지. 그것뿐이야."

정일관은 말을 하며 포정을 더욱 강하게 끌어안았다. 그러자 포정의 입에서 이해할 수 없는 소리가 미미하게 새어 나왔다. 곧 정일관의 입술이 포정의 이마에 닿았다.

"그냥… 궁금했어. 아무리 생각해도 당신의 이름이 포정은 아닐 것 같았거든. 결국 이름을 알아내려다 하오문이라는 것을 알아내었지만 말이야."

정일관은 가만히 포정을 바라보며 미소 지었다.

"이름을 말해 줄 때도 되지 않았나?"

그러자 포정의 얼굴에 미소가 걸렸다. 그것은 정일관에 대한 사사로운 미소였다.

"모르고 계셨나요? 기녀는 그 사람이 정인이 아닌 이상 본명을 말하지 않아요."

"죽을 때까지?"

포정은 조용히 고개를 끄덕였다.

정일관은 짧게 숨을 내쉬며 다시 말했다.

"어떻게 하면 내가 정인이 될 수 있겠나?"

포정은 정일관의 갑작스런 말에 놀란 표정을 지었다. 말속에 진심이 담겨 있었기 때문이다. 하지만 포정은 곧 크게 웃었다. 그녀의 웃음소리가 방 안에 울리자 정일관의 표정이 경직되었다.

"천하에 고위 관원이 미천한 기녀에게 그런 이야기를 하시다니요. 지나가는 개들이 웃을 겁니다."

포정의 말에 정일관은 고개를 저으며 양손으로 포정의 어깨를 잡았다.

"기녀면 어떻고 미천한 종이면 어떤가? 어차피 나 또한 언제 죽을지 모르는 사람이거늘. 그런 나를 생각해 주는 사람이 있다면 죽어도 후회하지는 않겠지."

정일관의 담담한 목소리에 포정의 눈동자가 흔들렸다.

"당신은 바람둥이에 호색한이에요. 이렇게 꼬신 여자가 도대체 몇 명인지 궁금하군요."

포정의 입에서 부드럽게 당신이란 말이 나오자 정일관은 웃으며 포정을 안았다.

"처음이오."

"그 말을 어떻게 믿나요?"

"하늘이 알고 땅이 알고 있소."

정일관의 당당한 말투와 목소리에 포정은 눈을 밑으로 내렸다.

"거짓말이라 해도 기분은 좋네요."

포정은 정일관을 마주 안으며 말했다.

"염… 옥지(閻玉知)예요."

정일관은 기분 좋게 웃으며 염옥지를 안아 들어 침상에 눕혔다. 갑작스런 행동에 염옥지의 눈동자가 커졌다.

"아침이라 그런지 힘이 남는 것 같소."

"그런……."

화려한 방이라고 송백은 생각했다. 여인의 향기가 코끝을 자극했고, 벽에 걸린 약간은 뜨거운 듯한 그림들도 그런 생각을 들게 만들었다.

"왔는가?"

송백은 문이 열리며 정일관이 들어오자 자리에서 일어섰다. 정일관의 뒤로 염옥지가 따라 들어왔다. 송백의 시선이 자연스럽게 염옥지에게로 향했다. 염옥지 역시 송백을 바라보았다.

어린 얼굴에 어울리지 않게 갑주를 걸친 것이 귀엽다는 생각을 했다. 무엇보다 잘생긴 송백의 얼굴과 짙은 눈매는 인상적이었다. 서로가 바라보고 있자 정일관은 의자에 앉으며 말했다.

"자네 형수님이야. 인사하게."

정일관의 갑작스런 말에 염옥지는 얼굴을 붉혔다. 송백 역시 잠시 동안 놀란 표정을 지었다. 하지만 이내 허리를 숙였다.

"송백입니다."

염옥지는 가볍게 인사하며 의자에 앉았다. 그러자 정일관이 웃으며 송백에게 자리를 권했다. 송백은 잠시 동안 염옥지와 정일관을 바라보다 의자에 앉았다.

"신기한가?"

"아닙니다."

송백은 정일관이 누구와 어떻게 살던 그것에 대해 관심이 없었다. 그렇기 때문에 무심하게 대답했다. 그것을 아는 정일관은 기분이 좋은지 빠르게 말했다.

"오게 될 것이라고 하지 않았나."

정일관은 그렇게 말하곤 염옥지를 바라보았다.

"가벼운 술상이라도 봐오겠소?"

"그러지요."

염옥지는 문을 열고 밖에 서 있는 시비들에게 무언가를 지시했다. 염옥지가 들어오자 정일관은 송백에게 다시 말했다.

"일단 기루에 왔으니 좀 쉬어야 하지 않겠나? 이곳까지 오는 동안 많이 피곤했을 텐데 여기서 하루 쉬고 내일 들어가게."

"아닙니다."

정일관은 송백이 이런 곳에 관심이 없다는 것을 알고 있기에 더 이상 권하지는 않았다. 송백은 정일관과 염옥지를 다시 바라보며 말했다.

"이곳에 계셔도 되겠습니까?"

송백의 물음에 정일관은 염옥지를 한 번 바라보다 고개를 끄덕였다.

"형수가 이곳에 사는데 여기에 있어야 하는 것은 당연한 것이 아니겠나?"

가만히 웃으며 하는 정일관의 말에 송백은 입을 다물었다. 송백의 표정을 본 정일관은 다시 말을 이었다.

"이번 전쟁이 끝나면 고향으로 함께 갈 것이네."

정일관의 말이 떨어지자 염옥지는 매우 놀란 표정을 지었다. 설마 그렇게까지 생각할 것이라고 여기지 못했었다. 송백 역시 꽤 놀란 듯 잠시 동안 염옥지를 바라보았다. 그러나 이내 표정을 바로 하며 정일관에게 말했다.

"경하드립니다."

송백의 말을 들은 염옥지는 얼굴을 붉혔다. 정일관은 그 말을 듣자 기분이 좋은지 미소를 입에서 지우지 못하고 있었다.

"생각보다 어려 보이지는 않는군."

왕청은 보기에도 매서울 것 같은 인상으로 송백을 바라보고 있었다. 계급은 같았지만 기마대의 총괄은 왕청이 하고 있었기에 송백은 서 있었고 왕청은 앉아 있었다. 주변은 해가 떨어져서 어둡게 변하고 있었다.

"그것과 전쟁을 하는 것과는 상관이 없겠지만……."

말을 하던 왕청은 송백의 표정을 살폈다. 장관영의 말이 있었기에 궁금했던 것이다. 자신의 생각보다 매서운 눈매를 하고 있었으며 사내 같다는 생각이 들게 만들었다.

"며칠 전 자네의 부대로 은군 오천 명이 보충되었네. 잘 훈련된 경군(京軍)이 와도 불안한 판에 난데없는 은군이라 난감하지만 어쩌겠나?

훈련을 잘 시켜서 철마대의 이름에 맞게 해주어야지?"

"알겠습니다."

송백은 짧게 대답했다. 하지만 은군이란 말에 인상이 굳어진 것은 어쩔 수가 없었다. 좋지 못한 기억 때문이다.

"자네와는 좀 더 이야기를 나누고 싶지만 나도 할 일이 많아서 말이야."

왕청은 탁자 위에 놓여진 많은 문서들을 바라보며 미소 지었다.

"전쟁만 잘하면 되는 줄 알았는데 이렇게 머리 아프게 읽어야 하는 것들이 많다니… 이럴 줄 알았으면 그냥 문관이나 되어서 조정에 출퇴근할 것을……."

왕청이 인상을 찌푸리며 웃었다. 왕청의 말은 나가라는 말과도 같았고 송백 또한 그것을 알고 있었다.

"그럼."

송백은 빠르게 말하며 등을 보였다. 그런 송백의 뒷모습을 왕청은 한번 보고는 고개를 숙였다.

"잘하겠지."

남전은 불만이 많았다. 경군에서 지내던 자신이 일만의 병력을 가지고 올라왔을 때 자신이 삼단주가 될 것이라고 생각했었다. 하지만 오천의 은군이 더 온다는 것과 삼단의 단주는 다른 사람이니 불만이 생길 수밖에 없었다. 더구나 그런 사람이 더욱 자신보다 어린 사람이라면 당연한 감정이었다.

"전쟁 경험은?"

서늘한 목소리가 남전의 귀로 들려왔다.

"없… 없는데요."

남전은 겨우 떨어지지 않는 입을 움직이려고 노력하며 말했다. 곧 송백은 넓은 탁자를 사이에 두고 앉아 있는 열한 명의 인물들을 하나 하나 살펴보았다. 모두 천인대장들이었고 이십대 초중반의 젊은 사람들이였다. 급속히 만든 부대라는 것을 한눈에 알 수 있었다.

"전쟁 경험이 있는 사람은 없나?"

송백은 조용히 그들을 둘러보며 말했다. 그러자 송백의 왼쪽에서 손이 들렸다.

"일대주인 조전번입니다."

송백의 시선에 조전번은 자신을 이야기했다. 유일하게 삼십대로 보이는 그 외에는 없는 것 같았다. 조전번이 다시 말했다.

"요동에서 경군으로 내려와 이곳으로 오게 되었습니다."

송백은 고개를 끄덕였다. 요동이라면 거란족이 많이 출몰하는 지역이었다. 물론 몽고족도 가끔 내려오는 지역이다.

"자네를 제외하고는 모두 경군에서 이곳으로 오게 된 것인가?"

"그렇습니다."

모두 대답하자 송백은 이들이 무과에 급제하고 얼마 안 돼 부대를 맡게 된 인물들이라고 생각했다. 그들의 얼굴에 미숙함과 이 부대의 미숙함에 송백은 마음속으로 한숨을 내쉬었다. 그렇다고 그것을 가지고 뭐라 할 생각 같은 건 전혀 없었다. 송백은 조전번을 향해 고개를 돌렸다.

"조 대주가 몽고군이라면 언제 가장 마음을 편하게 먹고 쉴 것 같나?"

조전번은 갑작스런 물음에 잠시 당황했으나 곧 진중한 목소리로 대답했다.

"당연히 추운 겨울이지요. 이곳의 겨울 추위는 대단해서 저희도 몽고군도 거의 움직일 수가 없습니다."

송백은 고개를 끄덕였다. 그러자 조전번의 표정이 굳어졌다.

"설마……."

"초겨울."

모두의 표정이 경직되며 작은 소음이 일어났다. 그러자 남전이 말했다.

"설마 그럴 리가 있겠습니까? 아무리 초겨울이라 해도 그 시기의 이곳은 눈이 내리고 밤공기 역시 대단히 매섭습니다. 중원과는 다른 곳입니다. 그 시기에 저희가 출진한다는 것은 말이 안 됩니다. 조정에서 출진의 명령을 겨울에 내렸다면 우리보고 모두 죽으라는 소리가 아닙니까?"

남전이 말하자 송백은 무심히 말했다.

"시키는 일이라면 해야지."

송백의 목소리에 담긴 차가움에 남전은 잠시 동안 입을 닫았다. 모두 입을 닫자 송백은 조전번을 향해 말했다.

"은군 오천 명이 왔다는데 그들의 훈련 상태는?"

"썩 좋은 편은 아닙니다."

조전번의 대답에 송백은 예상한 듯 고개를 끄덕였다.

"내일부터 각 대주들은 그들을 훈련시키게. 그리고 언제라도 출진할 수 있게 갑주를 입고 대기하도록 전하게나."

"알겠습니다."

모두 대답하자 조전번이 다시 말했다.

"하지만 그들이 말을 잘 들을지 의문입니다. 아무래도 범죄자들이 많은 은군이다 보니 내부적으로 많은 문제점을 가지고 있습니다. 상관에 대한 충성심도 없고, 특히 살인자였던 놈들은 언제라도 저희에게 칼을 들이밀 녀석들입니다. 더욱이……."

말을 하던 조전번은 송백의 눈치를 살피듯 머뭇거렸다. 그러자 송백의 차가운 목소리가 흘러나왔다.

"죽여. 시간도 많으니… 완연한 겨울이 오기 전 전쟁을 이겨야 하네."

일순 주위의 공기가 차갑게 식어갔다. 송백은 그런 그들을 향해 다시 말했다.

"몇 명 죽다 보면 말을 잘 듣겠지."

조전번은 슬며시 미소 지었다. 이렇게 나온다면 자신이 하려던 말을 할 필요가 없었기 때문이다. 원래 하려던 말은 단주의 나이가 어려 문제가 될지도 모른다는 이야기였다.

"하지만……!"

남전의 놀란 목소리가 흘러나오자 송백은 다시 말했다.

"책임은 내가 진다."

"무리입니다. 사람을 죽인 경험이 없는 대주들이 그런 짓을 할 리 없습니다."

조전번이 고개를 저으며 말하자 송백의 입가에 미소가 걸렸다.

"그럼 조 대주가 몇 명 본보기로 죽이게."

조전번은 잠시 고민하는 표정이었으나 곧 고개를 끄덕였다.

"알겠습니다."

조전번의 입에서 기다렸다는 듯이 대답이 나왔다. 그렇게 되자 모두의 표정이 상기되었다.

남전은 놀란 표정으로 송백을 바라보았다.

"자기의 병사를 죽이려 하다니……!"

송백의 무심한 시선이 남전에게 향했다.

"갑주와 자네는 어울리지 않는 것 같군."

무심한 음성에 남전은 침묵했다.

이십여 명의 무장들이 무거운 안색으로 서 있었다. 그들의 앞에는 정일관이 굳은 표정으로 서 있었다. 그들의 중앙에는 거대한 지도가 펼쳐져 있었다.

"해류도(海流圖)에 기거하고 있는 타자르의 목을 치기 위해 우리는 보름 후 겨울이 시작될 때 출정한다."

정일관이 말하자 옆에 서 있던 장관영이 앞으로 나서며 말했다.

"어제 조정의 명령이 떨어졌소. 다들 추위에 대비해 철저히 준비하도록 하시오."

모두의 표정이 상기되었다. 기다렸던 소식이지만 막상 듣게 되자 느끼는 감정이 달랐기 때문이다. 정일관의 목소리가 다시 울렸다.

"일단 선발대를 먼저 보내야 하는데……."

정일관은 말을 하며 왕청을 바라보았다.

"우리가 조심해야 할 몽고의 기마병을 끌어내기 위해서는 우리도 기마병이 나가야 하겠지?"

정일관의 말이 떨어지자 왕청의 표정이 굳어졌다. 가장 두려워하는 상대가 몽고의 기마병이기 때문이다.

산은 높았지만 고원과 사막이 많은 이곳에서 그들을 만나면 패할 확률이 높았다. 그들은 빠르고 강했으며 잔인했다. 그렇기 때문에 나라에서도 기마병을 굉장히 중요시 여기고 있었고 모든 병력은 보(步), 기(騎), 포(砲)의 혼합을 이루었다.

화약총을 개발해 화총이 보급되었지만 그 수는 그리 많지 않았다. 더욱이 포병은 대포의 이동이 용이하지 않기 때문에 방어를 위한 목적으로 많이 이용되었다. 그런 상태에서 기마병은 대단히 중요한 전력이었다. 그런 기마병 중에서 육만을 빼서 돌리는 것이다.

"저희가 먼저 선발대로 나가게 된다면 막대한 전력의 손실이 찾아옵니다."

장관영은 왕청이 걱정스럽게 말하자 미소 지으며 대답했다.

"걱정할 것은 없어. 어차피 십만의 기병이 존재하고, 화총수들도 오천 명이나 있네."

말을 한 장관영은 곧 지도를 가리키며 말했다.

"왕 대주의 선발대가 음산(陰山)을 지나 해류도로 향하면 몽고군의 기병이 분명 마중 나올 것이오. 육만의 기병을 상대하려면 적어도 그들은 십만의 기병을 내보낼 것이니, 그사이 우리 본대는 황하를 타고 올라가 오원(五原)에서 해류도를 칠 것이오."

"적의 병력은 어느 정도입니까?"

십오만을 거느리는 신기영의 참장 고죽이 물어왔다. 고죽은 얼굴에 큰 흉터가 있는 사십대 중반의 무장으로 정일관이 아니었다면 이곳의 총독이 되었을 인물이다.

"크게 잡아 삼십만입니다. 그중 기병은 십만에서 십오만 정도로 보시면 될 것입니다."

장관영이 말하자 고죽은 고개를 끄덕였다. 몽고군의 기마병은 무섭지만 그들이 빠진 몽고병은 그리 두려운 상대가 아니기 때문이다.

"일단 왕 대주는 몽고의 기병이 보이면 다시 음산까지 철수했다가 그들이 물러나면 천천히 따라붙어 본대가 해류도를 접수하는 사이 그들의 후미를 치는 것이 주 임무요."

"양동 작전이라… 기병이 빠진 상태에서 본대를 친다면 확실히 승산은 우리에게 있지요. 이번 정벌로 몇 년 동안 조용해졌으면 좋겠습니다."

"그렇게 될 것이오."

유자혁이 중얼거리자 모두들 고개를 끄덕였다. 정일관이 확신을 주듯 말했다. 그리곤 다시 말했다.

"왕 대주는 준비를 철저히 하고 선발로 음산으로 향한다. 출발은 삼 일 후. 그때까지 푹 쉴 수 있도록 준비해 주게."

왕청은 어두운 안색으로 대답했다.

"알겠습니다."

소성의 홍등가는 북새통을 이루며 사람들로 인해 복잡하게 변하였다. 거리에는 남자들뿐이었고, 기루의 창가에서는 여자들이 손짓을 하고 있었다.

"이틀 동안 묵으려면 돈이 꽤 들겠지만 가지고 가봐야 소용도 없으니 다 쓰는 것이 좋아."

일대주인 조전번이 옆에서 걷고 있는 삼대주 홍이식에게 말했다.

홍이식은 작년에 무과에 급제하여 이곳까지 오게 된 인물이었다. 천인대장의 지위는 어떻게 보면 그에게 빠른 진급이었다. 옆에서 걷는 조전번은 십 년 동안 지내서야 천인대장이 되었다. 물론 조전번은 무과에 급제한 것이 아니라 병으로 들어와 올라오게 된 인물이라 차이가 있는 것은 당연했다.

홍이식의 옆에는 부단주인 남전이 걷고 있었다. 하지만 남전의 표정은 그리 밝지 않았다. 홍이식은 조전번에게 고개를 돌렸다.

"이 많은 돈을 이틀 동안 어떻게 씁니까? 그냥 남겨두었다가 고향에 가지고 가야지요."

홍이식이 말하자 조전번은 신기한 물건을 보듯 홍이식을 바라보았다.

"죽으면 어차피 쓸모도 없을 것인데 남겨둬서 뭐 하게?"

"조 대주님은 그래서 장가를 못 가는 겁니다."

홍이식이 웃으며 말하자 조전번은 시선을 돌렸다. 그럴지도 모른다는 생각이 들어서이다. 돈이 없으니 장가를 갈 생각은 하지도 않았다. 물론 이곳에 병으로 끌려왔을 때부터 장가갈 생각은 버렸지만 왠지 후회가 되는 것 같다는 생각을 했다. 그렇게 생각하자 조전번은 한숨을 내쉬며 말했다.

"장가를 한번 가고는 싶은데… 이번에 살아 돌아오면 특별히 부탁해서 고향에나 다녀오던가 아니면 아주 내려가던가 해야겠어."

"당연히 살아 돌아와 장가를 가게 될 것입니다."

홍이식이 확신하듯 말하자 조전번은 미소 지었다.

"사실은 말이야… 이곳에 와서 병사들을 보았을 땐 정말 실망 많이 했었지. 거기다 은군까지 들어왔으니 이제는 죽을 때가 되었구나 하는 생각이 들었거든."

조전번의 말에 다른 생각을 하고 있던 남전도 반응했다. 그러자 조전번이 다시 말했다.

“부단주님에게 미안하지만 사실 훈련 상태도 별로였고, 북경 인근에서 지내던 놈들이라 약해 보인 탓에 걱정을 많이 했는데 한 달 동안 훈련을 통해 많이 나아져서 정말 다행이라 여깁니다. 좋은 단주님도 오신 것 같고 저희가 살 가능성도 높아졌지요.”

“뭐… 그건 그렇지만…….”

남전이 수긍하듯 고개를 끄덕였다. 하지만 표정은 밝지 않았다.

“난 단주님을 이해할 수가 없어. 어떻게 자신의 병사를 죽일 수가 있는 것이지?”

남전의 말에 홍이식의 표정이 굳어졌다. 조전번은 그저 미소 지을 뿐이었다.

“조 대주는 이해할 수 있나?”

조전번은 남전의 물음에 쓰게 웃으며 대답했다.

“저야 뭐… 대충은 이해할 수 있지요.”

조전번은 말을 하며 며칠 전 일어난 일을 생각했다.

일은 아침에 일어났다. 아침을 먹으러 나온 송백에게 은군 중에 흉포하다고 소문난 십여 명이 명령 불복종을 하던 일이었다. 그들은 불만이 꽤 있었다. 훈련이 힘들었던 것이다. 더욱이 자신들에게 명령하는 사람이 아직 이십도 안 된 애송이라고 생각하자 도저히 참기 힘들었다. 결국 그들은 송백에게 달려들었고, 두 명이 죽고 말았다.

송백은 아무렇지도 않게 검을 꺼내 두 명을 찔러 죽인 것이다. 그 모습을 본 병사들이 크게 놀랐다. 그 일 이후로 은군들의 불만은 잦아들었다. 물론 송백은 왕청에게 불려갔으나 금방 되돌아왔다. 송백이 왕청에게 불려갔을 때 남전도 함께 있었다. 그 일을 알린 것은 남전이었다.

"확실히 명령에 따르지 않는 병사가 있다면 전체에 영향을 주는 것은 사실입니다."

조전번의 목소리에 남전은 인상을 찌푸렸다. 남전은 아무렇지도 않게 두 명을 죽이고 서 있던 송백을 생각했다. 왠지 차갑다는 생각과 이질감이 느껴졌었다. 무엇보다 무심하게 시신을 바라보던 눈동자에서 섬뜩함을 느꼈었다. 남전은 그것이 불안했다. 사람 같지 않은 사람 밑에서 자신이 있어야 한다는 사실이.

"그렇다고 해도 나와 한솥밥을 먹는 형제와 같은데……."

"자자, 그만 생각하시고 어서 들어갑시다."

홍이식이 거대한 기루의 문 앞에 당도하자 남전과 조전번의 어깨를 함께 잡으며 안으로 이끌었다. 그러자 기다렸다는 듯이 여자들이 마중 나왔다.

송백은 손에 들린 두꺼운 명부를 접으며 저도 모르게 한숨을 내쉬었다. 명부에는 이름과 직책, 거기다 태어난 곳까지 상세하게 나와 있었다. 그렇지만 어디에도 전적에 대한 설명은 없었다.

무거운 표정으로 명부를 내려놓은 송백은 자리에서 일어섰다. 앞으로 명부의 이름들은 사라지고, 돌아오면 얇은 종이로 남겨질 것이다. 그것을 생각하자 마음이 아픈 것은 사람이라면 누구나 가지는 감정이었다.

창문을 열었다. 그러자 차가운 공기가 매섭게 창문을 넘어 들어왔다. 정신이 맑아지는 기분이다.

"도대체 인간은 그동안 얼마나 많은 전쟁을 하면서 살아왔을 것 같나?"

모영의 목소리가 들려오자 송백은 고개를 들었다. 자신의 옆에서 말을 몰고 가는 모영의 눈동자는 무심하기 그지없었다.

"모르겠습니다."

주변에는 푸른 초원과 약간의 굴곡만을 나타내는 고원의 평지였다. 저 멀리까지 보이는 대지에는 그 무엇도 있지 않았다.

"아마 오래되었겠지? 내가 태어나서 지금까지 늘상 봐온 광경은 사람들이 서로 주먹질을 하는 것이었어. 애들도 그렇게 주먹으로 싸우는데 하물며 우리 같은 어른이야 주먹보다야 더한 무기를 들고 싸우지 않겠나?"

"그렇지요."

송백은 무심하게 대답하며 앞을 바라보았다. 저 멀리까지 아무것도 보이지 않던 대지에 약간의 검은 그림자들이 나타났다.

까악! 까악!

울부짖는 까마귀 떼였다. 송백의 눈살이 찌푸려졌다. 모영은 그저 무심하게 앞을 바라보고 있었다.

"언제나 느끼는 것이지만 너는 불쌍한 녀석이야."

"……."

모영의 무심한 말에 송백은 굳은 표정으로 입을 닫고 있었다. 얼마 지나지 않아 코를 찌르는 노린내와 시체들의 썩은 악취가 전신을 자극해 왔다. 곧 송백과 모영의 눈앞에 시체들의 검은 육신이 끝없이 나타났다. 모두 며칠 전 죽은 몽고군과 아군이었다.

"나는 열여덟에 무과에 급제해서 지금까지 꽤 오랫동안 살았지. 전장에서 십 년 동안 살았으면 굉장히 오래 산 목숨이다."

까마귀가 시체의 눈알을 파먹는 모습에 처음으로 모영의 눈살이 찌푸려졌다.

"열여섯에 이렇게 전장에 나와 앞으로 눈을 감을 때까지 이곳에 있어야 할 테니… 사랑도 없을 것이고, 친구 또한 없을 것이고, 무엇보다 가족은 꿈도 꾸지 못할 테니 참으로 불쌍하지."

"아무도 없었습니다."

송백의 음성에 모영은 코웃음을 날렸다.

"아무도 없었는데 네놈이 태어났겠나? 어떻게라도 태어났으니 일단 살아야겠지. 이렇게라도 말이야."

송백에게서 씁쓸한 웃음이 흘러나왔다.

'어차피… 버렸는데.'

송백은 스스로가 어리석다는 생각을 했다. 버려졌다는 것을 알지만 마음 한편에서는 아직도 찾고 있을지 모른다는 기대감, 그리고 자신의 승룡패와 같이 떠오르는 한 여인의 얼굴. 그것마저도 없었다면 이곳에 누워 있을지도 모를 일이었다.

"장군님을 미워하나?"

모영의 목소리에 송백은 고개를 들었다. 하지만 대답을 할 수는 없었다. 모영은 그저 고개만 끄덕였다.

"미워하겠지, 나라도 그럴 테니. 기억이 남을 나이에 남을 것은 아무것도 없게 만들었으니……. 어릴 때의 기억은 좀 있나?"

송백은 모영의 말에 잠시 경직된 표정을 지었다. 기억이 생기려는 나이에 이미 눈앞에 있는 모영을 만나 훈련을 받았기 때문이다. 기억나는 것은 희미한 형의 얼굴과 지워져 버린 부모님의 얼굴, 그리고 마지막으로 선명하게 남는 동방리와의 기억뿐이었다. 유일하게 즐거웠던 기억은 동방리와의 기억이었다. 그만큼 선명하고 각인된 얼굴은 동방리뿐이었다.

"별로."

모영은 미소 지으며 송백의 어깨를 두드려 주었다. 얼마 동안 조용한 가운데 말발굽 소리와 까마귀의 울음소리가 울리고 있었다. 그렇게 잠시의 시간이 흐르는 가운데 송백의 말이 걸음을 멈추었다.

송백의 시선이 말발굽 아래의 시신에게 향하고 있었다. 모영도 송백이 멈추자 고개를 돌려보았다. 그곳에 송백과 비슷한 나이로 보이는 소년의 시신이 있었다. 아직 볼에 젖살도 빠지지 않은 얼굴이었다. 그도 모영도 그 얼굴은 알고 있었다.

송백과 며칠 전까지만 해도 이야기를 나누던 얼굴이었다. 자신과 비슷한 나이에 이곳으로 끌려와 결국에는 이렇게 누워 있는 것이다.

"아픈가?"

송백은 천천히 고개를 저었다. 하지만 눈동자에 어린 것은 약간의 붉은 기억이었다.

"아픔 같은 것… 잊은 지 오래입니다."

송백의 음성에 모영은 무심하게 말했다.

"그렇겠지. 어차피 우리는 본능만이 존재하는 짐승이 아니었나. 적만을 죽이고 이기기 위해 움직이는 황제의 개."

모영의 목소리에서 한기가 풍겨 나왔다. 송백은 그것이 누구를 향한 살기인지 이해하지 못했다. 단지 이렇게 살게 한 하늘을 원망할지도 모른다고 여길 뿐이었다.

가만히 걷던 모영이 뭔가 미심쩍은지 송백을 바라보며 말했다.

"개는 좀 너무하고… 늑대가 좋을 것 같은데……."

송백의 얼굴에 미소가 걸렸다.

"총단주께서 부르십니다."

문을 열고 들어선 병사가 말하자 송백은 창가에서 시선을 돌렸다. 그곳에 약간 긴장한 표정의 병사가 서 있었다. 송백의 시선을 받자 그렇게 된 것이다. 송백은 고개를 끄덕였다.

한낮이지만 실내는 약간 어두웠다. 추위 때문에 창문을 모두 닫았기 때문이다. 중앙에 피어오르는 화로에서 따뜻함이 전해졌지만 커다란 실내를 모두 채우기에는 부족함이 있었다. 하지만 작은 탁자에 모여 앉은 다섯 명을 따뜻하게 하기에는 충분했다.

"음산을 지나 진격하면 이십여 일은 걸릴 텐데. 그동안 본대가 황하를 타고 올라가 해류도로 들어서는 시간은 삼십여 일. 십 일의 시간이 남게 되는데 그동안 저희가 어떻게 몽고군의 발목을 잡느냐가 관건일 것이고… 또 본대와의 연락 역시 주기적으로 이루어져야 하는 것도 걸리네."

"시간은 충분하군. 해류도에 우리가 나타나면 타자르는 여지없이 기병을 보내겠지. 그들을 끌고 후퇴해서 시간을 벌면 충분하다고 보는데… 그 시간이면 이미 타자르는 황하에서 올라오는 본대를 발견하고 기병들을 회군시키려 할 것이네."

왕청이 이대주인 장여방의 말을 받아 말했다. 장여방은 삼십대 후반의 인물로 중후한 인상이었다. 그 옆에 앉은 사대주인 신도명이 고개를 끄덕이며 거들었다.

"확실히 시간상으로 어긋날지도 모르고, 또 본대와의 연락도 문제가 되는 것은 사실이나… 하지만 치고 빠진다면 그들도 어쩔 수 없겠지요. 그들이 후퇴할 때 저희가 회군해서 다시 쳐들어간다면 많은 피해 없이 이길 것 같습니다."

신도명은 짧은 수염과 어울리게 거친 인상을 가진 인물이었다. 왕청과 비슷한 나이로 왕청과는 같은 해에 무과에 급제한 인물이었다. 왕청과 신도명이 그렇게 말했지만 신중한 성격의 장여방은 고개를 저으며 말했다.

"기병만 움직인다는 것도 석연치 않고… 음산을 지나다 복병이라도 만나게 되는 날이면 큰 타격을 입을 것이네. 물론 음산을 올라가면 하늘의 바다라는 넓은 평야가 나타나니 별 걱정은 없겠지만, 문제는 음산을 어떻게 넘어갈 것인가인데… 음산은 소문으로 듣기엔 험한 곳이라고 하는데 나는 직접 가본 적이 없어서 모르겠고……."

장여방의 시선이 조용히 침묵하고 있는 송백에게 향했다.

"삼단주는 가봤을 것 같은데?"

장여방의 물음에 송백은 무심하게 말했다.

"저희는 미끼 같습니다."

순간 왕청과 신도명의 표정이 굳어졌다. 장여방은 예상했다는 듯 고개를 끄덕였다.

"확실히… 그럴 것 같더군."

장여방의 말에 송백은 천천히 말했다.

"하지만 음산을 넘으면 타자르에게 저희는 복병이 될 것입니다. 몽고군은 음산에서 병력이 나올 것이라고 생각지 못할 테니 말입니다. 하지만 음산은 험한 곳입니다. 직접 보신다면 왜 이곳으로 사람들이 왕래하지 않는지 알 것입니다. 더욱이 복병도 분명히 존재합니다. 단지 저희에게 유리한 점이 있다면 저희는 적의 위치를 알고 적은 저희를 모른다는 것입니다."

"무슨 말인가?"

신도명이 묻자 송백은 다시 말했다.

"그것은 안개와 구름입니다."

"구름과 안개라……."

장여방이 중얼거리며 물었다.

"안개와 구름이 산중턱부터 낀다면 무사히 넘을 수 있다는 말인가?"

송백은 고개를 끄덕였다.

"음산산맥의 동부와는 다르게 서부는 여름을 제외하곤 안개와 구름이 자주 산중턱을 타고 이동합니다. 이동하면서 비와 눈을 내리지요. 그 점을 이용해야 합니다. 짙은 구름과 안개에 몸을 숨겨 몽고군의 요새가 있는 오제령(五齊嶺)을 넘는다면 확실히 이번 전쟁은 이길 것입니다."

"요새?"

왕청이 약간 놀란 표정으로 물었다. 그러자 송백이 말했다.

"과거 그곳을 지나려다 알게 되었습니다. 음산을 지나가자는 생각은 과거의 여러 장군들도 했던 생각입니다. 하지만 오제령의 요새에 걸려 회군해야 했습니다. 과거 모영 장군의 북풍대가 음산의 동부에서 서부로 이동할 때 보게 된 곳입니다."

송백의 말에 모두들 놀란 표정을 지었다. 요새가 있다는 이야기는 듣지 못했기 때문이다.

"요새라니… 음산의 서부에 요새가 있다니……."

장여상이 중얼거리자 송백은 다시 말했다.

"오천에서 일만 정도의 몽고군이 거주하는 것으로 예상하지만 그 정도라 하여도 능히 십만은 막을 만한 곳입니다."

모두의 표정이 굳어졌다.

"설마 요새가 있다는 것을 위에서 모를 리는 없을 것이고… 그런데도 우리에게 이 일을 맡기다니… 죽으라는 소리인가?"

왕청이 화난 표정으로 말하자 모두의 표정도 경직되었다. 장여상은 무언가를 생각하더니 송백에게 말했다.

"확실히 삼단주는 그곳을 지나면 이긴다고 했는데, 뭔가 방법이 있나?"

"예."

송백의 대답에 왕청과 신도명의 표정이 경직되었다. 그러자 왕청의 옆에 앉아 있던 일대의 부단주이자 왕청의 부관을 하고 있는 임조경이 놀란 표정으로 입을 열었다.

"폭약?"

송백이 고개를 끄덕이자 임조경이 빠르게 말했다.

"확실히 음산에 대해서는 저도 들어 알고 있습니다. 그곳에 요새가 있다는 소리는 처음이지만 음산은 돌도 없고, 나무도 많지 않은 곳입니다."

"사막과 마찬가지군."

장여상이 거들자 임조경은 고개를 끄덕이며 말을 이어갔다.

"좁은 지형과 모래폭풍으로 생긴 기이한 형상의 흙산이라고 들었습니다. 또한 그곳의 흙은 잘게 부서지기 때문에 요새를 세운다면 토성을 쌓을 수도 없으니, 거기다 돌도 없기 때문에 돌로 쌓을 수도 없을 것입니다. 남은 것은 나무를 끌어다가 쌓는 것인데… 나무라면 불로

할 수가 있습니다. 하지만 송 단주의 말을 들어볼 때 불로는 어쩌지 못하는 곳일 겁니다. 그렇다면 남는 방법은 화약이겠지요. 거기다 그곳은 여름을 제외하곤 비가 많이 오는 곳이 아니라 땅에 수분이 적을 것이고, 가을 겨울에는 높은 지형으로 안개와 구름이 끼는 곳입니다. 안개로 적의 시야가 가려진 상태에서 폭약을 매설한다면……."

임조경이 상세하게 말하자 모두들 고개를 끄덕였다. 확실히 좋은 방법이었기 때문이다.

"생각보다 쉬운 방법이군."

신도명이 말하자 장여상이 고개를 저었다.

"아닐 것이네. 쉽다면 오래전 벌써 해류도를 점령했을지도 모르지 않나? 그런 생각을 한 사람이 어디 한둘일 것 같은가?"

장여상이 말하며 송백을 바라보았다.

"확실히 쉬운 방법은 아닙니다. 화약과 화계가 공동으로 이루어져야 하고, 삼 일 동안 안개가 끼어 있어야 합니다. 그것도 짙은 안개가 말입니다. 오제령은 시야가 넓어 멀리까지도 볼 수 있습니다. 그렇기 때문에 음산의 곳곳에 척후병들이 깔려 있을 것입니다. 출발하기 전 선발대를 뽑아 음산에 보내야 합니다. 음산의 사방에 숨어 있는 적의 연락병들을 모두 없애야 은밀하게 행동할 수 있습니다."

"확실히 겨울의 정벌은 그들에게 갑작스런 일이겠지."

장여상이 중얼거리자 모두 고개를 끄덕였다. 그러자 신도명이 말했다.

"하지만 음산의 지형을 아는 자가 과연 몇이나 있을 것 같나? 우리 병사들은 거의 대다수가 경군 출신으로 그곳을 아는 자는 드물 것 같은데……."

"없다면 본대에 연락해서라도 뽑아야지요. 설마 그 많은 군사들 중에 몇 명 없겠습니까? 일단 몇 명 있다면 발이 빠르고 움직임이 좋은 몇 명을 붙여 보내면 될 것 같습니다."

임조경의 말에 왕청이 말했다.

"그럼 부단주가 그 일은 본대에 이야기하고, 화약의 양은 어느 정도 필요할 것 같나?"

"산 하나를 날릴 정도?"

송백의 담담한 목소리에 모두의 표정이 굳어졌다.

일흔아홉 개의 경군 중 재수없게도 줄을 잘못 서서 이곳까지 오게 된 정팔삼(丁八參)은 자신의 신세를 한탄하고 있었다. 바로 앞에 있는 놈만 제치고 섰어도 남경으로 갔을 것이다. 자신의 앞에까지 남경 군구로 내려갔고 자신부터 북경의 주둔군이 되었다. 그것까지는 좋은데 자신이 들어간 부대가 하필이면 이번 원정에 차출된 것이다.

이십오 년 동안 그래도 운이 나쁜 적은 없다고 여기던 그였다. 다행히 들어온 부대에서 담당하게 된 것은 보급품들이라 언제나 훈련 대신 쌀가마니의 수량을 세는 일이 전부였다. 내심 운이 좋았다고 여기던 그였지만 이제는 그 운도 다하는 순간이 다가오고 있었다. 늘상 그런 일은 갑작스럽게 오기 마련이다.

발가락을 움직이며 사이에 낀 때를 약지로 문지르던 정팔삼은 인상을 찌푸리고 있었다.

"에이, 철마대의 녀석들은 봉록도 높아서 기루에 맘대로 드나드는데… 젠장, 우리 같은 땅강아지는 기루에서도 안 받아주니… 젠장할……."

소성 내에서 지내는 그가 오늘 아침에 본 것은 철마대원들이 모두 성에 놀러 나와 노는 모습이었다. 당연히 부러울 수밖에 없었다. 보급품을 담당하기에 그나마 다행이라고 좋아했던 그였지만 기루에 드나드는 그들을 볼 때면 목숨 걸고 싸우는 것도 좋겠다는 생각을 들게 했다.

"어이! 정팔!"

이름은 정팔삼인데 사람들은 그를 부를 때 그냥 정팔이라 불렀다. 정팔삼은 싫었지만 사람들이 모두 그렇게 부르니 어쩔 수 없이 그냥 부르는 대로 살고 있었다.

"왜?"

정팔삼은 자신을 부르는 소리에 발가락의 때를 문지르던 손가락을 콧구멍에 쑤시며 고개를 돌렸다.

"왜 부르냐고?"

자신을 부른 사람이 평소에 친하게 지내던 왕형이자 정팔삼은 일어섰다. 곧 왕형이 다가왔다.

"대장이 부른다."

"그래?"

정팔삼은 고개를 갸웃거리며 왕형을 스치고 지나갔다. 대장이라 하는 사람은 이곳 창고를 책임지고 있는 사람이다. 별일이 없는 이상 절대 부르지 않았다. 정팔삼은 왠지 모르게 불안한 생각이 들었다.

■제8장■

안개꽃 사이로…….

창밖은 찬바람이 계속해서 불고 있었다. 동방리의 주변도 추운 공기에 감겨 있었다. 하지만 동방리는 여전히 창문을 열어놓고 작은 정원을 바라보고 있었다. 그곳에서 늘 놀던 사람은 이제 어른이 되어가고 있었다. 자신만이 남아 있는 것이다.

동방리는 자신도 모르게 목에 걸고 있는 승룡패를 손으로 매만졌다. 문득 어릴 때의 기억이 떠올랐다. 입가에 걸리는 것은 옅은 미소.

"송 가가……."

동방리는 미소 지으며 정원을 바라보다 어릴 때의 송백과 지금의 송백을 생각했다. 너무도 다른 모습이었다. 비슷한 것은 생김새였을 뿐, 결국 자신만 그대로인 것 같았다.

"나도 어른인데……."

동방리는 자신도 다 컸다고 생각했다.

"날씨가 춥습니다."

어느새 들어왔는지 유모가 들어와 창문을 닫았다. 동방리는 길게 숨을 내쉬며 내실로 들어갔다. 오늘따라 밖으로 나가고 싶었지만 송백이 없는 이상 즐겁지는 않을 것 같았다. 동방리는 방 안에서 벗어나지 못하고 있었다.

*　　　*　　　*

정팔삼의 불안한 생각은 맞았는지 정팔삼은 무릎을 꿇고 절을 하듯 땅에 엎드려 있었다. 전신은 떨고 있는 것이 굉장히 놀란 듯했다. 그럴 수밖에 없는 것이 눈앞에 유자혁이 앉아 있었다. 정팔삼과는 하늘과 땅의 차이가 나는 인물인 것이다. 자신의 하늘 같은 대장도 유자혁의 옆에서 굳은 자세와 표정을 유지하고 서 있었다.

"저, 저는… 정말… 하늘에 맹세코… 잘못한 일이… 없습니다."

평소 때는 술술 잘만 나오던 말도 웬일인지 혀가 굳어 나오지도 않았다. 온몸은 긴장했는지 미미하게 떨리고 있었다.

유자혁은 정팔삼의 모습에 크게 웃었다.

"누가 너보고 잘못했다고 했느냐?"

유자혁의 말에 정팔삼은 아주 조금 용기를 내어 고개를 들었다.

"예?"

"누가 잘못했다고 했느냐?"

"아, 그건……."

정팔삼은 눈을 굴렸다. 하지만 이마에서 흘러내리는 땀방울을 감출 수는 없었다. 유자혁은 가만히 웃으며 말했다.

"음산의 지리를 잘 아느냐? 그것만 대답해 보거라."

"예?"

정팔삼은 머리를 한참 굴렸다. 여기서 모른다고 하면 당장에 경을 칠 것 같은 기분이 들었다. 그런 생각을 하게 된 가장 큰 원인은 자신이 대장이라 부르는 인물이 눈에 힘을 주며 노려보았기 때문이다.

"예, 물론 잘 알고 있습니다. 제가 어릴 때 이곳에서 자라 음산은 거의 앞마당처럼 다니던 곳이지요. 물론입니다. 절대 거짓이 아닙니다."

"알았네. 자네가 잘 알 것이라고 말하더니 정말이었군. 아주 좋아."

유자혁이 흡족하게 수염을 만지며 웃었다. 그리곤 옆에 서 있는 보급 담당관에게 시선을 던졌다. 그러자 담당관은 정팔삼의 앞에 꽤 묵직한 주머니를 던졌다.

"이것이 무엇입니까?"

"열어보게."

유자혁의 말에 정팔삼은 침을 삼키며 안을 열어보았다. 그곳에는 보기에도 탐스럽게 반짝이는 은자 두 개와 동전이었다. 저절로 정팔삼의 눈이 커졌고, 입에서 침이 흘러내렸다. 이런 거금은 처음이기 때문이다.

"이건?"

정팔삼이 놀란 눈으로 유자혁을 바라보자 유자혁은 수염을 연신 만지며 미소 지었다.

"뭐긴, 자네의 목숨 값이지."

유자혁은 말을 마쳤는지 자리에서 일어섰다. 그리곤 어리둥절한 표정의 정팔삼에게 다시 말했다.

"실컷 쓰게, 내일 출발할 테니."

유자혁은 할 말을 다 했는지 밖으로 걸음을 옮겼다. 정팔삼의 하늘 같은 대장이 나가자 곧 문을 통해 다섯 명의 인원이 들어왔다.

아침이 밝아오려는 새벽녘부터 북문을 빠져나가는 인마들이 있었다. 그중에는 정팔삼의 모습도 보였다.

새벽부터 출발한 인마들이 한낮에 도착한 곳은 깎아내리는 듯한 절벽의 밑이었다. 그곳의 흙이 바람과 물에 깎이면서 생긴 절벽이라 절벽의 밑에는 안쪽으로 들어가게 파여 있었다. 그곳에서 다섯 조로 나뉜 말들이 각자의 갈 길을 가기 시작했다. 그리고 남은 여섯 기의 인마에서 내린 인물들은 바람을 막아주는 곳에 자리를 옮겨 앉았다.

가장 나이가 들어 보이는 이십대 중반의 청년은 얼굴에 흉터가 입술에서 턱까지 나 있는 인물이었다. 약간은 잔인해 보이는 눈매를 가지고 있는 청년은 둘러앉은 사람들을 둘러보며 말했다.

"이번 원정의 승리는 우리들의 손에 달려 있다고 해도 과언이 아니라고 들었다."

"늘 그렇게 말하지, 위에서는."

한쪽에 앉아 있던 노호관이 말했다. 노호관은 스무 살의 나이로 올봄 경군에 들어와 이곳까지 오게 된 인물이었다. 깨끗한 얼굴과 어울리지 않게 어깨에는 도신이 넓은 직도(直刀)를 메고 있었다. 보기에도 범상치 않은 분위기를 풍기고 있는 노호관이었다.

공노(空努)는 입술에 나 있는 칼자국을 혀로 몇 번 침을 묻히더니 노호관에게 시선을 던졌다.

"어디 출신이냐?"

"하북."

공노의 싸늘한 말에 노호관은 짧게 대답했다. 그러자 공노가 한기를 뿌리며 미소 지었다.

"하남에서 나를 만났다면 바로 죽였을 텐데 말이야. 아쉽군."

노호관의 표정은 공노의 싸늘함에도 별반 달라지지 않았다. 그것이 마음에 안 들었는지 공노는 인상을 찌푸렸다. 공노의 말처럼 하남에서 공노는 꽤나 유명한 살인마였다. 일곱 명을 죽이고 잡혔지만 일곱 명이 모두 무관이었고 군의 교두였다. 그들을 죽인 공노는 잡히자 처형당할 운명이었으나 군에 뽑혀온 것이다.

"우리가 공로를 세우면 장군님은 우리의 죄를 없던 걸로 하고 이 전쟁이 끝나면 상으로 귀대를 시켜준다고 하였다."

"정말?"

"정말이에요?"

정팔삼도 놀란 눈으로 물어보았다. 그 옆에 앉아 있던 장오심은 짧은 수염을 손으로 만지며 키득거렸다.

"그거 듣던 중 반가운 소리군."

장오심의 허리에는 짧은 단도 세 자루가 걸려 있었다. 그러자 노호관의 목소리가 다시 울렸다.

"그 말을 믿냐?"

노호관이 말하자 모두의 안색이 굳어졌다. 노호관은 그들의 싸늘한 시선에 아랑곳없이 하늘을 바라보며 다시 말했다.

"살아난다면 혹시 모르겠지만, 살아난다 해도 귀대 조치는 안 할 것 같아. 내가 생각할 때 위에서는 우리가 모두 죽는다고 여길걸."

노호관이 말하자 모두의 안색이 어두워졌다. 그럴지도 모르기 때문이다.

"만약 거짓이라면 그 장군 새끼 내가 죽여 버리겠어!"

공노가 싸늘하게 말하자 모두 웃음을 흘렸다.

송백은 서늘함이 느껴지자 눈을 뜨며 자리에서 일어났다. 시선을 들자 작은 탁자 위로 새롭게 받은 중갑주가 들어왔다. 흑갑은 이제 입을 수 없게 된 것이다. 은색의 갑주를 바라보는 송백의 시선은 깊게 가라앉아 있었다.

"오늘인가."

송백은 무심히 중얼거리며 여러 겹의 옷을 챙겨 입고 그 위에 갑주를 걸쳤다. 그러자 송백의 육체가 더욱 불어나는 느낌이었다. 하지만 정작 송백 자신은 흑갑에 비해 은갑이 좀 더 가볍다고 느꼈다. 가벼운 느낌. 그리 나쁜 느낌은 아니었다.

똑! 똑!

문을 두드리는 소리가 울리자 곧 남전이 문을 열고 들어왔다.

"준비는 끝났습니다."

송백은 말없이 고개를 끄덕였다.

뚜벅!

무거운 발걸음 소리가 울리며 송백의 신형이 문을 나왔다.

"어제는 잘 쉬었나?"

"그렇습니다."

"다른 대원들은?"

"모두 푹 쉬었습니다."

"그렇다면 죽어도 후회는 없겠군."

송백의 말에 남전의 표정이 굳어졌다. 어제까지만 해도 그리 긴장하지는 않았는데 막상 이렇게 갑옷을 입고 출진한다고 생각하니 온몸이 굳어지는 것은 어쩔 수가 없는 일이었다. 무엇보다 긴장감으로 인해 밤잠도 설쳐야 했다. 그런 상태에서 송백의 말을 들은 남전의 머리에는 죽음이란 말이 현실적으로 다가왔다.

거대한 연무장의 단상에 올라서자 일만 오천의 인마들과 병사들이 대오를 맞추어 서 있었다. 그들의 시선은 송백에게로 향하고 있었다. 송백은 익숙한 표정으로 그들을 바라보았다. 그러자 미리 올라와 있던 조전운이 남전의 옆으로 섰다. 차가운 바람이 머리를 스치고 지나갔지만 그들의 표정은 추위를 느끼지 못하는 것처럼 굳어 있었다. 남전 역시 그 모습을 보자 추위가 다 가시는 느낌이 들었다.

"후우욱."

남전의 입에서 참을 수 없는 깊은 숨이 흘러나왔다. 남전의 눈에는 송백의 뒷모습이 들어와 있었다. 오늘따라 크게 보인다는 생각이 들었다.

송백은 일만 오천의 병력과 인마들을 둘러보았다. 무심한 눈동자가 출렁이고 있었다.

"너희에게 떨어진 명령은 단 두 가지다!"

송백의 단단한 목소리가 바람을 타고 연무장을 크게 울렸다. 굉장히 큰 울림이었다. 속에서 올라온 외침이기 때문이다. 그런 송백의 외침이 다시 이어졌다.

"하나는 이기는 것이고, 다른 하는 사는 것이다! 이 중 너희가 절대 어기지 말아야 할 것은 사는 것이다! 절대 살아야 한다! 알겠나!"

"우와아아아!"

거대한 함성이 메아리치며 사방으로 뻗어나갔다. 그 외침 속에 담긴 힘을 느낀 송백은 고개를 끄덕이며 단상에서 내려왔다. 과거 모영이 했던 말을 자신이 그대로 하게 될 줄은 몰랐지만 병사들에게 살라고 하는 것만큼 좋은 말은 없다고 자신 스스로도 생각했다.

단상에서 내려오자 기다렸다는 듯이 병사가 다가와 말을 건넸다. 함성이 걷히자 곧 조전운이 단상 앞으로 나오며 소리쳤다.

"야, 이놈들아! 출발한다!"

조전운의 외침에 일제히 병사들이 말 위에 올라탔다. 조전운도 단상에서 내려와 말에 올라타곤 송백의 뒤에 남전과 나란히 섰다.

"가자."

송백이 앞으로 나서자 남전과 조전운이 뒤를 이었고, 그 뒤로 오열로 맞춘 인마들이 줄을 지어 따라오기 시작했다. 거대한 행렬이 시작된 것이다.

"삼단이 출발했습니다."

임조경이 들어오며 말하자 왕청은 고개를 끄덕였다.

"선발대가 출발했으니 우리도 슬슬 준비해야지?"

"알겠습니다."

왕청은 곧 자리에서 일어나 창가로 다가갔다. 창문을 열자 멀리 끝없이 이어지는 말들의 행렬이 눈에 들어왔다. 모두 중갑과 창을 들었으며 허리에는 짧은 박도를 차고 있었다.

그들의 모습이 늠름하게 왕청에게 다가왔다. 왕청은 자신도 모르게 가슴이 시원하게 타오르는 것을 느껴야 했다. 지금까지 있었던 불안감도 사라지는 순간이었다.

"젠장! 우리가 선발로 먼저 나가는 건데."

왕청은 송백을 먼저 보낸 것을 후회하듯이 중얼거렸다. 그러자 임조경이 웃음을 흘렸다.

"이래서 저희가 무관이 되려고 한 것이 아니겠습니까?"

"그렇지."

왕청은 고개를 끄덕였다.

"어서 준비하게. 점심을 먹으면 바로 출발할 수 있게 말이야."

"알겠습니다."

임조경이 빠르게 대답하며 나갔다. 그러자 왕청은 한쪽에 세워져 있는 거대한 창을 바라보다 손에 쥐었다. 차가운 쇠의 느낌이 전신을 타고 흘러들어 왔다.

"떨리는구만."

소성의 북문을 빠져나가는 말들의 행렬은 계속해서 이어지고 있었다. 소성에 살고 있는 시민들이 그 모습을 보기 위해 이른 아침부터 거리에 나와 지켜보고 있었다. 그들은 그들의 위용 있는 모습에 놀라워했다. 철마대의 기병은 다른 기병대에 비해 중무장을 갖춘 기병이기 때문이다. 은갑과 머리부터 발끝까지 갑옷으로 둘러싼 그들의 모습은 사람들에게 경외감을 심어주기에는 충분했다.

물론 불안해하는 사람들도 있었다. 전쟁이 시작되었기 때문이다.

"이렇게 성을 빠져나오는 것도 생각보다 좋군요."

조전운이 북문을 빠져나오자 대로의 양편으로 물러서 있던 사람들의 시선을 생각하며 말했다.

“돌아가는 길은 더 좋을 것 같은데.”

남전이 굳은 표정으로 말하자 조전운은 미소를 거두었다.

“돌아간다.”

송백의 말소리에 남전과 조전운은 송백의 뒷모습을 바라보았다.

“타자르의 목을 가지고.”

송백의 목소리는 굳어 있었다.

얼마 동안 갔을까? 눈앞에 안개가 펼쳐지며 오르막길이 시작되었다. 그러자 조전운의 말이 송백의 말 머리 옆으로 다가왔다.

“단주님, 전부터 궁금한 것이 있어서 말입니다.”

조전운이 물어오자 송백은 고개를 돌렸다.

“말하게.”

“단주님은 왜 군관이 된 것입니까?”

조전운이 궁금한 표정을 짓자 송백은 자신의 옆으로 남전의 말 머리도 함께 다가온 것을 보았다.

“달리 선택이 없었으니까.”

송백은 가볍게 말했다. 그러자 조전운은 더 이상 말이 없는 송백을 보다 쓰게 웃었다.

“저야, 군호(軍戶)에 들어 있는 민병으로 끌려왔다지만… 단주님은 집안도 빵빵할 것 같은데 굳이 군관이 되어 이렇게 험난한 전쟁을 경험해야 하는지 의문이 들어서 물어본 것뿐입니다.”

조전운은 약간 억울하다는 목소리로 말했다. 군호에 속하면 군량미를 생산하고 일정량을 군에 납부해야 한다. 그 대가로 자식 중 한 명을 군에 보내야 하는 것이다. 거기에 끌려온 것이 조전운이었다. 물론 고향에 돌아갈 시기도 지났지만 천인대장까지 하게 되자 조금 미룬 것이다. 어떻게 보면 민병으로 성공한 인물이 조전운이었다.

송백은 조전운의 표정을 보다 생각난 듯 남전에게 말했다.

"부단주는 왜 군관이 된 것인가? 아버지가 공부상서(工部尙書)이신데?"

남전은 약간 인상을 찌푸렸다.

"저에게는 두 살 위의 형이 한 명 있는데… 형은 벌써 원외랑입니다. 장원으로 급제했지요. 사실 문관이 되어 나라의 일을 하려 했지만……."

잠시 입을 닫은 남전은 작게 숨을 내쉬며 다시 말했다. 조전운도 관심있는 표정이었다. 사실 처음 듣는 이야기였기 때문이다.

"어릴 때부터 형은 특출났지요. 그렇기 때문에 집안에서도 형만큼은 신주 모시듯 했습니다. 물론 저야 형이 뛰어났으니 좋아할 수밖에 없었지만… 장원으로 급제하자 왠지 글공부를 하기가 싫어지더군요. 집안에서도 처음 배출된 장원입니다. 일가친척들이 모두 축하해 줬고, 형은 어느새 원외랑으로 올라갔습니다. 형을 이길 수가 없어서 그런지……."

남전은 조용히 한숨을 내쉬었다.

"솔직히 소외감 때문에 무과에 응시했습니다. 집안은 형뿐이었고, 다들 형만 생각했지요. 어떤 일이 있어도 형만 찾아서 저의 존재는 어느새 집안에 없었습니다. 결국 이렇게 여기 있게 되었지만 후회는 없습니다."

남전이 미소 지으며 말하자 송백은 무심히 앞을 바라보았다. 그러자 남전의 목소리가 다시 들려왔다.

"제 여동생이 열여덟입니다. 단주님과 비슷한 나이인데……."

송백이 고개를 돌리자 남전이 기다렸다는 듯이 말했다.

"고향에 가면 단주님께 소개해 드리지요. 아주 이쁩니다."

"고맙군."

송백의 입가에 오랜만에 미소가 걸렸다. 남전도 약간은 송백과 가까워진 것 같은 기분이 들었다. 하지만 조전운의 급박한 목소리가 남전의 기분을 가라앉히게 했다.

"아니, 부단주님! 그런 법이 어디 있습니까? 여동생을 저에게 소개시켜 준다고 하지 않았습니까? 사람 차별하는 것도 아니고."

"대주와는 좀 나이 차이가 나지 않나? 그건 범죄야. 알고 있나?"

남전의 말에 조전운의 인상이 구겨졌다.

"제가 나이가 좀 들었다 해도 아직 팔팔한 청춘입니다. 모르셨습니까? 저 아직 십대라고요."

조전운이 손가락으로 자신의 낭심을 가리키며 미소 지었다. 그 모습에 남전이 손으로 입을 가리며 웃었다. 하지만 웃음도 잠시였다. 송백의 오른손이 위로 올라가며 말이 멈춰 섰기 때문이다. 곧 일제히 병사들의 말들이 멈춰 섰다. 송백의 시선이 앞을 향하고 있었다.

송백이 굳은 표정으로 앞을 바라보자 조전운은 고개를 돌려 병사들에게 손짓을 했다. 그러자 두 명의 병사가 앞으로 천천히 전진하기 시작했다.

두 명의 병사가 멈춘 것은 이십여 장 떨어진 곳이었다. 안개가 짙어 앞이 잘 보이지 않았지만 땅 위에 미미하게 보이는 검은 형체가 송백의 의구심을 자극했기에 멈춘 것이었다.

"우엑!"

두 명의 병사가 말 위에서 내려와 땅에 구토를 하기 시작했다. 송백은 인상을 찌푸리며 천천히 앞으로 전진했다. 그러자 조전운과 남전이 뒤를 따랐다.

"몽고군이군요."

"우엑!"

남전이 급하게 말에서 뛰어내려 한쪽으로 달려가 구토했다. 그 모습을 보던 조전운이 고개를 저었다.

"완전히 으깨진 게… 떨어진 것 같습니다."

조전운은 세 구의 형체를 알아보기 힘든 시신을 바라보며 옆에 높게 솟은 절벽을 올려다보았다. 송백 역시 고개를 들어 그곳을 바라보았다. 간혹 절벽의 벽에 묻은 핏자국이 그것을 증명하고 있었다.

"이렇게 앞에까지 나와 망을 보다니… 놈들의 간덩이가 부었군."

조전운이 중얼거렸다.

"우에엑!"

먼저 토를 하던 두 명의 병사와 어깨를 나란히 하고 토하는 남전은 오만상을 다 찌푸렸다.

"빌어먹을, 아침에 먹은 게 다 올라오잖아."

남전은 입술을 닦으며 허리를 세웠다. 처음 보는 장면이기 때문에 충격은 컸지만 빠르게 회복하였다.

"그나마 다행입니다, 겨울이라 시체가 썩지 않았으니. 시체가 썩으면 냄새가 아주 고약하지요. 거기다 시신은 부패해서 지네 같은 벌레들이 뱃속이나 입에서 튀어나오는데 아주… 드글드글거리는 모습은 장난이 아닙니다."

"우에엑!"

그것을 상상했는지 또다시 남전이 토하기 시작했다. 초겨울이지만 살을 얼리는 추위 때문에 시체가 부패하지 않고 얼어 있는 상태였다. 서리가 낀 것으로 보아 적어도 하루 정도의 시간이라고 여겨졌다.

"잘하고 있군."

송백이 먼저 보낸 척살대를 생각하며 말했다. 그러자 시체를 살피던 조전운이 말했다.

"살인을 일삼던 녀석들이니 잘할 것입니다. 듣기로는 무공을 익힌 인물들도 더러 있다고 하니 믿을 만할 것입니다."

"으아아!"

크게 소리치며 달려드는 몽고군의 손에는 창날이 퍼렇게 눈을 뜨고 있었다.

쉬악!

창 끝이 공노의 얼굴을 향하자 공노는 빠르게 옆으로 피하며 손에 든 도로 허리를 베었다.

"크악!"

비명이 울리고 피가 뿌려지자 공노는 숨을 헐떡이며 고개를 돌렸다. 순간 '쉭!' 거리는 소리가 귀를 때리며 코앞으로 창날이 튀어나왔다. 피할 시간도 없을 만큼 가까운 거리였다. 놀란 공노의 눈동자가 커졌다.

퍽!

공노의 안면을 향하던 창 끝이 불과 한 치의 거리를 남겨두고 멈추었다. 공노의 이마에서 흘러내린 땀방울이 턱 끝을 적시고 있었다. 순간 창 끝이 미미하게 떨리기 시작하더니 공노의 몸에 피를 뿌리며 쓰러졌다. 공노의 시선이 쓰러진 몽고군의 뒤편에 서 있는 노호관에게 향했다.

노호관의 직도에 묻은 피가 땅바닥으로 흘러내렸다. 노호관은 공노를 힐긋 보고는 도신의 피를 닦아내며 말했다.

"조심하라고. 골로 가니까."

"망할 새끼."

공노는 인상을 찌푸리며 쓰러진 몽고군의 등에 발을 올려놓고 짓누르기 시작했다.

"개 같은 새끼가!"

몇 번이고 그렇게 욕을 하던 공노는 어느 정도 화가 풀렸는지 고개를 들었다. 어느새 십여 명의 몽고군들이 쓰러져 있었다.

공노는 곧 옆에 보이는 작은 파오에 몸을 집어넣었다. 그 뒤로 노호관이 들어갔다. 그곳에 들어간 노호관은 어두운 실내가 따뜻하다는 걸 느꼈다. 한쪽에 웅크리고 있는 정팔삼과 그 옆에 몸을 누인 장오심이 눈을 감고 있었다. 정리가 끝나는 순간 들어가 잠을 청한 것이다. 하지만 장오심은 곧 눈을 떠야 했다.

"아, 씨팔! 그만 좀 질질 짜란 말이다!"

장오심은 옆에서 몸을 떨며 울고 있는 정팔삼의 머리를 한 대 치고는 다시 누웠다. 그러자 정팔심의 몸이 옆으로 엎어졌다. 그런 정팔삼의 얼굴은 눈물과 콧물로 범벅되어 있었다.

"이, 이건 인간이 할 짓이 못 돼."

정팔삼은 지금까지 이곳에 오는 동안 무수히 많은 시신을 보았고, 그들을 죽이는 이들을 보았다. 그리고 정팔삼을 보호하려다 두 명이 죽었다. 남은 것은 노호관과 공노, 그리고 장오심뿐이었다. 하지만 장오심도 허벅지를 창에 찔려 걷기 불편했다.

"어서 자, 그만 울고. 어차피 낮에는 이동 못하니까. 밤이 되면 출발할 테니 피곤이나 풀라고."

노호관이 말하자 정팔삼은 눈물을 닦아내며 한쪽에 웅크렸다. 그러자 문 쪽의 공노가 앉아 눈을 감았다.

"다행히 바람이 심하고 안개가 짙어서 아직 모르는 것 같은데."

"주기적으로 연락이 안 되면 그들도 의심을 할 테지만 적어도 오 일이나 십 일에 한 번씩 연락을 하겠지."

노호관이 한쪽에 쌓여 있는 고기들을 바라보며 말했다. 양이 많아 열 명이 적어도 칠 일 이상은 살 수 있는 양이었다. 노호관은 곧 옆에 놓여 있는 마른 말똥을 중앙의 꺼져 가는 불씨 위에 올려놓았다.

타닥!

불씨가 살아나려는 소리가 조용하게 울렸다.

"하루 만에 둘이 죽었으니… 앞으로 고생이겠군."

"어디까지 가야 하나?"

공노가 말하자 노호관이 물었다.

"오제령이라는데……."

공노가 정팔삼을 바라보았다. 정팔삼은 훌쩍이던 코를 비비며 고개를 들었다.

"내일 아침이면 도착할 거요."

잠겨 있는 정팔삼의 목소리였다. 그러자 공노는 문의 역할을 하는 가죽을 옆으로 밀치며 밖을 바라보았다. 안개가 심해 삼 장 앞도 구별하기 힘들었다.

"아침까지 살 수 있을까?"

공노가 가죽 문을 내리며 노호관을 바라보았다. 노호관은 쓰게 웃었다.

"물론이지."

*　　　*　　　*

오이라트 부족은 몽고의 여러 부족 중 가장 부유한 부족이었다. 그들은 넓은 해류도의 평원에서 생활하면서 강성할 때면 끊임없이 남침을 해왔다. 물론 소성도 가끔 왔지만 그곳에 존재하는 대단위의 부대 앞에서는 회군을 해야 했다.

북으로는 몽고족이 빈번이 침입했으며 동에서는 여진족이 끊임없이 남침하고 있었다. 그런 가운데 전국에서는 가난에 허덕이는 민중들이 난을 일으키기도 했다. 그런 어려운 시국 가운데 오이라트 부족의 정벌은 굉장히 큰 의미를 가지고 있는 일이었다.

시국이 안정될 뿐 아니라 변방의 걱정이 줄어들어 여진족에 대한 방어가 높아지고 소비되는 군수 물자도 줄어들 것이다. 그것을 민중으로 돌리게 되면 나라는 다시 번영을 누리게 될 것이 분명했다. 그런 중요한 이번 원정의 위에는 동방천후가 있었다.

그가 있기 때문에 여진이 요동을 넘지 못했고, 오이라트 족이 대군을 끌고 내려왔다 패퇴하여 북으로 올라갔었다.

군의 실권자이자 황제의 신임을 받고 있는 동방천후에게도 예외가 될 수 없이 많은 적이 있었는데, 그중 가장 큰 적이 환관 장마소였다.

장마소는 동창의 수반이었고, 황제 직속인 북경과 남경 군부의 수장이었다. 동창은 황제가 민중들이 어떤 생활을 하는지 알아보기 위해 만들어진 비밀 조직이었으나 지금은 장마소의 개인 조직이 되었다.

거기다 현 황제가 가장 신임하고 있었으며 황제에게 주색(酒色)을 권해 미녀들만 골라 후궁으로 보냈고, 황제의 방탕한 생활을 권한 인물이었다.

장마소에게 있어 동방천후는 눈엣가시 같은 존재였다. 조정의 대신들이 자신보다는 동방천후를 더 따랐고, 동방천후가 하는 말이면 황제도 들어주려 했기 때문이다. 아무리 황제를 꼬드겨도 동방천후를 내치지 않았다.

군을 맡기면서 절대적인 신임을 준 것이다. 그럴 수밖에 없는 것이 황제가 죽을 위협에 처했을 때 동방천후가 막아주었으며, 많은 난과 북방의 이민족이 침입했을 때 동방천후가 막아주었다. 그것을 무시할 수는 없는 일이었다.

지금에 와서 장마소는 어떻게 하면 동방천후를 죽여 자신의 세상을 만들지가 고민거리였다. 그리고 기회는 언제나 급작스럽게 찾아온다.

분을 바른 듯한 얼굴과 마치 여인의 입술 같은 붉은 입술, 그리고 큰 눈이 언뜻 보면 여자라고 오해할 것 같은 장마소였다. 여자라고 해도 미인이란 소리를 들을 만큼 장마소의 얼굴이었다.

장마소의 어깨는 지금 십여 세로 보이는 미동자가 주무르고 있었다. 장마소의 입가에는 연신 만족하는 미소가 걸렸다.

"시원하구나."

장마소의 목소리가 미동자에게 향했다. 목소리조차 여자 같았다. 장마소의 실체를 모르고 들었다면 분명히 여자라고 오해할 목소리였다. 미동자는 기분이 좋은지 연시 웃으며 주물렀다. 불과 십여 세로 보이는 소년의 얼굴은 오관이 뚜렷해 예쁜 아이였다. 소년은 모르고 있었지만 장마소에게 있어선 아주 좋은 노리갯감이었다.

장마소는 어떻게 하면 이 아이와 재미있게 놀 수 있을까? 하는 생각을 하고 있었다. 그때였다. 발자국 소리가 들리며 문 앞에서 목소리가 들려왔다.

"원의입니다."

문 앞에서 가느다란 중성의 목소리가 울리자 장마소의 얼굴에 주름이 잡혔다. 재미있는 놀이를 막 생각했던 참이었기에 불청객이 반가울리 없었다.

"들어와."

문이 열리며 비쩍 마르고 얼굴에 핏기조차 없는 흰 얼굴의 인물이 들어왔다. 장마소와 같은 환관이었다. 장마소의 표정에 약간 노기가 있었으나 원의는 그런 것에 아랑곳없이 급하게 말했다.

"지금 궁궐에는 난리가 났습니다."

중성의 목소리가 다급하게 울리자 장마소의 표정이 더욱 일그러졌다. 하지만 흘러나오는 목소리는 고왔다.

"무슨 일이냐?"

원의는 식은땀이 나는지 이마에 흐르는 땀방울을 닦으며 장마소에게 다가왔다. 아무래도 급하게 오느라 지친 것 같았다.

"그것이……."

장마소에게 다가오자 장마소는 귀를 기울였다. 그러자 원의가 장마소의 귀에 대고 무언가를 속삭였다.

"뭐시라!"

순간 장마소의 눈이 커지며 자신도 모르게 외친 소리가 크게 울렸다. 그 소리에 뒤에 있던 소년이 놀라 물러섰다. 장마소는 너무도 크게 놀라 멍하니 허공을 응시하고 있었다. 정신이 멍해졌기 때문이다. 그 앞으로 원의가 땀을 흘리며 엎드렸다.

장마소는 놀란 표정으로 한참 동안 그렇게 있더니 곧 실성한 사람처럼 입가에 미소를 그리다 방 안이 울릴 만큼 크게 웃기 시작했다. 장마소의 웃음소리가 울리자 원의는 놀란 눈으로 장마소를 바라보았다.

한참 동안 웃던 장마소는 웃음을 거두며 싸늘하게 미소 지었다.

"황제가 죽다니… 드디어 죽은 것인가."

장마소의 시선이 원의에게 향하자 원의가 재빠르게 고개를 숙였다.

"어떻게 된 일이냐?"

곱지만 한기가 실린 목소리였다. 원의는 재빠르게 말하기 시작했다.

"남경에서 올라오실 때 배를 타셨는데 그만 운하에 빠지셨답니다. 듣기로는 배의 난간에 서서 구토를 하시다가 그만… 이미 배에 탈 때부터 취한 상태셨다고 합니다. 그리고 폐하께서 구토를 하자 후궁들이 등을 두드렸다고 들었습니다."

장마소가 싸늘하게 눈을 빛냈다.

"후궁들을 모두 쳐죽여야겠어. 어차피 그래야 할 테니. 거기다 그 배에 타고 있는 관원들도 모두 극형에 처해야지. 그렇지?"

장마소가 웃으며 뒤에 서 있는 아이에게 고개를 돌리자 아이는 재빠르게 말했다.

"당연히 그래야 합니다. 이왕이면 끓는 물에 모두 처넣어야 할 것 같습니다."

"오호, 그것참 좋은 방법이구나."

장마소는 크게 웃으며 소년의 볼을 손으로 쓰다듬었다.

'악독한 것 같으니. 인간의 탈을 쓰고 잘도 그런 말을 하는구나. 물이 더러우면 마신 사람도 더럽다더니, 저 어린것은 벌써부터 저렇게 심보가 독하구나.'

원의는 엎드린 상태에서 그들의 행동과 말을 들으며 생각했다. 원의의 등줄기로 식은땀이 흘러내렸다.

"궁에 들어가야지."

장마소가 일어서자 원의가 재빠르게 일어섰다.

"밖에서 기다리겠습니다."

"그래."

원의가 대답하며 나가자 장마소는 곧 춤을 추듯 원을 그리며 소리없이 웃음을 흘렸다. 그가 즐거운 것은 황제가 죽은 것이 아니라 황제의 죽음으로 동방천후에게 칼을 들이댈 수 있기 때문이었다.

"아주 좋아. 좋은 날이야."

장마소는 연신 중얼거리며 웃음을 흘렸다.

*　　　*　　　*

황제의 죽음은 전국을 충격으로 몰아갔다. 전국에 흩어진 수많은 관인들이 북경으로 모여들기 시작했다. 하지만 황제의 죽음과 전혀 관계없는 곳이 있었다. 그곳은 아직까지 소식을 듣지 못한 정일관이었다.

"일주일이면 해류도에 도착할 것입니다."

장관영이 옆으로 다가와 말하자 정일관은 저 멀리 흐르는 황하의 물줄기를 바라보았다. 황하의 강줄기가 크게 휘며 수많은 모래들을 한편으로 올려놓아 만들어놓은 지류였다. 홍수가 나면 여지없이 넘치는 곳을 지나는 것이다. 그렇지만 지금의 황하는 얼어붙어 있었다.

"앞으로 이곳을 보는 것은 돌아오는 길에 한 번뿐이면 좋겠군."

정일관이 웃으며 말하자 장관영도 미소 지었다.

"그렇게 될 것입니다."

"그래야지."

정일관이 중얼거리며 뒤를 돌아보았다. 그러자 끝없이 이어지는 수많은 병력들의 모습이 눈에 들어왔다. 본대의 사십만이 해류도를 향해 올라가고 있는 것이다.

"오이라트 족의 병력이 삼십만……."

"하지만 실제 싸울 수 있는 병력은 이십만 정도일 것입니다. 작년에 모영 장군을 치기 위해 육십만의 대군을 거느리고 왔으나 절반 이상이 죽은 것으로 추정됩니다."

"그렇겠지. 타자르라는 녀석, 어떤 놈인지 정말 궁금하군."

정일관은 중얼거리며 앞을 바라보았다. 저 멀리 끝없이 펼쳐진 평원에는 아무것도 없었다. 하지만 저 멀리 분명히 몽고군이 있었다.

"곧 알게 되겠지요."

장관영이 짧게 말했다. 그리곤 다시 말했다.

"이길 수 있는 전쟁이기에 저희가 출정하는 것입니다."

"그래야지. 이겨야지."

정일관은 동방천후의 말을 생각하며 대답했다. 동방천후가 주문한 이 전쟁에서 승리하게 될 경우 나라가 안정된다는 것이었다. 그렇기 때문에 장마소의 수족인 소정정을 베어버리라고 했었다.

"그것보다 음산으로 간 기병들이 걱정되는군요."

장관영이 약간 굳은 어조로 말하자 정일관이 미소 지었다.

"걱정할 것 없네. 음산에 요새가 있다 해도 그들은 금방 뚫고 올라올 것이네."

"그렇겠지요. 송 단주가 있다면 안심이 됩니다. 왕청은 너무 성격이 급한 게 탈이니까 말입니다."

"후후, 송 단주는 모영이 키운 녀석이야. 모영을 그대로 닮았지."

정일관이 씁쓸히 말하자 장관영은 말없이 앞을 바라보았다. 그러자 정일관이 다시 말했다.

"지금쯤 타자르 녀석, 놀라서 엉덩이에 종기라도 생겼겠지? 우리가 진군할 것이라고는 예상하지 못했을 테니."

"물론입니다."

장관영이 웃으며 말했다.

"으아아악!"

끝없이 이어지는 비명이 땅 끝에서 전해져 올라왔다. 불과 일 장 정도의 넓이인 절벽의 길이었다. 옆은 보기만 해도 놀라 심장이 튀어나올 것 같은 낭떠러지고, 안쪽은 수직의 경사였다. 그곳을 지나가는 끝없는 말들과 사람들의 그림자는 어디가 끝이고 어디가 앞인지 분간하기도 힘들 만큼 길었다.

휘이이잉!

강한 바람이 절벽을 타고 불어닥쳤다.

"숙여!"

외침성이 어디서 흘러나왔는지 바람과 함께 절벽으로 전해져 갔다.

"어, 어, 어억!"

누군가의 신음성이 울리며 또 하나의 비명성이 터져 나왔다. 밑으로 보이는 검은 입이 또 하나의 사람을 삼킨 것이다.

"조심할 것이지."

송백의 뒤에 가던 조전운이 혀를 차며 중얼거렸다. 조전운은 끝없는 이 길이 빨리 끝나기를 바라고 있었다.

"후욱, 후욱."

"조금만 참아."

정팔삼은 공노의 옆구리에 옷을 찢어 감으며 말했다. 창날이 깊게는 아니지만 그래도 쑤시고 들어왔기 때문에 많은 피를 뿌리고 있었다. 공노는 눈물을 글썽이며 자신을 살피는 정팔삼을 바라보다 미소 지었다. 고개를 들어 서 있는 노호관을 바라보았다.

"무림인이었군."

공노의 말에 노호관은 고개를 끄덕였다.

"그럴 줄 알았지."

공노는 슬쩍 웃었다. 노호관은 어이없게도 서른 명을 혼자 죽인 것이다. 그때 움직이던 모습과 폭풍 같은 도법은 눈으로 보고도 믿지 못할 만큼 빠르고 강했다.

"인간의 힘으로 뼈를 자를 수는 없지. 자른다면 무기의 날카로움과 무림인들뿐일 거야."

공노는 중얼거리며 숨을 크게 내쉬었다. 그런 공노의 눈에 비친 노호관은 무서운 사람이었다. 그렇지만 불과 삼 일 동안 같이 지낸 시간 때문에 그런지 약간은 정이 든 듯 느껴졌다. 무섭다는 생각보다 대단하다는 생각이 먼저 들었기 때문이다.

"사람 세 명의 뼈를 갈라 버리다니……."

공노는 세 명의 몽고군을 한 초식으로 베어버린 노호관의 모습을 떠올렸다. 피가 사방으로 튀었지만 정작 노호관의 몸으로 피가 튀지 않았다. 지금도 노호관의 옷에는 단 한 방울의 피도 묻어 있지 않았다.

"고맙군."

공노의 목소리에 노호관은 피식거리며 공노의 옆에 앉았다.

"몸은 어때?"

"죽지는 않을 것 같군."

공노가 숨을 크게 내쉬고 말했다. 곧 정팔삼이 공노의 옆으로 움직여 앉았다.

"씨팔."

정팔삼은 저도 모르게 욕을 하며 눈가를 문질렀다. 짙은 안개가 주위를 가렸지만 정팔삼의 얼굴에서 흘러내리는 눈물은 똑똑히 보였다. 결국 장오심도 죽은 것이다. 장오심이 죽을 때 그 모습을 옆에서 끝까지 지켜보던 게 정팔삼이었다.

"저기가 오제령인데… 마지막에… 개자식."

정팔삼은 고개를 들어 안개에 가려진 거대한 언덕을 바라보았다. 저곳을 넘으면 해류도의 평원이 나온다.

"그래도 살았으니 다행으로 여겨라."

공노의 말에 정팔삼은 소매로 눈을 훔치며 고개를 끄덕였다.

"이제 우리가 갈 곳은 없는 거지?"

노호관이 물어오자 정팔삼은 고개를 끄덕였다. 곧 노호관도 절벽에 등을 기대었다. 바람이 옆으로 흘러가며 기이한 소리를 냈지만 이제는 그런 것도 정겹게 느껴졌다.

"짧은 날들인가?"

노호관이 안개에 가려 보이지 않는 하늘을 바라보며 중얼거렸다. 공노도 잠시 하늘을 바라보았다. 하지만 보이는 것은 구름인지 안개인지 분간 못할 회색이었다.

"다른 조는 어떻게 되었는지 궁금하군."

공노가 말하자 노호관의 표정이 찌푸려졌다.

"약속한 날짜는 오늘인데… 모두 죽은 건가?"

"그렇다면 들켰겠군."

공노는 굳은 표정으로 말했다. 노호관은 그저 고개만 끄덕였다. 순간 노호관의 표정이 굳어지며 자리에서 벌떡 일어섰다.

안개가 약간 걷히며 불과 이 장의 거리에 말고삐를 잡고 있는 중갑의 무장이 노호관의 눈에 들어왔다. 노호관이 놀란 것은 이렇게 가까이 다가올 동안 기척을 느끼지 못했다는 것 때문이다.

노호관은 사람은 그렇다 쳐도 말소리까지 듣지 못한 것이 신기한 듯 말을 바라보았다. 말의 다리에 두꺼운 천이 감긴 것이 눈에 들어왔다.

노호관이 일어서자 공노와 정팔삼도 무장을 발견하고 놀란 표정으로 일어섰다. 어느새 무장은 일 장 가까이까지 다가왔다. 그러자 얼굴이 보였고 노호관은 어린 듯 보이는 인물인 것을 알게 되었다.

"몇 조인가?"

송백의 목소리였다.

"삼조?"

"그렇습니다."

정팔삼이 대답했다. 노호관과 공노는 입을 닫고 있었다. 어려 보이는 인물이 처음부터 하대하자 약간 기분이 상했기 때문이다. 그렇지만 뭐라 못한 것이 왠지 모르게 조금 무거워 보이는 인물이었기 때문이다.

"다른 조는?"

"아직……."

정팔삼이 말하자 송백은 고개를 끄덕였다. 곧 송백의 뒤로 두 개의 그림자가 나타났다. 그들이 나타나자 얼마 지나지 않아 수십의 검은 그림자들이 늘어나더니 온통 검은 그림자가 양 절벽 사이를 가득 메우기 시작했다. 모두 말고삐를 손에 쥐고 있는 모습이 공통된 모습이었고 중갑을 걸치고 있었다.

"단주님, 이제는 좀 쉬어야지요."

"반 시진을 쉰다."

조전운이 대답하고 곧 송백의 명령을 전달했다. 곧 사람들의 그림자가 땅바닥에 주저앉았다. 그들의 전신에는 땀이 흘러내리고 있었다. 이 추운 겨울 땀을 이렇게 흘릴 정도로 힘든 진군이었다.

"옷이 얼어버릴지 모르니까 말 옆에 바짝 붙어 체온을 유지하라."

조전운의 말이 뒤끝까지 전달되어 이어져 갔다.

'단주?'

공노는 송백이 단주라는 게 믿기지 않는다는 표정을 지었다. 노호관도 그런 생각은 마찬가지였다.

"단주님."

노호관이 입을 열었다. 그러자 송백이 시선을 돌렸다. 남전도 노호관과 공노, 그리고 정팔삼을 바라보았다.

"이들은 누구입니까?"

"척살조."

"아……."

송백의 말에 남전은 알았다는 듯 그들을 새삼스럽게 바라보았다.

"말하게."

송백이 말하자 노호관이 기다렸다는 듯이 말했다.

"저희는 임무를 다했습니다."

"그렇군."

송백은 무심하게 대답했다. 그러자 노호관이 빠르게 말했다.

"듣기로는 저희가 맡은 임무를 다할 시 고향으로 보내준다고 들었는데… 사실입니까?"

"그렇다."

송백의 대답에 정팔삼과 노호관의 표정이 밝아졌다. 공노 또한 밝은 표정을 지었다. 하지만 송백은 다시 무심하게 말했다.

"성공할 시에만 해당되는 이야기다."

"예?"

정팔삼의 표정이 순간 딱딱하게 변하였다. 노호관과 공노의 표정도 굳어졌다. 공노가 약간 화가 난 표정으로 송백에게 말했다.

"저희는 성공했습니다. 그러니 약속한 대로 고향에 보내주십시오."

"다른 조가 안 보이는 것으로 보아 이미 오제령의 몽고군은 우리가 온다는 사실을 알고 대비하고 있겠지."

"그건 그들의 잘못이지 저희의 잘못이 아니지 않습니까?"

공노가 다시 말하자 송백의 눈동자가 차갑게 빛났다. 순간 공노가 숨을 멈추며 뒤로 물러섰다. 노호관도 한 걸음 물러섰다.

노호관은 자신이 순간적으로 겁을 먹었다는 생각이 들었다. 송백의 눈동자에 비친 것은 인성이 없는 눈동자였다. 그것을 접하는 순간 노호관은 자신도 모르게 본능적으로 물러섰던 것이다.

"반은 성공했지."

송백은 나직이 말했다. 송백의 말뜻을 못 알아들은 노호관은 의문의 눈으로 송백을 바라보았다.

송백은 그들의 시선에 관심이 없는 듯 뒤에 서 있던 남전에게 말했다.

"말 남는 것 있나?"

"예, 몇 필 남았습니다."

"저들에게 줘라."

"예."

남전은 송백의 명령에 남는 말을 가지고 왔다. 세 필의 말을 넘긴 송백은 노호관에게 말했다.

"집에 가고 싶으면 싸워라. 타자르의 목을 베면 보내주지."

송백의 말에 노호관의 표정이 굳어졌다. 하지만 공노와 정팔삼은 어이없는 표정을 지었다.

"무슨 그런… 말도 안 되는 소리를 하는 것입니까?"

공노가 말하자 송백은 미소 지었다.

"싫다면 남은 기간 동안 군에 남던가. 선택은 자네들 자유네. 나 같으면 짧게 끝내겠는데?"

노호관은 말없이 말에 올라탔다. 노호관은 서늘한 목소리로 말했다.

"어차피 모두 죽었다고 생각했는데 살아 있었으니 이렇게 하는 것이겠지."

송백은 순순히 고개를 끄덕였다. 노호관의 말대로였다.

"역시… 이럴 줄 알았다니까."

공노가 투덜거리며 말에 올라타자 남은 것은 정팔삼이었다. 정팔삼은 몸을 떨며 송백을 바라보았다.

"저, 전… 못 싸우겠습니다."

"그럼 밥이라도 해라."

송백은 간단하게 말했다. 정팔삼은 멍한 표정으로 송백을 바라보았다.

"네가 길잡이인가?"

"예? 아, 예."

송백의 말에 정팔삼은 순순히 고개를 끄덕였다. 그러자 옆에 있던 남전이 다가왔다.

"저들을 전장에 보내려 하는 것입니까?"

"그래야지."

"하지만 저들은 기마술을 익히지 않았습니다. 거기다 남는 갑옷도 없습니다."

남전이 걱정스럽게 말하자 조전운이 다가와 말했다.

"뭐, 저 정도면 좋을 것 같은데요? 척살조로 이곳까지 살아서 왔다면 일당백의 실력이라는 증거이니 말입니다. 솔직히 살아 있는 게 대단하지 않습니까?"

조전운이 웃으며 말하자 남전은 곰곰이 생각하다 고개를 끄덕였다. 그러자 조전운이 그들에게 다가갔다.

"이름이 뭔가?"

"노호관이오."

"공노라고 하지요."

"정팔삼입니다."

그들이 이름을 말하자 조전운이 웃으며 말했다.

"단주님, 이놈들을 제 밑에 두겠습니다."

"그렇게 하게."

송백은 짧게 말하며 정팔삼을 바라보았다.

"정팔삼이라고 했나?"

"예."

"음산의 지형을 꽤 잘 알고 있겠군 그래. 어떻게 알게 되었는지 말해 줄 수 있나?"

송백의 시선이 약간 날카롭게 변하였다. 그러자 남전과 조전운도 관심있는 표정을 지었다.

정팔삼은 송백의 질문에 약간 어두운 표정을 지었다. 그러다 조심히 입을 열었다.

"저, 그게, 그러니까……."

"아, 그 친구 답답하네. 빨리 좀 말해라."

조전운이 말하자 놀란 정팔삼이 빠르게 말했다.

"사실 저는 섬서성 조해(鳥海) 출신인데 어렸을 때 몽고족이 저희 마을에 쳐들어왔습니다. 그때 마을에서 잡혀가 노예 생활을 했는데… 그때 알았습니다."

"오!"

남전이 약간 놀란 표정을 지었다. 조전운도 의외라는 표정이었다.

"그런데 어떻게 군에 있게 되었지?"

"그게, 삼 년 전에 탈출을 시도했는데 결국 황하를 넘을 수가 있어서 섬서성에 다시 들어왔습니다. 그런데 그게… 배가 고파서 음식을 훔쳐 먹다가 관군에게 들켜 끌려갔는데 결국 이렇게……."

정팔삼이 말을 다 하고 고개를 숙이고 있자 조전운의 입에서 한숨

소리가 흘러나왔다. 왠지 모르게 분위기가 가라앉았다. 남전 역시 인상을 찌푸렸다. 노호관과 공노도 처음 듣는 이야기인지 숨을 크게 내쉬었다. 결국 정팔삼은 이 나라의 잘못으로 노예 생활을 하다 다시 군이라는 족쇄에 묶인 것이다.

송백은 무심하게 정팔삼을 향해 말했다.

"몽고어는 할 줄 아나?"

"예? 아, 예, 조금은……."

조금이 아니라 정팔삼은 잘했다. 하지만 경험상 잘한다고 했다가 어떻게 될까 봐 조금만 할 줄 안다고 말했다. 그렇다고 해서 변하는 것은 없었다. 송백은 조전운을 바라보며 말했다.

"잘 보호하게."

"알겠습니다."

조전운이 말하자 송백은 곧 남전에게 말했다.

"대주들을 모두 불러오게."

"예."

남전이 대답하며 뒤로 빠졌다. 송백은 다시 정팔삼을 보았다.

"자네는 잠시 여기 있게."

"예."

정팔삼이 다가오자 송백은 아직도 그래도 있는 노호관과 공노를 바라보았다. 그러다 공노의 옆구리에 묻은 핏자국을 발견했다.

"다쳤나?"

"그렇습니다."

송백은 무심하게 말했다.

"죽지는 않겠군. 의원을 불러라!"

공노는 그 말에 안색을 찌푸렸다.

짙은 안개 너머로 보이는 언덕은 경사가 깊은 것이 아니었다. 아주 낮은 경사의 구릉이 끝없이 위로 이어져 있었다. 그곳을 넘어가면 넓은 평원이 끝없이 펼쳐지는 것이다. 몇 개의 산은 넘어 이제는 마지막에 다가왔다.

"호로병?"

삼대주인 홍이식이 땅바닥에 그려져 있는 그림을 보고 중얼거렸다. 송백은 고개를 끄덕이며 입을 열었다.

"저 앞으로 작은 능선이 있는데 족히 옆으로 삼백 장은 넘을 것 같은 완만한 능선이다. 하지만 올라갈수록 좁아져 결국 위에 가서는 십여 장 정도로 좁혀지지."

송백의 말에 모두들 굳은 표정으로 고개를 끄덕였다.

"좁은 지역에서 우리가 덤비는 것은 뻔한 결과를 만든다."

굳은 표정의 대주들은 걱정스럽게 서로를 바라보았다. 송백은 약간 뒤에 있는 정팔삼을 불렀다.

"정팔삼이라고 했었나?"

"예."

정팔삼이 다가오자 송백이 말했다.

"여기서 오제령을 돌아서 올라갈 수 있는 길이 있나?"

송백의 물음에 정팔삼은 잠시 생각하더니 대답했다.

"있기는 있지만 말을 타고 올라갈 수는 없습니다. 거기다 시간도 이틀 이상 걸립니다. 길도 좁아서 절벽을 타고 올라가야 하는 곳입니다."

"올라갈 수는 있다는 말이지?"

"예, 좀 험하지만……."

"잘됐군."

고개를 끄덕인 송백은 남전을 바라보았다.

"왕 대주와의 거리는 어느 정도인가?"

"반나절 이상 차이납니다. 그들이 이곳까지 오려면 저희보다 시간이 더 걸릴 것입니다. 희생도 좀 더 따를 것이라 여깁니다. 바람이 점점 심해지니까요."

남전의 말에 송백은 고개를 끄덕였다.

"이곳에 있으면 추위 때문에 견디기 힘들 것이다. 거기다 왕 대주의 본대까지 온다면 이곳에 병력이 있다는 것이 쉽게 들키게 된다. 우리는 먼저 오제령에 올라가 막사를 치고 쉴 것이다."

송백은 말을 하며 대주들의 얼굴을 바라보았다. 남전이 혹시나 하는 표정으로 물어왔다.

"기다리지 않고 올라가실 생각입니까?"

"그래야지."

송백은 대답하며 다시 말했다.

"일단 일대주는 말을 버리고 절벽을 올라간다. 올라갈 때 화탄을 조심하고. 그 이후는 일대주가 알아서 하도록. 우리는 위에서 화탄의 소리가 울리며 말을 타고 빠르게 올라갈 것이다. 모두에게 그리 전하고, 그동안 일대를 제외하고 모두 푹 쉬도록. 일대의 말은 이대와 삼대가 나누어서 가지고 올라간다."

"알겠습니다."

모두 대답하자 송백은 조전운의 시선을 느꼈다.

"근데 단주님, 왜 제가 올라가야 합니까?"

"아까 저들을 자네가 맡는다고 하지 않았나?"

"그건 그렇지만……."

조전운이 망설이는 이유는 자신들의 일대가 가장 희생이 클 것 같았기 때문이다.

"걱정하지 말게. 우리가 말을 타고 올라가면 금방 끝날 것이네. 최소한의 피해만을 생각하고 행동하게나. 자네의 대원들에게도 공격보다는 방어를 하라고 전하게. 가장 먼저 해야 할 일은 문을 부수는 것이네."

"알겠습니다."

"바로 시작하지."

조전운이 대답하자 송백은 대주들에게 말했다. 그러자 대주들이 흩어졌다. 송백은 그들이 행동하는 모습을 바라보며 안개 위쪽을 바라보았다.

"다음에 이곳에 온다면 화탄으로 산을 날려 버려야 하겠어. 물론 안개가 심해지는 계절에 오는 것이 좋겠지."

송백은 모영이 이곳에서 말을 돌릴 때 웃으면서 했던 말을 떠올렸다. 비록 산을 날리는 것이 아니었지만 겨울에 오는 것은 확실히 잘한 것 같았다. 남전이 옆으로 다가왔다.

"이 정도 안개라면 불을 피워도 될 것 같습니다. 병사들이 추위에 떠는 것 같아서 그럽니다."

송백은 위를 바라보다 뒤에 무수히 앉아 있는 병사들을 바라보았다. 곧 고개를 끄덕였다.

"벽면에 모여서 피우게 하고 불빛이 오제령으로 새지 않게 조심하라고 이르게."

"알겠습니다."

남전이 대답하자 송백은 출발하는 조전운의 일대를 바라보았다. 경험 많은 조전운이기에 믿음이 갔다. 그것을 조전운도 알고 있었다.

이틀 가까이 강행하였으며 그 마지막은 해가 떨어지려는 시간이었다. 해가 떨어지자 조전운은 정팔삼을 앞에 세워두고 몽고군을 바라볼 수 있었다. 나무는 많지 않았고 들판만이 펼쳐져 있었다. 그런 들판 가운데 마치 파인 것처럼 들어간 곳에 몽고군의 파오가 늘어져 있었다. 크기는 큰 것부터 작은 것까지 수백에 달했다. 물론 옆에서 타오르는 큰 불꽃들이 그것을 알려주었다. 몸을 낮게 숙이고 있기 때문에 자세히는 보이지 않았지만 안개가 약간 걷히는 느낌이 들었다.

"해가 떨어지면 기습한다."

조전운이 말하자 뒤에 있던 병사들이 일제히 전달했다. 그렇게 얼마의 시간이 흐르는 동안 앞을 살피던 조전운이 일어섰다. 이제는 어둠으로 아무것도 안 보였기 때문이다. 가만히 뒤를 본 조전운은 슬며시 정팔삼의 머리를 쓰다듬으며 앞으로 신형을 돌렸다.

"돌격."

속삭이듯 말한 조전운이 빠르게 내려가자 그 뒤로 천오백의 인원이 달려 내려갔다.

쾅!

콰쾅!

산중에서 울리는 폭음 소리가 미미하게 귓가에 들렸다. 순간 송백은 말 위로 재빠르게 올라갔다. 쉬고 있던 수많은 병사들이 신속하게 말 위에 올라탔다.

"돌격한다!"

송백의 외침성이 울리는 순간 수많은 말들이 언덕을 올라가기 시작했다.

■제9장■

웃는 자와 우는 자

■ 웃는 자와 우는 자

사마중은 편치 않은 안색으로 앉아 있었다. 기분도 별로 좋지 않았지만 그곳에서 일어설 수는 없었다.

"동방천후의 심복들은 꽤 많을 테니 그들을 매수하는 것은 사마 첨사가 해주게."

마치 여자가 말하는 것 같은 고운 음성이 사마중의 귓가에 들려왔다. 사마중은 고개를 들어 장마소를 바라보았다. 장마소는 환관이라는 것을 잊었는지 아니면 자신이 남자라는 사실을 잊은 것인지 옷은 붉은색 궁장의를 걸치고 앉아 있었다.

"하오면……."

사마중은 어두운 안색으로 장마소의 발 아래 엎드렸다. 장마소는 옅게 웃으며 말했다.

"당연히 도독의 자리는 사마 첨사가 될 것이오. 그건 당연한 것이니 걱정하지 말구려."

엷게 웃던 미소가 곧 소리가 커졌다. 사마중의 안색이 어두웠다가 그 말에 안심을 한 듯 꽤 밝아졌다.

"그럼 그렇게 하겠습니다. 하지만 제가 동방 도독의 다리를 자른다 해도 양팔이 남아 있는 이상 꽤 고전해야 할 것입니다."

"그래?"

장마소가 관심을 보이자 사마중은 다시 말했다.

"동방 도독의 한 다리는 이미 오이라트 족을 향해 진격했습니다. 그 사실을 타자르에게 알렸으니 이미 대비하고 있겠지요. 분명히 그 다리는 잘릴 것입니다. 남은 한 다리는 제가 알아서 하면 될 것이나 왼팔과 오른팔이 문제입니다."

"호오."

"그렇게 단단한 사람이라고 여기지는 못했는데."

장마소는 동방천후의 머리라는 사마중까지 자신의 수중으로 만들었다. 그런 동방천후라면 손쉽게 제압할 것이라고 여겼던 것이다. 하지만 사마중의 말을 들어보면 그리 쉬운 일도 아닌 것 같았다.

"동방 도독은 뛰어난 장군이자 조정에서 존경을 받는 인물입니다. 그런 인물을 내치려면 신중을 기해야 하는 것이 당연한 일입니다."

장마소는 사마중의 말에 고개를 끄덕였다.

"일단 금호대의 마영이 문제입니다. 그는 동방천후의 말만 듣는 창평성의 수비대입니다. 그의 십오만 대군을 다른 곳으로 돌려야 합니다. 그래야 창평성이 비게 되고 동방 도독의 본가에 사람이 없어집니다."

"그렇군. 다른 하나는?"

"요동의 삼십만 대군입니다. 그들이 동방 도독의 죽음에 가만히 있을 리가 없습니다. 그들을 진압하는 것도 문제입니다. 그 둘만 해결된다면 나머지 산동과 절강성의 도지휘사는 제 말에 따를 것입니다."

장마소는 가만히 고개를 끄덕이며 사마중의 이야기를 들었다. 그러다 슬쩍 미소 지었다.

"모영을 죽이면 좀 쉬울 것이라고 여겼더니 그것도 아니었군."

장마소의 목소리에 사마중의 안색이 굳어졌다. 전혀 생각지도 못했던 말이기 때문이다.

"뭐, 그 일은 되었고, 일단 정일관과 마영을 자르고 요동군을 막으면 된다는 말이지?"

"그렇습니다."

장마소는 여전히 웃으며 고개를 끄덕였다.

"마영을 만리장성 위로 전진하라 일러야겠군. 어차피 황제가 죽은 지금 북방의 방어가 중요하다고 일러두면 쉽게 넘어갈 테니. 때가 좋아. 이렇게 잘 맞물린 수레바퀴도 처음이군."

장마소의 목소리는 조용하게 울렸다. 사마중의 안색은 여전히 어두웠다.

*　　　*　　　*

평야만이 보이는 초원 위에 수천의 막사들이 늘어섰다. 이곳에서 밤을 보내기 위해 세워진 간이 막사였다. 그 중앙에 가장 큰 막사에 정일관과 부관인 장관영이 앉아 있었다.

"나흘 뒤면 도착할 것 같습니다."

"나흘이라… 얼마 남지 않았군."

정일관은 중얼거리며 잠자리에 몸을 눕혔다.

"추위 때문이라도 빨리 끝내고 돌아가고 싶군."

"영정루에 말입니까? 그곳은 따뜻하지요."

농담처럼 장관영이 말하자 정일관은 크게 웃었다. 그 말처럼 돌아가고 싶다는 생각이 들었기 때문이다. 무엇보다 염옥지의 얼굴이 떠올랐기 때문에 그럴지도 몰랐다.

"돌아가면 가장 먼저 고향으로 가야겠어."

"저도 그럴 생각입니다. 이 년 가까이 가족들을 못 봐서 그런지 걱정도 됩니다. 하하."

"그러고 보니 아들 하나와 딸이 둘이었지? 이제 다 컸겠군."

"아직 십대이지요. 큰딸은 곧 시집도 보내야 할 텐데."

"벌써 그렇게 되었나?"

정일관이 놀라 묻자 장관영이 미소 지었다.

"이제 열아홉입니다. 내년에는 보내야지요."

"벌써 그렇게 되었다니."

정일관은 열 살 때 잠시 보았던 기억이 났다. 장관영이 다시 말했다.

"둘째 딸은 화산파에 가 있지요."

"화산파? 그 명문대파 말인가? 그곳에 들어가려면 엄청난 돈과 인연이 있어야 한다고 들었는데… 대단하군. 우리 같은 월급쟁이들이 만질 수 없는 돈이 필요하다던데. 돈은 어디서 난 것인가?"

장관영은 정일관의 놀란 말에 미소 지었다.

"저에게 돈이 어디 있겠습니까? 지나가던 도사 분이 제 딸을 보고 데려가고 싶다 하셔서 그렇게 된 것이지요."

"부럽군, 부러워."

정일관은 다시 말하며 고개를 끄덕였다. 장관영은 마치 자식 자랑을 한 것 같은 기분이 들었다.

"이번에 돌아가면 화산에 사람이라도 보내 둘째를 좀 봐야 하겠습니다. 근 십 년 동안 못 본 것 같습니다."

"그럼 둘째 딸이 오게 되면 나도 부르게. 소문으로 듣던 화산파의 무공을 견식한다면 그것처럼 좋은 게 또 어디 있겠나?"

"하하하, 알겠습니다."

장관영은 정일관의 모습에 웃으며 말했다.

*　　　*　　　*

"크아악!"

말 위에 타고 있던 병사 한 명이 땅바닥으로 떨어져 내렸다. 어둠 때문에 사람을 분간하기 힘들었지만 몽고군과 구별할 수는 있었다. 수많은 말들과 사람들이 서로 엉키며 비명을 지르고 있었다.

"크악!"

한 명의 머리에 박힌 창날이 빠지며 옆으로 달려들던 병사의 가슴을 향해 찔러갔다.

퍽!

가볍게 가슴에 박히는 창날이었다. 별다르게 어떻게 한 것도 아니고 그저 찔렀을 뿐이다. 하지만 병사들은 마상에서 찌르는 송백의 창날을 막지 못하고 있었다.

퍼퍽!

순식간에 두 명의 병사를 쓰러뜨린 송백은 잠시 주변을 둘러보았다. 간간이 불타고 있는 모닥불로 인해 사람들의 모습이 어지러이 보였다. 그곳에 마상의 병사들과 몽고군의 치열한 모습도 함께 들어왔다. 처음 적과 싸우는 병사들치고는 잘하고 있다는 생각이 들었다.

쉬아악!

잠시 다른 곳을 공격하는 동안 긴 창날이 송백에게 날아들었다. 순간 송백의 오른팔이 앞으로 움직이며 손쉽게 상대의 이마를 찔러갔다. 반사적인 움직임이었다. 찔러 들어왔던 병사의 눈이 어이없는 듯 부릅떠졌다.

퍽!

송백은 무심한 눈으로 쓰러진 병사를 바라보며 주변을 둘러보았다. 어느새 정리된 듯 움직이는 숫자가 줄어들었다.

뚜벅! 뚜벅!

무거운 발걸음 소리가 들려오며 송백의 눈앞으로 조전운이 다가왔다. 송백은 조전운의 전신에 피가 묻어 있는 것을 발견했다.

"고생했군."

조전운은 흰 이가 드러나게 웃었다. 하지만 목소리는 차가웠다.

"제일대는 오백여 명이 죽었습니다."

"다행이군."

송백은 무심하게 대답했다. 조전운의 표정이 뭔가 말하려는 듯 굳어 있었다. 하지만 송백의 전신에 단 한 방울의 피도 묻어있지 않자 열리던 입을 멈추어야 했다.

송백의 주변에 가장 많은 시신이 널려 있었기 때문이다. 족히 백여 구는 더 되는 것 같은 시신들이 송백의 주변과 뒤로 널려 있었다. 송백은 최선을 다하고 있었던 것이다. 조전운도 그것을 느꼈다.

"다행히 많은 인원의 몽고 놈들이 없어서 큰 피해는 없었던 것 같습니다."

조전운은 표정을 풀며 가볍게 말했다. 전체적으로 볼 때 큰 피해는 없었기 때문이다. 그러자 송백은 고개를 끄덕였다.

"아무래도 대다수의 인원이 해류도로 철수했겠지. 우리에게는 다행이지만……."

송백은 가만히 중얼거리며 자신에게 다가오는 남전과 여러 대주들을 바라보았다. 그들이 다가오자 송백은 서로의 몸에 묻은 피를 발견했다. 남전도 시체를 보고 토하던 모습과는 대조적으로 핏발 선 눈동자를 굴리고 있었다. 모두의 정신은 이미 반 정도 나가 있었다. 그것을 잘 아는 송백은 빠르게 말했다.

"이곳에서 본대가 올 때까지 쉬도록 한다. 경계병만 제외하고 모두 쉬도록. 뒤는 부단주와 조 대주가 알아서 하게나."

"시체는 어떻게 합니까?"

말을 몰려 하던 송백은 남전의 목소리에 멈춰 섰다.

"버리게."

"아니, 아군의 시체를 말하는 것입니다."

송백은 무심히 말했다.

"태워."

송백은 말을 마친 후 중앙의 가장 큰 파오 쪽으로 말을 몰아갔다. 송백의 뒷모습을 보던 남전이 인상을 찌푸렸다.

"매정하군."

"살인을 하다 보면 그것이 장난 같다는 기분이 자주 들지. 한 번 죽이고, 두 번 죽이고, 또 세 번 죽이고 그렇게 계속해서 죽이다 보면 살인도 밥 먹는 것처럼 일상생활이 되어버려. 마치 당연히 해야 하는 일 같은 기분이야. 살인을 하는 것인데도 말이지. 이곳은 살인을 많이 해야 진급하는 곳이다. 결국 그런 곳이야. 인정 따위는 없는 세상이다."

파오의 중앙에서 타오르는 불꽃이 전체를 따뜻하게 해주었다. 하지만 정작 송백 자신만은 그리 따뜻하지 못했다. 가만히 불꽃을 바라보던 송백은 무심하게 고개를 들어 천장을 바라보았다. 어둠뿐이었지만 그곳에 무엇이라도 있는 듯 느껴졌다.

"사람이 사람을 죽이는 것은 당연한 것이 아니던가."

송백은 가만히 중얼거렸다. 문득 송백의 눈동자에 물결이 출렁거렸다. 견디기 힘든 고통 때문이다. 그것은 마음을 아프게 하는 고통이었다.

스륵.

문이 위로 올라가며 두 명이 들어왔다. 남전과 조전운이었다.

"아직 안 주무셨습니까?"

"다른 대주들과 병사들은?"

"모두 잠을 자게 했습니다."

남전이 대답했다. 송백은 곧 자리에 누웠다. 몽고군들이 쓰던 곳이라 그리 불편하지는 않았다.

"피해는?"

눈을 감으며 송백이 말하자 조전운이 옆에 누우며 말했다.

"총 팔백 명 정도가 사망하고 오백여 명이 다쳤습니다. 그중에 다시 싸울 수 있는 병사는 백여 명 정도입니다. 저희 일대는 오백여 명이 움직이지 못하거나 죽었습니다."

조전운의 목소리를 들은 송백은 조용히 숨을 내쉬고 있었다. 옆에 누운 남전이 말했다.

"몽고군은 불과 약 삼천 정도였는데… 이곳에 있던 몽고마도 십여 마리가 전부였지요."

"본진으로 뺐을 거야. 우리의 본대가 해류도로 향하고 있으니 그곳을 막기 위해 뺐겠지. 결과적으로 우리에겐 좋은 일이 되었지만… 이제는 그만 자게나."

송백의 말이 끝나며 숨소리가 고르게 들리기 시작하자 남전과 조전운도 눈을 감았다.

밖의 소란스러운 발걸음 소리와 사람들의 목소리에 송백은 눈을 떴다. 어느새 일어났는지 남전과 조전운은 자리에 없었다.

송백은 문을 열고 나왔다. 그러자 양 옆에 서 있던 병사들이 고개를 숙였다. 곧 몇몇 지나가던 병사들이 고개를 숙여 보였다.

사방이 활기있게 움직이고 있다는 생각이 들었다. 불꽃과 연기가 피어나는 것이 아침을 준비하느라 분주한 움직임을 보이고 있었다.

"앗! 단주님."

송백은 자신을 부르는 목소리에 고개를 돌렸다. 삼대주인 홍이식이 반갑게 다가왔다.

"어제 주무셔서 미처 보고하지 못했는데……."

"무슨 일인가?"

홍이식은 약간 망설이더니 말했다.

"저쪽에 아이들이 있었습니다. 몇 명의 여자들과 아이들이 한곳에 모여 있더군요."

"아이들이?"

송백의 표정이 굳어졌다. 홍이식이 앞장서자 그 뒤로 송백이 따라 걸었다.

"저쪽입니다."

홍이식이 가리키는 곳을 바라보자 사십여 명의 아이들과 몇몇 병사들이 놀고 있었다. 그 가운데 가장 즐겁게 웃고 있는 병사는 정팔삼이었다. 그 주위로 병사들이 식사를 준비하고 있었다. 그 모습을 본 송백의 표정이 싸늘하게 변하였다.

송백이 다가가자 아이들과 놀던 병사들이 놀란 표정으로 일어섰다. 그러자 아이들도 정팔삼에게 다가갔다. 정팔삼은 아직도 송백을 발견하지 못한 듯 아이들과 무언가 이야기를 나누며 웃고 있었다.

"뭐 하는 짓인가?"

송백의 딱딱한 목소리가 전해지자 정팔삼은 놀란 표정으로 벌떡 일어섰다. 순간 십여 명의 아이들이 약간 놀란 표정으로 물러섰다. 정팔삼은 아이들을 바라보다 송백의 차가운 시선에 굳은 표정을 지었다.

"저기, 그게, 애들이 있어서… 좀… 놀아주고 있었습니다."

"보고는?"

"부단주님께 했습니다."

송백은 고개를 끄덕였다.

"더 있다고 들었는데?"

"예, 저쪽 안에 있습니다."

정팔삼이 한쪽에 세워져 있는 파오를 가리키며 말하자 송백은 빠르게 말했다.

"모두 나오라고 해라."

송백이 주변을 둘러싼 병사들을 향해 말하자 정팔삼과 병사들이 파오에 들어가 사람들을 나오게 했다. 나이가 들어 오비는 십여 명의 여성들과 삼십여 명의 아이들이 나왔다. 여성들은 주변을 둘러싼 수많은 병사들의 시선에 두려움을 느끼는지 몸을 떨고 있었다. 아이들은 그저 여성들의 뒤에 서 있거나 호기심 어린 눈으로 병사들을 바라볼 뿐이었다.

"왜 이들이 여기에 있나?"

정팔삼이 말하자 옆에 있던 홍이식이 말했다.

"미처 피하지 못한 것 같습니다."

"죽여."

"예?"

홍이식은 미처 무슨 말인지 알아듣지 못한 얼굴로 송백을 바라보았다. 송백은 다시 한 번 차갑게 말했다.

"죽이라고 했다."

"그런……!"

홍이식의 눈이 놀람으로 커졌다. 순식간에 주변을 둘러싼 병사들의 얼굴이 경직되었다.

"그럴 수는 없습니다!"

정팔삼의 큰 목소리가 송백의 신형에 박혔다. 송백은 싸늘한 얼굴로 정팔삼을 바라보았다. 시선이 닿자 정팔삼은 경직된 표정으로 주춤거렸다.

"이, 이들은 애들입니다. 이런 애들을 어떻게 죽입니까!"

"몽고군이 우리 애들을 봐주던가? 우리의 여자들을 봐주고 살려주던가?"

송백이 차갑게 말하자 정팔삼의 표정이 굳어졌다. 송백은 곧 주변을 둘러싸고 있던 병사들에게 말했다.

"나는 죽이라고 명령하고 있다."

"하, 하지만……."

홍이식이 망설이자 모두들 망설이는 표정으로 서로를 바라보고 있었다. 송백은 그런 그들의 모습에 고개를 저으며 옆구리에 차고 있던 검을 꺼내 손에 쥐었다.

스르릉!

"내가 하지."

차가운 금속음이 울리자 아이들과 여성들이 놀란 눈으로 물러섰다. 송백의 행동에 모두 경직되었다.

"그, 그러시면 안 됩니다."

정팔삼이 다가오며 말하자 송백은 그 말을 무시하듯 앞으로 나가며 손을 치켜들었다. 송백의 눈에 가장 앞에 서 있던 조그마한 아이가 들어왔다. 지금 자신에게 무엇이 다가오는지 모르는 듯한 눈으로 바라보는 투명한 눈망울이 송백의 눈에 박혀 들어왔다. 불과 다섯 살 정도의 아이였다.

송백의 표정이 굳어졌다. 아이도 그제야 무언가 알게 된 듯 본능적으로 눈을 감으며 움츠러들었다.

'이건 전쟁이다.'

송백의 아미가 찌푸려지며 손이 내려왔다.

푸악!

"꺄아악!"

"악!"

여성들이 비명성과 아이들의 놀란 외침이 울리며 피가 튀었다.

"으아아앙!"

참지 못한 아이들의 울음소리가 울렸다. 땅에는 가슴부터 허리까지 베인 아이가 땅바닥에 쓰러져 있었다. 순식간에 죽은 것이다. 사방을 둘러싼 병사들의 시선이 아이에게서 고개를 돌리고 있었다.

정팔삼은 눈앞에서 아이가 죽자 거칠게 숨을 몰아쉬며 피가 떨어지는 검날에 시선을 돌렸다. 그리고 그 위에 서 있는 송백의 얼굴을 바라보며 눈시울을 붉혔다.

"으아, 으아, 으아아악!"

정팔삼은 눈물을 흘리며 송백에게 맨주먹으로 달려들었다. 악에 받친 급작스러운 행동이었다. 지금 정팔삼의 눈에는 아무것도 보이지 않았다. 오직 송백만이 보일 뿐이었다.

"애들이… 애들이 무슨 죄가 있다고 그러는데!"

정팔삼은 소리치며 송백의 얼굴을 향해 주먹을 내질렀다. 송백은 그저 차갑게 정팔삼을 바라보다 주먹이 다가오는 순간 왼 겨드랑이에 팔뚝을 끼고 왼팔로 정팔삼의 오른팔을 감아 위로 올렸다.

뿌득!

"크아아악!"

팔이 순식간에 꺾이자 정팔삼의 입에서 비명성이 터졌다.

"단, 단주님."

어느새 남전이 다가왔으나 떨고 있는 아이들과 어느새 죽어 있는 한 구의 시신이 남전의 눈을 떨리게 만들고 있었다. 남전은 송백의 손에 들린 피 묻은 검신을 바라보며 굳은 표정을 지었다.

"으아아아아!"

정팔삼은 악에 받쳐 비명을 지르고 있었다. 눈물과 콧물이 범벅되어 있었다. 송백은 차가운 목소리로 정팔삼에게 말했다.

"저애들이 자라 나중에는 우리의 형제를 죽이고 네 수하들을 죽이겠지. 그래도 살리고 싶나?"

정팔삼은 악에 받친 시선으로 송백을 노려보며 소리쳤다.

"전쟁은… 전쟁은 어른들이 하는 거지 애들이 하는 게 아니야!"

"……."

송백은 가만히 정팔삼을 바라보다 왼손을 풀며 아이들을 향해 고개를 돌렸다. 옆으로 물러난 정팔삼이 어깨를 만지며 송백을 노려보고 있었다. 두려움에 몸을 떠는 아이들이 송백의 시선에 들어왔다. 그들 중에 악에 받친 시선을 던지고 있는 아이들도 있었다.

송백은 곧 검을 검집에 넣으며 신형을 돌렸다.

"가서 말해라, 저 아이 덕에 모두 살았다고."

정팔삼을 비롯해 주변을 둘러싸고 있던 병사들이 놀란 표정을 지었다. 정팔삼은 잘못 들었다고 생각했다. 하지만 송백이 병사들 사이로 빠져나가자 진실이라는 것을 알게 되었다. 정팔삼은 소매로 얼굴을 닦으며 아이들을 바라보았다. 그의 얼굴에 가느다란 웃음이 걸렸다. 하지만 쓰러져 있는 아이를 바라보자 우울한 표정을 지었다. 어느새 정팔삼의 주위로 아이들이 다가왔다. 정팔삼은 아이들을 바라보며 중얼거렸다.

"미안하다."

정팔삼이 그렇게 아이들을 다독이자 홍이식이 다가와 옆에 서 있던 여자아이의 머리를 쓰다듬으며 말했다.

"대단한 용기다."

"예?"

정팔삼이 홍이식의 말에 놀란 눈으로 바라보았다. 그러자 홍이식이 미소 지으며 말했다.

"단주님께 대들다니 말이야."

홍이식이 말하며 병사들을 바라보자 병사들도 웃으며 엄지손가락을 치켜세웠다. 정팔삼은 어색함에 웃어 보였다. 그런 정팔삼의 귀로 홍이식의 목소리가 닿았다.

"단주님께 덤비고 살아 있는 놈은 네가 처음이다."

"헉!"

순간 정팔삼의 등으로 식은땀이 흘러내렸다.

송백은 무심히 앞으로 걸음을 옮기고 있었다. 문득 송백의 입에서 말소리가 흘러나왔다.

"내가 잘못된 것인가?"

송백의 질문이 누구에게 향한 것인지 모르나 뒤에 따르던 남전은 대답해야 했다.

"아닙니다."

송백은 가만히 한숨을 내쉬며 말했다.

"내가 지금까지 배운 것은 단 두 가지네."

남전은 그저 가만히 옆에 있었다. 송백은 조용히 다시 말했다.

"하나는 승리하는 것이고 다른 하나는… 죽이는 것이었지."

남전은 아무 말도 못하고 있었다. 달리 할 말이 없었기 때문이다. 송백은 무심하게 중얼거렸다.

"어떻게 하면 더 빨리 사람을 죽일 수 있을까? 어떻게 하면 더욱 많은 사람을 죽일 수 있을까? 어떻게 하면……."

남전은 묵묵히 옆에 있어야 했다. 지금 자신이 할 일은 그것이 최선이라고 여겼다. 마음속으로는 잘못된 삶이었다고 말하고 싶었지만 입이 떨어지지 않았다. 어떻게 보면 송백의 행동이 이해되기도 했다. 자신이 만약에 상관이었다면 고민했을지도 모른다고 생각했다.

"단주님은 최선의 선택을 하신 겁니다."

남전은 자신이 생각하는 최선의 말을 했다.

"훗."

송백은 씁쓸히 웃어 보였다.

"왠지 요즘은 사람이 되어가는 기분이야."

송백의 목소리에 남전이 미소 지으며 말했다.

"저희는 사람입니다."

송백은 그 말에 문득 굳은 표정을 지었다. 하지만 이내 고개를 끄덕였다.

"그렇지. 우리는 사람이었지."

송백은 중얼거리며 자신의 파오를 향해 걸었다. 그런 송백의 눈앞으로 조전운이 빠르게 달려왔다.

"단주님!"

조전운의 목소리에 송백은 걸음을 멈추었다. 그러자 조전운이 다가오며 말했다.

"사단주인 신 단주께서 죽었다고 합니다."

"……!"

송백의 표정이 굳어졌다.

"낙사(落死)했다고 합니다."

따뜻한 공기가 넓은 파오 안을 따뜻하게 해주었다. 하지만 조전운의 목소리는 주변의 공기를 가라앉히고 있었다. 주변에 앉은 대주들의 안색은 약간 굳어 있었다. 조전운의 목소리가 다시 울렸다.

"그 일로 인해 좀 더 늦어질 것 같다고 합니다."

"왜 그렇지?"

"왕 총단주께서 신 단주의 시신을 찾는다고 병사들을 풀었습니다. 그 일로 인해 늦어지고 있습니다."

"흠."

송백의 표정은 변함이 없었다. 단지 입에서 숨소리만이 흘러나왔을 뿐이었다.

"지고 싶은 건가."

송백은 싸늘한 안색으로 중얼거렸다. 시간이 촉박하기 때문이다.

"적어도 내일 아침은 되어야 도착하거나 늦으면 내일 저녁에 도착할 것 같습니다."

조전운이 다시 말하자 송백은 굳은 표정으로 가만히 앉아 있었다. 곧 고개를 든 송백은 대주들에게 말했다.

"쉬도록."

송백이 말하자 모두 대답하며 자리에서 일어섰다. 송백은 굳은 표정으로 타오르는 불꽃을 바라보았다.

"시간이 없는 것을……."

송백은 가만히 중얼거렸다. 지금이 기회였기 때문이다. 자신의 삼대는 사기가 올라가 있었다. 오제령을 쉽게 점령했고 또한 동료들의 죽음으로 사기는 하늘을 찌르고 있었다.

이런 상태로 밀고 올라가면 몇만이 덤벼들어도 대등하게 싸울 수 있다고 생각했던 것이다. 하지만 하루의 시간이 다시 지나가면 모두의 머리에 남아 있던 흥분된 감정들이 사그라들 것이다.

송백이 걱정하는 것은 그것이었다. 또한 신도명의 죽음으로 본대의 사기는 저하되어 있을 게 뻔했다. 그런 병사들을 이끌고 적진에 달려간다면 패할 것이 분명했다.

"본대와의 시간도 촉박한데 걱정입니다."

남전이 말하자 송백은 고개를 끄덕였다. 가장 문제가 그것이었다. 본대가 도착하기 전에 자신들이 나가 기병을 끌어내야 했다. 하지만 이렇게 늦으면 그 시간도 맞추기 힘들 것 같았다. 그렇게 되면 본대의 피해도 커질 것이다. 송백은 왕청이 어리석게 느껴졌다. 듣기로는 왕청과 신도명은 굉장히 가까운 사이라고 들었다. 만약 자신이었다면 무시하고 갔을 것이다. 송백은 가만히 중얼거렸다.

"어리석은……."

* * *

타오르는 등불 앞에 사마중의 손을 빠르게 돌아가고 있었다. 무언가를 열심히 적는 사마중의 표정은 어느 때보다 딱딱하게 굳어 있었다. 무언가를 열심히 쓰던 사마중은 다 썼는지 서신을 바라보며 천천히 읽어 내려갔다. 자신의 생각을 확실하게 썼다고 판단했는지 사마중은 곱게 접어 봉투에 넣었다.

"공덕은 있는가?"

사마중의 목소리에 문이 열리며 이십대 초반의 경갑을 입은 인물이 들어왔다. 그가 들어오자 사마중은 서신을 전달했다.

"이것을 가지고 소성의 정 총독에게 전해주게. 아마 늦었을지도 모르지만 어떻게 해서든 정 총독에게 전해야 하네."

"알겠습니다."

공덕이 대답하며 밖으로 나가자 사마중은 깊게 숨을 내쉬었다. 이제야 뭔가 한숨을 돌린 듯 느껴졌다.

"장마소를 죽인다면 나 역시 나라에 일조를 하게 되는 것이다."

"누굴 죽여?"

"……!"

허공 중에 울린 목소리에 사마중의 눈동자가 놀라 부릅떠졌다. 순간 무언가가 창문을 통해 안으로 들어왔다.

퍽!

"헉!"

사마중은 자신의 발 아래 떨어져 있는 하나의 둥근 물체를 바라보았다. 피에 젖은 물체였다. 그것은 좀전에 나간 공덕의 머리였던 것이다. 사마중의 전신이 떨리기 시작했다.

"어르신은 따뜻한 마음으로 받아들였더니 뒤에서 이렇게 비수를 들이대고 있었군."

"누, 누구냐!"

사마중은 놀란 마음을 진정시키려 노력하며 외쳤다. 하지만 공중에서 들린 말은 싸늘한 살기였다.

"알면 무엇 하려고? 덤비게? 하하하하!"

웃음소리가 메아리치는 순간 사마중의 뒤쪽에 검은 그림자가 소리없이 나타났다. 사마중은 허공을 살피며 몸을 떨고 있었다.

"누군데 감히 이곳에 들어와 나를 놀리려 드느냐?"

사마중이 외치자 하나의 작은 검날이 사마중의 목 밑에 드러났다. 흑의복면을 한 인물은 조용하게 사마중의 귓가에 입을 갖다 댔다.

"알 거 없어."

조용한 목소리가 사마중의 뒤에서 귓가에 들렸다. 순간 사마중의 고개가 놀라 뒤로 돌아가려 했다. 순간 검날이 빠르게 움직였다.

팟!

핏방울이 앞으로 튀어오르며 사마중의 목에서 핏물이 흘러내렸다.

"크, 크륵."

숨이 넘어가는 소리가 울리며 사마중의 눈동자가 흑의복면인을 향해 쏘아져 갔다. 하지만 복면 속 얼굴을 볼 수는 없었다. 그것이 안타까웠을까? 사마중은 전신을 떨며 허공을 바라보았다. 잠시 동안 허공중에 비친 가족들의 얼굴이 스치고 지나갔다. 그렇지만 모두의 얼굴을 그리기 전 모든 것이 정지한 듯 흐릿하게 변하였다.

고개를 떨군 사마중을 바라본 흑의복면인의 눈은 미소 짓고 있었다. 어느새 십여 명의 복면인들이 그의 뒤에 나타났다.

"모두 처리했습니다."

"잘했다. 이제는 집을 태워라."

"알겠습니다."

명령이 떨어지는 순간 복면인들은 사라졌다. 곧 매캐한 냄새와 함께 불길이 치솟기 시작했다. 복면인은 곧 사마중의 얼굴을 손으로 쓰다듬었다.

"불쌍한 새끼."

복면인의 웃음소리가 낮게 울리자 불길은 더욱 강하게 타올랐다. 곧 복면인의 신형이 사라졌다. 남은 것은 사마중의 시신뿐이었다. 그렇게 붉은 불길은 사마중의 시신을 조금씩 먹어가고 있었다.

"죽였단 말이지? 아주 잘했구나."

장마소의 고운 목소리에 하적심의 복면이 약간 일그러졌다. 하지만 그 표정까지 장마소가 볼 수는 없었다. 하지만 장마소의 손이 가볍게 움직였다.

퍽!

"크악!"

복면인의 입에서 비명성이 울리며 왼 어깨를 손으로 잡았다. 어느새 핏방울이 복면인의 손을 타고 흘러내렸다.

"하적심, 많이 컸구나."

장마소의 목소리에 하적심은 깊게 머리를 숙였다. 고통에 일그러진 표정이었으나 어깨만을 살짝 떨 뿐이었다. 아픔도 장마소의 목소리에 달아난 듯 보였다. 장마소는 나른한 표정으로 말했다.

"비명도 지르고 말이야. 이제는 내 앞에서 인상도 찌푸리고. 죽고 싶나?"

"아, 아닙니다."

동창의 부영반인 하적심은 식은땀을 흘려야 했다. 자신의 눈으로 볼 수 없는 무언가가 찌른 것이다. 그것이 하적심의 마음에 두려움을 주었다.

장마소는 두 가지 형태로 사람들을 지배했다. 하나는 자비였고 다른 하나는 공포였다. 동창은 그중에 공포로 지배했다. 그들은 그렇게 해

줘야 말을 잘 듣는다고 믿었던 것이다.

"편지는?"

"여기 있습니다."

하적심은 오른손으로 사마중의 편지를 전달했다. 곧 장마소가 빠르게 읽어 내려갔다.

"역시… 동방 놈은 나를 죽이려 했었군."

장마소는 잠시 굳은 표정을 짓더니 이내 곧 미소 지었다. 사마중을 자신에게 보내 역으로 자신을 치려 했던 것이다. 장마소는 하적심을 내려다보며 부드럽게 말했다.

"잘했다. 좀 전의 무례는 목숨을 빼앗기 충분하나 사마중을 잡은 상으로 왼팔에 약간 고통만 주었다. 너무 걱정하지 말아라, 근맥은 피했으니."

"황공할 따름입니다."

하적심은 빠르게 머리를 조아렸다. 장마소는 그 모습에 만족한 듯 다시 말했다.

"창평성이 비게 되면 너는 동방천후의 목을 가지고 오너라. 물론 그 집의 식구들도 다 죽여야 하겠지?"

"알겠습니다."

장마소는 고개를 끄덕이며 손짓했다. 그러자 하적심이 빠르게 밖으로 나갔다. 그가 나간 자리에는 붉은 핏자국만이 남아 있었다.

장마소의 눈이 하적심이 흘린 핏방울에 고정되었다. 곧 장마소의 입가에 붉은 미소가 걸렸다.

"예쁘군."

*　　　*　　　*

왕청의 본대가 올라온 것은 다음날 해가 질 때였다. 결국 늦게 도착한 것이다. 왕청의 모습은 밝지 못했다. 이단주인 장여상도 함께 왔으며 이십대 중반의 젊은 무인이 함께했다. 그는 신도명을 대신해 사단주가 된 전여록이었다. 부단주였으나 신도명이 죽은 지금 그가 단주를 하고 있었다. 이 전쟁이 끝난다면 그가 단주가 되는 것이 확실시되었다.

"먼저 올라오다니… 수고했군."

왕청은 송백을 발견하자 굳은 표정으로 말했다.

"적의 수가 적어서 먼저 움직인 것입니다."

"잘했네."

장여상이 말하자 송백은 고개를 살짝 숙였다.

"내일 아침에 떠나도록 하지."

왕청은 자신이 할 말을 다했다는 듯 빠르게 자신의 막사로 이동했다.

"밤에라도 진군해야 하지 않습니까?"

송백은 잘라 말했다. 하지만 왕청의 걸음을 멈추게 할 수는 없었다. 그의 어깨를 잡은 것은 장여상이었다.

"심기가 불편해서 그런 것이니 이해하게나."

"그렇지만 본대와의 날짜와 맞추어야 하지 않습니까?"

송백이 말하자 장여상은 짧게 숨을 내쉬며 말했다.

"빠르게 진군하면 될 것이네. 하지만 사기가 저하된 지금 무리해서 진군한다 해도 별다른 소득이 없을 것이네. 안 그런가?"

송백은 조용히 고개를 끄덕였다. 곧 전여록이 다가왔다.

"병사들의 피해도 이천여 명에 달합니다. 바람이 그렇게 강하게 불 줄은 몰랐습니다. 험하긴 험하더군요. 이런 곳을 지나가게 될 줄은 몰랐습니다."

"나도 하마터면 골로 갈 뻔했네."

장여상이 전여록의 말을 받아 말했다. 둘의 표정이 대조적이었지만 장여상은 여유가 있어 보였다.

"자네 부대의 피해는 어떤가? 저항이 심하지는 않았나? 의외로 이렇게 쉽게 끝나 다행이지만 뭔가 석연치가 않네."

"예상했지만 대다수의 병력이 본진으로 빠진 것 같습니다. 야습을 했기에 별다른 피해도 없었습니다."

송백이 말하자 장여상은 고개를 끄덕였다.

"내일부터 강행군을 할 테니 일단은 모두 쉬게나."

장여상이 말하자 송백과 전여록이 각자의 장소로 이동했다. 장여상은 송백을 바라보며 눈을 빛냈다.

"의외군."

장여상은 중얼거리며 자신의 막사로 들어왔다. 곧 품에서 전서를 꺼내 들었다.

황제가 죽었소. 이 일로 동방천후를 숙청할 것이니 준비하시오. 만약 타자르가 죽게 되면 왕청과 송백을 죽이도록 하시오. 물론 그들 중 살아 있는 자만 죽여야 할 것이오. 다음 대의 철마대주는 당신이오. 이미 타자르는 군의 움직임을 알고 대비하고 있소. 그러니 목숨을 보존하는 데 최선을 다하시오.

장여상은 전서를 구긴 후 옆에 피어오르는 모닥불에 던져 넣었다. 이곳에 오기 전 급하게 달려온 전령에게서 받은 전서구였다. 소성까지 비둘기로 날아왔으며 그곳에서 이곳까지 말로 온 것이다.

"쓸데없는……."

장여상은 인상을 찌푸리며 타오르는 전서구를 바라보았다. 장여상이 동방천후에게 갖고 있는 불만은 다른 게 아니었다. 자신이 철마대주여야 할 자리에 난데없이 어린 정일관이 앉았다는 것이다.

젊고 혈기있는 청년을 앉힌 것에 대해 불만은 없었지만 십여 년 동안 전장을 누빈 자신은 겨우 단주였고, 불과 일이 년 동안 활동한 정일관이 총대주가 된 것은 자신의 십 년 세월이 무의미한 세월이라고 말했기 때문이다. 하지만 그런 마음도 송백을 보자 사라지고 있었다.

"점점 퇴물이 되어가는 기분이야."

장여상은 자신의 나이가 아직 청춘이라는 것을 알았지만 송백과 정일관에 비해서는 늙은 것을 느낄 수 있었다. 자신이었다면 이렇게 단독으로 이곳까지 치고 올라오지 못했을 것이다. 송백의 그런 과감성에서 젊다는 것을 느껴야 했다.

"세월 참 빠르군."

장여상은 중얼거리며 눈을 감았다.

『송백』 2권으로 이어집니다